VERSANDBRÄUTE DES WESTENS:

Der Himmel über Montana

DEBRA HOLLAND

Übersetzung Arnd Federspiel –
Language+ Literary Translations, LLC

ISBN: 978-1-939813-43-5

Danksagung

Wie immer hatte ich ein fantastisches Team an meiner Seite, das mich unterstützte und mein Leben besser machte – viel zu viele Menschen, um hier alle aufzuzählen. Seid aber gewiss, dass Ihr in meinem Herzen seid.

Mein besonderer Dank und meine besondere Anerkennung gehen an:

Caroline Fyffe
die sich darauf einließ,
eine gemeinsame Serie mit mir zu schreiben –
ein nicht immer einfaches, doch definitiv lohnenswertes Unterfangen!

Meine Lektorinnen:
Louella Nelson, Linda Carroll-Bradd und Adela Brito

Meine Formatiererinnen:
Author E.M.S.

Meine Familie:
Honey Holland (meine Mutter)
Hedy Codner (meine Tante)
Larry Codner (mein Onkel)
für ihr scharfes Auge beim Lektorieren
und
Mindy Codner Freed (meine Cousine),
die dafür sorgt, dass mein Leben reibungsloser verläuft

Für die Fans von Pioneer Hearts,
einer historischen Western-Autoren und -Leser Facebook-Seite:
für Eure Unterstützung und Recherche.
Wenn Sie historische Western-Liebesromane lieben, treten Sie uns bei!

VERSANDBRÄUTE DES WESTENS:

Darcy

ACHT JAHRE VOR
»DER WILDE HIMMEL ÜBER MONTANA«

Kapitel Eins

Newport, Rhode Island
April 1886

Darcy Russell hörte das Durcheinander der Frauenstimmen bereits, bevor sie den Damensalon erreichte. Einen Augenblick lang zögerte sie. Dann seufzte sie, hob ihr Kinn, reckte sich und zwang sich dazu, den unliebsamen Gästen entgegenzutreten, die hier im Hause zur Verlobungsfeier ihres Halbbruders Holden und Mary Ellen Brockmans eingeladen worden waren.

Als Darcy auf der Schwelle zum Salon stehenblieb, sah sie vier junge Frauen aus den besten Familien Newports, die beim Tee zusammen saßen. Wenn ihr deren jeweilige Charakterzüge nicht bekannt gewesen wären, hätte sie die Versammlung als schönes Bild empfunden. In Kleider aus feinstem Leinen gehüllt, die durch Bänder und Spitze akzentuiert wurden, saßen Mary Ellen, ihre beiden besten Freundinnen und ihre Cousine aufrecht auf zwei gemütlichen Sofas, einen Teetisch zwischen sich, rosafarbene und goldene Tassen und Untertassen mit Orchideenmuster in den Händen, wahrscheinlich versunken in ihre

Lieblingsbeschäftigung – den Austausch boshaften Tratschs.

Darcy betrachtete das Teetablett, auf dem sich ihre heißgeliebten Scones und Clotted Cream, sowie Kresse- und Gurkensandwiches und Petit Fours befanden, und wünschte sich, sie könnte das Essen in Ruhe und Frieden genießen, während sie – natürlich – ein neues Buch las.

Um den Ton der Konversation beurteilen zu können, lauschte Darcy einen Moment.

Die rothaarige Gemma Regan wedelte mit einem Stück Papier. »Ich glaube, eine Versandbraut zu werden, wäre perfekt für dich, Yvette«, sagte sie zu der jüngsten der Frauen. Der Ausdruck der Boshaftigkeit in ihren olivgrünen Augen strafte den gelangweilten Klang ihrer Stimme Lügen.

Paulina Phillips warf der unglückliche Yvette über ihre schmale Nase einen herablassenden Blick zu. Sie hatte sich schnell Gemmas Spott angeschlossen, so wie sie es schon getan hatte, als die Mädchen noch Lätzchen trugen. »Eine Chance, garantiert einen Ehemann zu finden«, schnurrte Paulina. »Die du definitiv brauchst.«

Gemma warf Paulina ein zustimmendes Lächeln zu, bevor sie ihre Aufmerksamkeit wieder ihrem Opfer zuwandte. »Es ist ja nicht gerade so, als hätte jemand aus *unserem* Kreis dir je einen Antrag gemacht.«

Ein schneller Blick auf Yvette Martin – die das Pech hatte, mit Mary Ellen verwandt zu sein und daher gezwungen war, an diesem Treffen teilzunehmen – zeigte Darcy, dass die junge Frau den Tränen nahe war. Als Tochter eines Bankiers und einer französischen Schauspielerin hatte Yvette mit ihrer pummeligen Figur, den mattbraunen Haaren und der stumpfen Haut, nichts von der Schönheit und dem Charme ihrer Mutter und der scharfen Intelligenz ihres Vaters geerbt.

Darcy widerstand der Versuchung mit den Augen zu rollen. »Alle Grausamkeit entspringt der Schwäche«, zitierte sie, während sie den Raum betrat. Sonnenlicht flutete durch die großen Fenster. Der Frühling war warm genug, um sie lange vor der Sommerzeit zu öffnen. Noch besser hätte Darcy es allerdings gefunden, solch einen schönen Tag draußen zu genießen.

»Was sagst du da?«, verlangte Gemma zu wissen.

»Ich zitiere Seneca«, erwiderte Darcy. Auf die ausdruckslosen Blicke der anderen Frauen hin sagte sie: »Lucius Annaeus Seneca, ein römischer Philosoph.«

»Du bist solch ein Blaustrumpf«, beschwerte sich Mary Ellen, die wahre Schönheit unter den Anwesenden. Ein Stirnrunzeln zog ihre Augenbrauen zusammen.

»Dankeschön.« Darcy lächelte die Verlobte ihres Bruders an, als hätte diese ihr gerade ein Kompliment gemacht. »Ich hätte angenommen, ihr drei wäret mittlerweile zu alt, um Yvette immer noch zu piesacken.« Sie trat zügigen Schrittes zu ihnen, zog Gemma das Stück Papier aus der Hand und las die ersten Zeilen.

**DIE AGENTUR »VERSANDBRÄUTE DES WESTENS«
SUCHT FRAUEN VON GUTER REPUTATION
UND MIT PERFEKTEN HÄUSLICHEN FÄHIGKEITEN,
UM IN DEN WESTEN ZU REISEN UND DORT DIE EHE
MIT
GENTLEMEN EINZUGEHEN, DIE SICH ZU
VERHEIRATEN WÜNSCHEN**

»Oh, in Gottes Namen!« Darcy hob die Augenbrauen und warf Gemma, der Rädelsführerin, einen betont missbilligenden Blick zu.

Die rothaarige Frau lachte unbeirrt. »Meine Cousine aus St. Louis hat mir die Anzeige als Scherz geschickt.« Sie tätschelte Yvettes Knie. »Ich wusste, dass das für dich der perfekte Weg sein würde, einen Ehemann zu finden. Himmel, für nicht mehr als den Preis eines Zugtickets könntest du schon bald verheiratet sein.« Mit einem Grinsen sah sie sich im Kreis der jungen Damen um. »Wir werden alle Geld für die gute Sache beisteuern.«

»Hör auf, so bösartig zu sein.« Darcy schob die Zeitungsanzeige in ihren Ärmelaufschlag. Mit ihren dreiundzwanzig Jahren war sie älter als die anderen Frauen und daran gewöhnt zu versuchen, sie zu leiten – meist ein hoffnungsloses Unterfangen. »Wir sind hier nicht mehr in der Schule.«

Mary Ellen ignorierte Darcy, als habe sie gar nicht gesprochen. Dank ihrer gekräuselten blonden Locken, ihrer kornblumenblauen Augen, ihres Porzellanteints und der ebenmäßigen Gesichtszüge, war sie daran gewöhnt, im Mittelpunkt des Interesses zu stehen. Sie warf einen Blick auf den Verlobungsring an ihrem Finger, dann streckte sie die Hand aus und betrachtete, wie das Licht auf dem großen Diamanten funkelte. »Wenn sie einen Mann aus dem Westen heiraten würde, müsste Yvette sich natürlich mit aller Wahrscheinlichkeit mit einem simplen Goldring begnügen. Wenn überhaupt.«

Yvettes Wangen bekamen rote Flecken und nahmen einen wenig schmeichelhaften puterroten Ton an. »Das würde ich *sofort* akzeptieren«, warf sie Mary Ellen mit unerwarteter Heftigkeit ins Gesicht. »Besser man hat einen Mann, der eine Frau braucht, als einen, der sie *lediglich* wegen des Geldes und der Verbindungen ihres Vaters will.«

Diese scharfen Worte standen in krassem Gegensatz zu Yvettes sanftmütigem Charakter. Normalerweise war das Mädchen zu verängstigt, sich selbst zu verteidigen, geschweige denn jemanden anzugreifen. Ihr Ausbruch ließ die anderen in ein betäubtes Schweigen fallen.

Darcy wusste, dass Holden seiner Verlobten keine Zuneigung entgegenbrachte. Während der Werbung um sie hatte sie Mary Ellen gegenüber durchblicken lassen, dass ihr

Bruder nur an sich selbst dachte. Doch das verwöhnte Mädchen hatte die Warnung ignoriert. Nun stellte Darcy erstaunt fest, dass sein wahrer Charakter auch für andere offensichtlich war.

Ihre Locken hin und her werfend, kicherte Mary Ellen. »Mach dich nicht lächerlich. Holden betet mich an.« Ihr schriller Ton strafte ihre Worte Lügen.

»Natürlich tut er das«, sagte Paulina, mit mehr Loyalität als Wahrhaftigkeit. Sie warf Darcy einen herablassenden Blick zu und schniefte verächtlich, bevor sie sich wieder Mary Ellen zuwandte. »Davon abgesehen, wirst du keine alte Jungfer werden, *und* du wirst hier die Hausherrin sein.«

Mary Ellen lächelte Paulina zufrieden an, dann schaute sie hinterhältig zu Darcy. »Vielleicht solltest *du* dich bei dieser Agentur bewerben. Du bist kurz davor ein unverheiratetes Fräulein zu bleiben. Jetzt kannst du dich selbst vor diesem Schicksal bewahren.«

Bisher war es Darcy immer gelungen, eheliche Verwicklungen zu vermeiden. Auch konnte sie es kaum erwarten, die Zügel des Haushalts an die neue Frau ihres Bruders abzugeben. Nicht, dass diese Frauen ihr glauben würden, wenn sie ihnen das erzählte. Sich Ehemänner zu angeln, war alles, was sie sich vom Leben wünschten, während sie selbst ihre Studien voranbringen wollte. Doch in einem Haushalt zu leben, der von Mary Ellen geleitet wurde, war eine andere Sache – eine, die sie mit Grauen erfüllte.

Darcy wandte ihre Aufmerksamkeit Mary Ellen zu. »Ich hoffe, du glaubst weiterhin, dass die Verwaltung von Windover ein guter Grund ist, eine Ehe einzugehen.« Sie bemühte sich um einen sachlichen Ton. »Dieses Haus braucht dringend einige Reparaturen, und Holden davon zu überzeugen, lag einfach jenseits meiner Fähigkeiten. Er konzentriert sich lieber auf seine Geschäfte.«

Mary Ellen warf ihren Kopf in den Nacken, wobei sich

eine ihrer Locken aus dem Nackenknoten löste. »Auf mich wird er hören«, sagte sie mit tiefster Überzeugung. »Ich werde seine Frau sein. Und ihm damit *wesentlich* wichtiger als eine Halbschwester.« Sie zuckte die Achseln. »Davon abgesehen werden wir die meiste Zeit in unserem Haus in New York verbringen. «

Niemand ist Holden wichtig. Aber das wird Mary Ellen schon noch früh genug herausfinden. Darcy tat die oberflächliche, selbstsüchtige Frau leid. *Obwohl die beiden einander wahrscheinlich verdienen.*

Mit einem innerlichen Achselzucken wandte Darcy ihre Aufmerksamkeit dem Teetablett zu und entschied, dass ihre Lieblingsscones nicht das Opfer wert waren, ihre Zeit in der Gesellschaft der gerade Anwesenden zu verbringen. *Ich werde mir etwas Essen in der Küche holen und hinausgehen.*

Sie sah Yvette an, die damit beschäftigt war, sich das letzte Stück ihres Scones in den Mund zu schieben. *Kann ich sie guten Gewissens hierlassen, wo sie den anderen dreien ausgeliefert ist?* Sie blickte aus dem Fenster und auf den Ozean, auf dessen Oberfläche das Sonnenlicht funkelte. Die heitere Szenerie lockte sie. »Es ist ein schöner Tag, und ich möchte etwas Zeit draußen verbringen. Yvette, würdest du gerne ein Stück mit mir spazieren gehen?«

Yvettes Hand hielt mitten in der Bewegung, mit der sie Marmelade auf ihrem zweiten Scone verstrich, inne, und ihr Blick richtete sich auf das Tablett. »Und den Tee verpassen?«, sagte sie ungläubig und den Kopf schüttelnd. »Nein danke.«

So sei es. Ihre Hände im Geiste in Unschuld waschend, schenkte Darcy den anderen ein flüchtiges Lächeln. Sie würde Mary Ellen die Herrschaft über die Teegesellschaft überlassen. Das würde ohnehin bald ihre offizielle Aufgabe sein.

Sie verließ den Raum. Doch so glücklich sie auch war, die

vergiftete Atmosphäre im Salon zu verlassen, konnte Darcy sich den wehmütigen Wunsch nach einer geistesverwandten Freundschaft doch nicht verwehren. Sie hatte viele Bekannte, von denen einige sich als Freunde bezeichnen würden, doch in ihrem sozialen Umfeld gab es in ihrer Altersgruppe niemanden, der wahrhaft wesensverwandt mit ihr war – niemanden, der ihre Liebe zur Bildung, besonders zur Philosophie, und zur Bewunderung für die Schönheiten der Natur teilte.

Die Regeln der Freundschaft besagen, dass gegenseitige Sympathie zwischen den Freunden besteht, dass jeder den andern mit dem versorgt, was dem anderen fehlt, und versucht, ihm Gutes zu tun, wobei er immer freundliche und aufrichtige Worte verwendet. Freundschaften wie die, die Seneca beschrieben hatte, hatte sie nicht gefunden, auch wenn sie bei anderen beobachtet hatte, dass es ihnen offensichtlich gelungen war. In schwere Gedanken versunken ging Darcy nach unten.

In der Küche tummelten sich die Bediensteten, die das Abendessen vorbereiteten. Daran gewöhnt, sie zu sehen, weil sie sich etwas Brot und Käse oder ein wenig Kuchen holte, bevor sie nach draußen verschwand, lächelten sie nur und nickten ihr zu.

Die Köchin, die gerade in etwas nach Zwiebeln Riechendem in einem Topf auf dem riesigen Herd rührte, blickte auf. Die Hitze hatte ihr Haar gekräuselt, und ihr Gesicht glänzte vor Schweiß. »Ah, da sind Sie ja, Miss Darcy«, sagte sie mit ihrem irischen Akzent. »Ich dachte mir schon, dass wir Sie bald sehen würden.«

»Da hatten Sie recht«, sagte Darcy ironisch, da sie wusste, dass die Bediensteten weder Holden noch Mary Ellen mochten und ihrem Gefühl, nicht dazuzugehören, mit Sympathie begegneten.

Die Köchin deutete mit dem Kinn auf eine Ablagefläche in der Nähe, auf der ein in eine Serviette eingeschlagenes

Päckchen neben einer Tasse lag, die mit einem schlau angepassten Deckel ausgestattet war. »Ihre Lieblingsscones gefüllt mit Clotted Cream sind bereits fertig, und den Tee habe ich erst vor ein paar Minuten eingegossen. Ist immer noch schön heiß.«

Darcy lächelte dankbar. »Sie kennen mich zu gut.«

Die Köchin wedelte mit einer ihrer prallen Hände in Richtung der oberen Etage. »Ich nehme mir die Freiheit, Ihnen, Miss Darcy, zu sagen, dass es ein trauriger Tag für uns alle sein wird, wenn Miss Brockman Mrs. Russell wird.«

Wissend, dass sie solche Gefühle nicht unterstützen sollte, blieb Darcy nichts weiter übrig, als bloß zu nicken.

Mit ihrem Päckchen und dem Becher in den Händen verließ sie die Küche und begab sich in den von einer Mauer umgebenen Gemüsegarten. Das Haus war in einen Hügel hineingebaut, und die Küche befand sich am unteren hinteren Ende. Sie schritt durch die Kräuter- und Gemüsebeete, dann durch das hölzerne Tor in der Mauer, von wo ein riesiger grüner Rasen zur Klippe hin abfiel, die am Meer endete.

Sie folgte dem Plattenweg, der sich an der Grenze ihres Besitzes entlang wand und durch einen schmiedeeisernen Zaun vom Grundstück ihrer Nachbarn, der Brockmans, getrennt war.

Vor Jahren hatte Darcy sich ihren eigenen Zufluchtsort geschaffen, von dem nur die Gärtner wussten – den Ort, an den sie kam, um dem endlosen Tumult zu entkommen, der durch das Bedürfnis ihrer Eltern und später Holdens entstand, das Haus mit Gästen zu überfluten und ihr dadurch die Einsamkeit vorzuenthalten, nach der ihre Seele sich sehnte. Nicht, dass sie mit um die zwanzig Bediensteten tatsächlich einsam gewesen wäre, doch da diese sich darum bemühten, nicht aufzufallen, konnte sie wenigstens vorgeben allein zu sein.

Der einzige Nachteil ihres geheimen Versteckes lag in seiner Nähe zum Fußweg und darin, dass Leute, die sich auf einem kleinen Spaziergang befanden, dachten, sie wären vom Haus aus nicht zu sehen und daher oft anhielten, um sich vertraulich zu unterhalten … und mehr. Vor nur zwei Wochen war sie Zeugin geworden, wie ihr Bruder Mary Ellen auf den Mund geküsst hatte – ein Vorgang, der Darcy die Schamesröte ins Gesicht trieb.

Sie ließ sich auf dem Holzsitz nieder und sah hinaus aufs Wasser. Der Meeresblick war das Beste an einem Aufenthalt in Newport. Im New Yorker Haus fühlte sie sich immer zu eingeengt. Doch hier konnte Darcy aufs Wasser blicken und ihre Gedanken schweifen lassen. Das Rollen der Wellen, das leise Plätschern, wenn sie sich bei Ebbe an den Felsen brachen, oder das Donnern, mit dem sie bei Flut daran zerschellten, beruhigte sie stets. »›Ich habe nie einen geselligeren Begleiter als die Einsamkeit gehabt‹«, zitierte sie flüsternd Henry David Thoreau.

Froh darüber, das Haus verlassen zu haben, zog sie *Walden* aus dem speziell unter der Bank angebrachten Regal und fuhr fort zu lesen, während sie ihren Tee zu sich nahm.

Als sie fertig war, legte Darcy das Buch in ihren Schoß und blickte hinaus auf den Ozean.

Schritte rissen sie aus ihren Träumen – zwei Leute, Männer, wie sie an den Geräuschen erkannte. Sie hoffte, dass sie nicht lange bleiben würden.

Die Männer wurden langsamer.

Enttäuscht darüber, dass sie in ihrer Einsamkeit gestört wurde, beugte sich Darcy vor, um durch die Blätter zu sehen, die sie vor den Blicken der anderen schützten.

Holden und Mary Ellens Vater Cecil Brockman – ein Mann, der ihr gegenüber einmal als halsabschneiderischer Raubritter beschrieben worden war – standen da und sahen aufs Meer hinaus.

»Du hast hier einen netten Ausblick.« Die Brise trug Mr. Brockmans tiefe Stimme an ihr Ohr.

»Ähnlich dem deinen.«

Sie fragte sich, ob der Bankier den falschen Ton in Holdens Stimme wahrnahm.

Doch der Mann fuhr fort, als habe er ihn nicht bemerkt. »Mein Architekt hat mir berichtet, dass er mit den Plänen für die Gemeinde fast fertig ist.«

»Hervorragend! Das ist eher als wir dachten.«

Die Aufregung in der Stimme ihres Halbbruders ließ Darcy aufhorchen. *Welche Gemeinde?*

»In der Tat. Wir werden den ersten Spatenstich kurz vor deiner Hochzeit machen. Dann kannst du mit meiner Tochter auf Hochzeitsreise gehen, und ich übernehme die Aufsicht über das erste Abholzen und die Lagerung der Vorräte und Baumaterialien.«

»Es ist aber immer noch ein Aufseher dort«, warnte Holden.

Mr. Brockman winkte ab. »Seine Hütte liegt am Rand des Besitztums. Wir werden ihn dort bis zum Ende wohnen lassen. Irgendjemand muss doch nachts aufpassen, wenn die Bautrupps nach Hause gehen.«

»Ich möchte mir die Pläne ansehen, sobald sie fertig sind.«

»Natürlich. Schließlich will ich deine Zustimmung.«

»Eigentlich könnte man auch die Haupthütte abreißen.«

»Gute Idee.« Mr. Brockman lachte bellend. »Die Hütte. Ich habe die Vorliebe deines Großvaters für diese Wälder nie verstanden, auch wenn er dort nur im Sommer lebte.«

Darcys Hand flog zu ihrem Mund hinauf, um ein Keuchen zu unterdrücken.

»Keiner von uns konnte verstehen, warum ein reicher Mann wie mein Großvater unbedingt Pionier spielen wollte … nun, mit Ausnahme meiner Schwester.«

»Ich bin mir sicher, dass Darcy sich über das Geld freut, dass sie mit einem Stück Land machen wird, das sonst nur brach liegt.«

Ihre freie Hand presste sich gegen ihr wild trommelndes Herz.

»Ich belästige sie nicht zu sehr mit den Details«, sagte Holden großspurig.

»Nein, natürlich nicht. Wir wollen ja auch nicht, dass sie Ärger macht.«

In seiner Stimme schwang ein bedrohlicher Unterton mit, der ihr eine Gänsehaut verursachte.

»Darcy muss ein paar Papiere unterzeichnen, doch das wird kein Problem sein.«

Sie setzten ihren Weg fort, und ihre Stimmen verklangen.

Darcys Magen zog sich zusammen, und in ihrem Nacken prickelte es – Warnzeichen, auf die zu achten sie gelernt hatte. Ihre Gedanken rasten und verbanden das, was sie gerade gehört hatte, mit anderen bruchstückhaften Hinweisen, die Holden in den letzten paar Monaten hatte fallen lassen. Er hatte ein Wohnungsbauprojekt für die Mittelklasse erwähnt, das so gelegen war, dass die Bewohner in der Natur leben konnten. Als er diese Bemerkung gemacht hatte, hatte Holden sie genau im Auge behalten, als wolle er ihre Reaktion einschätzen. *Er hatte absichtlich ihre Überzeugung angesprochen, nach der es den feineren Tugenden zuträglich war, in der Natur zu leben!*

Zu diesem Zeitpunkt war Darcy von seiner Idee für das Vorhaben so hin- und hergerissen gewesen, dass sie seinem eigenartigen Interesse an ihrer Reaktion keine weitere Aufmerksamkeit geschenkt hatte. Sie hatte den Gedanken gemocht, dass andere eine Chance erhalten würden, sich an der Natur zu erfreuen. Gleichzeitig wusste sie, dass die Bebauung und die menschlichen Einwohner die natürliche Umgebung verunstalten würden, in der die Leute eigentlich leben wollten.

Doch sie hatte sich nicht träumen lassen, dass Holden das Land ihres Großvaters, das sie beide geerbt hatten, für sein Projekt benutzen würde. Sie dachte an die schönen Wälder, die den breiten Hudson River säumten, an die Zeiten, die sie mit ihren Großeltern in ihrer »Hütte« verbracht hatte, wobei das Haus mit den fünf Schlafzimmern wohl eher die Vorstellung eines reichen Mannes von der Idee eines einfachen Lebens im Wald gewesen war. Wie glücklich sie die Wälder erforscht, stundenlang die Boote auf dem Fluss beobachtet und Kaulquappen im Teich gejagt hatte.

Er wird alles zerstören!

Darcy ballte die Faust. *Das werde ich nicht zulassen!*

Aber wie kann ich ihn aufhalten?

Gemäß der Bestimmungen im Testament ihres Großvaters und ihrer verstorbenen Eltern, hatte Holden die Kontrolle über Darcys Erbe, bis sie heiratete. Auch wenn sie sich weigern konnte, die Papiere zu unterzeichnen und die Verwirklichung des Projekts vielleicht hinauszögern konnte, war sie rechtlich machtlos, ihn aufzuhalten.

Es sei denn, ich heirate. Sie schluckte bei dem unwillkommenen Gedanken.

Sie hatte sich in ihrer Art eine Ehe zu vermeiden eingerichtet. Ohne Mama, die versuchte, sie unter die Haube zu bringen, besaß Darcy sehr viel mehr Freiheit, potenzielle Bräutigame zu vermeiden als die meisten anderen jungen Frauen ihres Alters – etwas, das sie stets als Segen betrachtet hatte. Nicht, dass der Umstand, mit sechzehn zur Waisen geworden zu sein, als das Boot ihrer Eltern bei einem Nachmittagssegeltörn kenterte, *glücklich* war. Doch ihre Mama, begierig darauf, sie an einen angesehenen Mann zu verheiraten, hatte geplant, sie, sobald sie siebzehn wurde, in das Haifischbecken von Debütantinnen-Aktivitäten zu werfen. Es war sogar die Rede davon gewesen, sie mit nach England zu nehmen, damit sie dort eventuell mit einem

Mitglied des Adels verheiratet werden konnte.

Ihr Bruder, der sieben Jahre älter war als sie, bestand darauf, dass Darcy ein Minimum an sozialen Voraussetzungen für ihren gesellschaftlichen Kreis erwarb, erlaubte ihr aber, den Rest ihrer Zeit so zu verbringen, wie sie es wünschte. Nun wurde ihr klar, dass Holden sie bewusst davon abgehalten hatte zu heiraten und jeden Mann, der Interesse an ihr fand, als Mitgiftjäger hingestellt hatte. *Er ist der Mitgiftjäger*, erkannte sie, und der Verrat versetzte ihr einen Stich. *Holden will mein Erbe so lange wie möglich kontrollieren.* Sie fragte sich, was er bereits mit ihrem Geld angestellt hatte.

Ihr kam die Galle hoch, und der Schmerz bildete einen Knoten in ihrem Magen. Obwohl Darcy wusste, dass sie diese letzte Erkenntnis über den Charakter ihres Bruders nicht hätte überraschen sollen, hatte sie doch nicht geglaubt, dass er soweit sinken könnte, seine Schwester zu bestehlen. *Warum konnte er nicht damit zufrieden sein, eine Frau mit einer großen Mitgift zu heiraten und ein anderes Stück Land für sein Bebauungsprojekt zu benutzen?*

Ihre männlichen Bekanntschaften im Kopf durchgehend, suchte Darcy nach jemandem, den sie heiraten konnte. Die wenigen, von denen sie dachte, dass sie sie als Ehemann ertragen könnte, hatten reichlich eigenes Geld und nie angedeutet, auch nur das geringste romantische Interesse an ihr zu haben. Schließlich war sie weder hübsch noch charmant. Darcy glaubte nicht, dass dieser Mangel an Interesse sich ändern würde, selbst wenn sie mit ihnen flirtete und sie zu einem Heiratsantrag ermutigte.

Was den Rest anging … sie zählte all ihre Bekanntschaften an den Fingern ab – faul, verschwenderisch, kontrollsüchtig, jemand anderen umwerbend, herablassend, dumm – die Liste konnte endlos fortgesetzt werden. Mit Bestürzung stellte sie fest, dass es niemanden gab, den sie als Ehemann würde ertragen könnte, nicht einmal für das Land, das sie liebte.

Darcy erweiterte ihren Suchradius, dachte an Möglichkeiten außerhalb ihres gesellschaftlichen Umfelds, an Anwälte, Ärzte, Lehrer, doch jeder Mann, der ihr in den Sinn kam, war verheiratet. *Was für andere Männer kenne ich? Ladenbesitzer? In deren Fall hätte ich auf jeden Fall eine Menge Auswahl.* Sie überlegte sogar, ob sie an einen Bediensteten herantreten sollte. Da hatte es diesen Diener bei den Rowans gegeben, der sie ganz kühn angesehen hatte.

Darcy schüttelte den Kopf. Wenn sie auch der gesellschaftlichen Verachtung ins Auge sehen konnte, die ihr entgegengebracht würde, wenn sie jemanden aus einer niedrigeren Klasse heiratete, den sie liebte, so war der Gedanke daran, dies ohne den Ansporn starker Zuneigung zu tun, zu viel für sie. Allein der Gedanke daran ließ ihr schlecht werden.

Ich werde die Schönheit des Landes verlieren. Sie hatte sich immer vorgestellt, wie sie mit ihrer eigenen Familie den Sommer in der Hütte verbrachte und ihre Kinder dabei beobachtete, wie sie die Freuden des Waldes erforschten. Nicht weit vom Rande New Yorks gelegen, erschien dieses Land wie eine andere Welt. Thoreaus Worte schossen ihr durch den Kopf. *Jede Kreatur ist besser lebendig als tot. Menschen und Elche und Kiefern und der, der es richtig versteht, werden eher das Leben erhalten, als es zu zerstören.*

Holden wird den Wald zerstören. Die Schönheit dieses Besitzes wird allen folgenden Generationen genommen werden.

Schritte auf dem Pfad kündigten die Rückkehr der Männer an. Diesmal blieben sie nicht stehen, doch ein Satz ihrer Unterhaltung wehte zu ihr herüber. »Falls deine Schwester heiratet, werden gewisse Schritte eingeleitet werden müssen, bevor sie ein neues Testament macht.«

Ihr Nacken begann zu prickeln. Obwohl sie sich bemühte, mehr zu hören, konnte Darcy die Antwort ihres Bruders nicht verstehen.

Hatte Mr. Brockman gerade einen Mord angedeutet? So tief würde mein Halbbruder doch sicher nicht sinken. Doch sie wusste, dass Holden keine Skrupel kannte, und nach den Geschichten, die ihr zu Ohren gekommen waren, war Cecil Brockman gefährlich, wenn man ihm im Weg stand. *Selbst wenn er mir nicht wirklich ein Leid antun will, wird er einen Weg finden, mich zu zwingen, die Dokumente zu unterschreiben, die er benötigt.*

Ihre Muskeln spannten sich an. *Ich muss fliehen. Einen sicheren Ort finden und Pläne für meine Zukunft machen.* Sie besaß viel Geld, genug, um zumindest eine Weile davon leben zu können. Holden ließ ihr großzügige finanzielle Mittel zukommen, und außer für den Erwerb neuer Bücher und eines neuen Paars Handschuhe hatte sie ihre Mittel in den letzten Monaten so gut wie nicht angerührt.

Der Gedanke ließ sie frösteln, und Darcy legte die Arme um sich, als sie das Rascheln von Papier vernahm. Sie zog die Zeitungsanzeige aus ihrem Ärmel, wollte sie zusammenknüllen. Doch stattdessen blieb sie an den Worten *Versandbräute* und dem Sitz der Agentur in St. Louis hängen. *Vielleicht ist eine Versandbraut-Ehe meine sicherste Wahl.*

Sie las weiter. *Häusliche Fähigkeiten? Die besitze ich nicht. Aber ich lerne schnell. Wie schwer kann das schon sein?*

Ciceros weise Worte kamen ihr in den Sinn. *Bevor du mit etwas beginnst, plane sorgfältig.* Sie blickte auf die Anzeige. Sie würde damit beginnen, an den letzten Ort zu fliehen, den irgendwer als Ziel ihrer Flucht ins Auge fassen würde.

Kapitel Zwei

St. Louis, Missouri

Zwei Monate später saß Darcy im Salon der Agentur *Versandbräute des Westens* und lauschte ihrer Freundin Kathryn Ford dabei, wie sie eine Beethovensonate auf dem Klavier spielte. Sie war froh darüber, dass sie diese wertvolle Zeit miteinander verbringen konnten. Mit nur noch vier verbliebenen Bräuten hallte das große alte Haus von einem leeren Echo wider – eine Atmosphäre ganz anders als die, die geherrscht hatte, als Darcy hier eingetroffen war und noch sieben Bräute, sowie das Hausmädchen Evie und Mrs. Seymour, die Eigentümerin der Agentur, vorgefunden hatte.

Eine nach der anderen waren die Frauen, Evie eingeschlossen, zu ihren Ehemännern und einem neuen Leben in den Westen aufgebrochen. Darcy war zufrieden in der Agentur zurückgeblieben, wo sie sich sicher fühlte und nicht allzu begierig darauf war weiterzuziehen. Bis auf eine Ausnahme war hier eine Handvoll junger Frauen unterschiedlichster Herkunft, vereint von ihrem gemeinsamen Ziel, passende Ehemänner zu finden, und ihren geteilten

Ängsten vor dem neuen Leben, in das sie aufbrechen würden, Freundinnen geworden.

Obwohl Darcy alle außer Prudence Crawford, die sie zu sehr an die engherzigen Damen aus Mary Ellens Kreis erinnerte, sehr schätzen gelernt hatte, war es Kathryn, in der sie den verwandten Geist gefunden hatte, den sie sich bei einer Freundin wünschte. Vielleicht waren sie einander so verbunden, weil sie beide von reicher Herkunft waren, in der familiäre Wärme fehlte, weshalb sie beim Erlernen häuslicher Fähigkeiten vor die größte Herausforderung gestellt wurden. Doch auch sonst fühlten sie sich wie Schwestern, selbst wenn Kathryn Darcys Liebe für die Philosophie nicht teilte.

Während Darcy nicht allzu erpicht darauf war, sich so schnell wie möglich auf die erstbeste arrangierte Ehe einzulassen, da sie glaubte, dass bereits ihr Verschwinden Holdens Pläne ins Wanken gebracht hatte, hatte sie doch keinen Zweifel, dass er einen Weg finden würde, seine Pläne auch ohne ihre Unterschrift voranzutreiben. In Wahrheit konnte sie ihn nur endgültig aufhalten, indem sie heiratete und die Kontrolle über ihr Erbe übernahm.

Mrs. Seymour hatte ihr einige möglichen Kandidaten angetragen, doch Darcy hatte sie alle abgelehnt. *Vielleicht hätte ich nicht so wählerisch sein sollen.*

Nein. Sie war ihren Instinkten gefolgt, als sie diese Männer abgewiesen hatte. Bald jedoch würde sie vielleicht keine Wahl mehr haben.

Die Klänge einer Chopinsonate gingen über in etwas Wagnerartiges, ein Umstand, der Darcy auch ohne Worte mitteilte, dass Kathryn ebenfalls besorgt war. Obwohl sie nicht alles über die Vergangenheit ihrer schönen Freundin wusste, wusste Darcy doch genug, um zu erkennen, wenn diese etwas verstörte.

Kathryn beendete das Stück mit einem improvisierten

Schnörkel, der ihre kastanienroten Haare beben ließ. Sie senkte die Hände und seufzte. »Ich bin heute unruhig. Nicht einmal das Klavierspielen besänftigt mich.«

»Was liegt dir auf der Seele, liebe Freundin?«

»Meine Mama hat mir ein Ticket geschickt, damit ich auf Besuch nach Hause fahren kann, aber ich habe Angst vor den Missfallensbekundungen meines Vaters.«

Darcy hob die Augenbrauen. »Wirst du also fahren?« *So bald schon?* Sie hatte gehofft, die Gegenwart ihrer Freundin noch etwas länger genießen zu können. Kathryn hatte den Antrag von Tobit Preece angenommen, einem Farmer aus Y Knott im Territorium von Montana – der gleichen Stadt, in der auch die beiden Versandbräute Evie Holcomb und Heather Klinkner lebten.

Kathryn klimperte auf den Tasten und rief ein paar unharmonische Töne hervor. »Ja. Eine beschwerliche Reise zurück nach Boston, um dort ein paar Tage zu verbringen, und dann weiter ins Territorium von Montana.«

»Denkst du, dass dein Vater, wenn er dich sieht, davon absehen wird, dich dazu zu zwingen, Oscar zu heiraten – es ist *so* mittelalterlich von ihm, dir den Ehemann aussuchen zu wollen. Wer weiß, vielleicht musst du gar nicht mehr nach Y Knot und Tobit heiraten.«

Mit einem traurigen Lächeln schüttelte Kathryn den Kopf. »Wenn mein Vater einmal einen Entschluss gefasst hat, *bleibt* es dabei. Ihn mit einem sturen Ochsen zu vergleichen, erfasst seinen Charakter nicht einmal ansatzweise. Die einzige, die ihn manchmal umzustimmen in der Lage ist, ist meine Schwester. Ich habe dir ja gesagt, dass mein Vater einen Narren an ihr gefressen hat.«

Darcy konnte den Schmerz in den Augen ihrer Freundin kaum ertragen. *Wie konnte dieser Mann nicht sehen, wie besonders seine Tochter war?* »Dann sollte er *sie* dazu zwingen, Oscar zu heiraten. So hätte dein Vater den Schwiegersohn, den er sich wünscht, und du wärst frei, den Mann zu wählen, den du möchtest.«

»Poppy interessiert sich nicht für ihn, und Vater würde *sie* niemals zwingen.«

»Dieser Mann ist ein Dummkopf«, sagte Darcy aufgebracht, wobei sie sich vorbeugte, um ihre Worte zu unterstreichen. »Ich kann nicht glauben, dass er dich enterbt, bloß weil du nicht die Ehe eingehst, die er arrangiert hat!«

Kathryn schürzte kurz die Lippen, bevor sie ihre Finger über die Tasten gleiten ließ. Sie spielte die ersten Töne von »Für Elise«. »Wann immer ich Beethoven spiele, werde ich an dich denken – meine standhafte Freundin Darcy. Ich glaube, du hast dir dieses Stück beinahe täglich gewünscht.« Ihr Gesicht verdüsterte sich. »*Falls* ich Beethoven jemals wieder hören, geschweige denn spielen werde.« Sie schüttelte den Kopf. »Ich weiß gar nicht, wie ich ohne Klavier leben soll.«

»Indem du darauf sparst«, sagte Darcy nachdrücklich, auch wenn sie im Geheimen die Frage beunruhigte, ob ihre Freundin in der Lage sein würde, sich an das harte Leben im Westen anzupassen.

»Ich heirate einen Farmer. Was ist, wenn Tobit lieber eine Kuh als ein Klavier haben will?«

Als Darcy die Furcht in der Stimme ihrer Freundin hörte, ging sie zu ihr hinüber und setzte sich neben sie auf die Klavierbank. »Dann wirst du wohl darauf bestehen müssen.«

Kathryn Augenbrauen hoben sich skeptisch.

»Ich weiß nicht, wie Farmersfrauen ihr eigenes Geld verdienen, doch es gibt sicher Möglichkeiten dazu.« Sie hasste es, ihre Freundin so besorgt zu sehen. »Und du bist nicht allein in Y Knot. Wenn dir irgendjemand dabei helfen kann, eigenes Geld zu verdienen, dann ist es Heather. Vergiss nicht, dass sie drei Jobs hatte, bevor sie Hayden geheiratet hat.«

»Das ist wahr.«

»Und wenn du erst einmal das Klavier hast, kannst du Unterrichtsstunden geben … überzeuge Tobit davon, dass das Instrument eine Investition ist.«

Die Angst verschwand aus Kathryns Augen. »Meine Phantasie geht mit mir durch, nicht wahr?«

»Ja. Aber das kann ich verstehen.« Darcy drückte sie kurz. Keine der beiden Frauen war daran gewöhnt, ihre Zuneigung körperlich auszudrücken, doch die anderen, offeneren Bräute waren gute Lehrmeisterinnen darin gewesen. »Ich glaube, du brauchst eine Luftveränderung, meine Liebe.« Darcy sprang auf. »Lass uns einkaufen gehen. Ich muss eine Ausgabe von *Gesellschaft und Einsamkeit* bestellen. Bis dahin werde ich mir eine aus der Bibliothek ausleihen. Ich kann mir gar nicht erklären, wie ich den guten alten Emerson zu Hause zurücklassen konnte.«

Wie Darcy gehofft hatte, lachte Kathryn. »Lass uns mal überlegen«, stichelte sie gutmütig. »Du hast dich von jetzt auf gleich entschlossen, Newport eiligst zu verlassen, und hast deine Zofe und ihren Liebsten, den Stallburschen, dazu gebracht, dir dabei zu helfen, heimlich nach Hause nach New York zu fliehen. Dort hast du fünf Koffer gepackt, hast sichergestellt, dass all dein Schmuck und deine Toilettenartikel, inklusive deines Parfüms, eingepackt waren, sowie die teuersten deiner Kleider.«

»Das hast du nicht anders gemacht, als du aus Boston hierher kamst. Wer im Glashaus sitzt, sollte nicht mit Steinen werfen.« Ihr Geplänkel beruhigte Darcy zutiefst.

»Ich weiß. Ich habe auch eine Menge feiner Kleider zurückgelassen. Sie nehmen so viel Platz weg.«

»Nur, wenn du dir Gedanken darüber machst, dass sie verknittern könnten. Wenn du sie zusammenrollst, brauchen sie nicht so viel Platz.«

Kathryn schüttelte den Kopf. »Ich wette, du hast dir nicht einmal Gedanken darüber gemacht, wer sie bügeln würde.«

»Nein, natürlich nicht. Und ich bezweifle, dass du das getan hast.«

Darcy würde nie den braunen Bügeleisenabdruck vergessen, den sie auf Mrs. Seymours vergilbendem Kissenbezug hinterlassen hatte, an dem diese sie hatte üben lassen. Kathryn war genauso unfähig gewesen. »Du hattest mehr Brandflecken«, stichelte sie.

»Deine waren brauner«, gab Kathryn zurück.

Darcy warf die Hände in die Luft. »Ich lasse dir das letzte Wort, wenn du versprichst, dass wir unseren Einkaufsbummel machen werden.«

»Einverstanden.« Kathryn schloss den Klavierdeckel und stand auf.

Doch selbst während Darcy die Neckereien und die Art genoss, auf die das Leben in Kathryns Augen zurückkehrte, war sie sich bewusst, wie die Zeit unwiederbringlich verrann. *Bald werden wir getrennt sein und alles, was uns bleiben wird, sind Briefe.*

Kapitel Drei

Sweetwater Springs
Juli 1886

In seinen besten Sachen, wenn sie auch getragen aussahen und oft geflickt waren, betrachtete Gideon Walker eingehend die Lackierung der Brotkiste, die er für Lina Barrett geschreinert hatte, die neue Frau seines nächsten Nachbarn und einzigen Freundes Jonah. Das Licht der Morgendämmerung, das durch die Fenster seiner Werkstatt fiel, vertrieb einige der Schatten im Raum, und er arbeitete beim zusätzlichen Licht einer Laterne. Er war früher auf als sonst, und der Gedanke an seinen Besuch bei den Barretts nahm die oberste Stelle in seinen Gedanken ein.

Ein Abend, den er vor einer Woche in ihrer Gesellschaft verbracht hatte, war ihm im Gedächtnis haften geblieben, was an dem Verlust Kokos, Jonahs erster Frau, an der Gegenwart einer weiblichen Fremden, der familiären Atmosphäre, dem köstlichen italienischen Essen oder der Konversation liegen konnte – besonders am Thema Ehe.

Er konnte sich nicht erinnern, wann er das letzte Mal mit einer Frau geredet hatte, die er gerade erst getroffen hatte –

wahrscheinlich war das nicht mehr vorgekommen, seit er, vor mehr Jahren als er sich selber eingestehen wollte, sein Elternhaus verlassen und sich in die Einsamkeit der Wälder zurückgezogen hatte. Gid hielt inne, um sein Alter zu überschlagen – keine einfache Aufgabe, wenn man dem Lauf der Jahre keine Beachtung schenkte – um die dreißig, schätzte er; die letzten zehn davon hatte er in Sweetwater Springs verbracht.

Seit er ins Territorium von Montana gekommen war, hatte er nur drei Frauen gesehen.

Von Zeit zu Zeit war es ihm gelungen, mit Mrs. Dunn zu reden, der Frau seines Nachbarn, eines Ranchers – hauptsächlich, weil diese unbeugsame aber gutherzige Frau ihn dazu zwang, mit ihr zu sprechen, wenn sie sich, was selten der Fall war, bei einem ihrer Ausritte außerhalb der Grenzen ihrer Besitze begegneten. Ab und zu war sie in Begleitung ihrer Haushälterin Mrs. Pendell, einer weiteren Frau, die sich gerne zu unterhalten schien, ganz im Gegensatz zu Koko Barrett, die Schweigen aufgrund ihrer indianischen Herkunft ebenso genoss wie er. Diese Gemeinsamkeit hatte zwischen ihnen eine Freundschaft entstehen lassen, die ihm sehr wichtig gewesen war.

Er hatte ein oder zweimal mit Koko auf der Veranda der Barretts gesessen und einen anregenden Austausch über die Schönheit des Tages, des die Farm umgebenden Waldes und die violett-grauen Berge mit ihren schneebedeckten Gipfeln in der Ferne geführt ... und dabei hatten sie kein einziges Wort gewechselt.

Wieder einmal empfand er den Schmerz über ihren Verlust, gemischt mit dem Schuldgefühl, dass Wochen vergangen waren, ohne dass er von Kokos Tod gewusst hatte. Jonah hätte sicher seine Hilfe gebrauchen können, da er sich sowohl um seinen Halbblutsohn Adam als auch um die Arbeit auf der Farm hatte kümmern müssen. Doch aufgrund seines einsiedlerischen Lebens war er nicht da gewesen, um ihm als guter Nachbar eine helfende Hand zu reichen.

Nun schuldete er den Barretts ein Hochzeitsgeschenk – eines, das anders war als die kleine Kommode, welche er vor zwei Wochen zu ihnen geschafft hatte und die Wochen zuvor als Geschenk an ihr neues Baby gedacht gewesen war. Er hätte sich nie vorstellen können, dass Koko, die so geschmeidig und stark war wie kaum eine Frau, die er je getroffen hatte, gemeinsam mit ihrem Neugeborenen im Kindbett sterben würde.

Er ließ seine Handfläche über die glatte Oberfläche des Holzes gleiten. Mit einer Fingerspitze fuhr Gid die Weizenähren nach, die er oben und an den Seiten auf die Brotkiste geschnitzt hatte. *Fertig.* Und nun hatte er nicht länger eine Entschuldigung, die Barrett-Farm zu meiden. Er würde dem Gespräch mit einer Frau und dem kindlichen Geplapper des kleinen Adam ins Auge blicken müssen.

Aber am schlimmsten war, dass er nach seinem Besuch nach Hause würde zurückkehren müssen – an einen Ort, an dem er sich vor der Welt versteckt hatte. Lina Barretts Ankunft hatte die Oberfläche seiner äußerlichen Zufriedenheit abgeschmirgelt und dabei eine unerwartete Einsamkeit offengelegt.

Gid blickte aus dem Fenster, sah, wie die Schatten der Morgendämmerung sich hoben. *Wenn es deine Aufgabe ist, einen Frosch zu essen, dann tust du das am besten als erstes am Morgen.* Die Worte Thoreaus trieben ihn an, die Flamme in der Lampe auszublasen, dann nahm er die Brotkiste auf und trug sie nach draußen. Er stellte sie auf der Veranda ab und ging zur Scheune, um sein Muli Emerson zu holen.

Und wenn es deine Aufgabe ist, zwei Frösche zu essen, beginnst du am besten mit dem größeren. Trotz seines Widerstrebens spürte er, wie sich ein Lächeln auf seine Lippen stahl. Er war sich sicher, dass es Lina Barrett nicht recht wäre, wenn sie wüsste, dass er sie mit einem großen Frosch verglich.

Die Sonne stand schon höher und der Tag wurde wärmer, als Gid Emerson, der mit dem Brotkasten beladen war, auf den Hauptpfad lotste, der in die eine Richtung zur Barrett-Farm, in die andere nach Sweetwater Springs führte. Früher war der Pfad nicht mehr als ein Reitweg gewesen, doch Wagenspuren hatten das Unkraut an vielen Stellen in den Staub gedrückt, was ihn annehmen ließ, dass Jonah sich einen Wagen angeschafft hatte. Oder vielleicht hatten die Barretts kürzlich Gäste gehabt. Anders als Koko hatte die neue Dame des Hauses bereits Freunde in der Stadt, und die Dunns hatten die Braut äußerst willkommen geheißen.

Bestürzt von der Aussicht, auf noch mehr Gesellschaft zu treffen, warf er einen Blick zur Sonne hinauf. *Nein. Noch zu früh für Besucher.*

Doch als Gid aus dem Wald auf die riesige Lichtung trat, die die Barrett-Farm umgab, sah er eine vor dem Haus geparkte Kutsche, deren Zugpferde abgespannt waren. *Jehosephat! Gesellschaft.* Mit stockenden Schritten kam er zum Stehen, wobei er gegen Emersons Nase stieß.

Das Muli stupste seinen Arm sanft an, als wolle es ihn ermutigen. Es war gar nicht gut, wenn das eigene Tier tapferer war als man selbst. *Der Tapfere ist frei.*

Senecas Worte halfen ihm nicht, den Knoten in seinem Magen zu lösen oder ihm das nötige Rückgrat zu verschaffen. Den Griff um das Führseil verstärkend, begann er Emerson zu wenden, nur um zu erleben, wie das normalerweise lammfromme Muli sich dagegen wehrte.

»Gid!«

Konsterniert sah er auf und erblickte Jonah, der auf ihn

zukam. Seit er Lina geheiratet hatte, hatte der dünne Mann durch ihre italienische Küche ein bisschen Fleisch auf die Rippen bekommen. Als er an das leckere Essen dachte, das sie ihm serviert hatte, als er das letzte Mal dagewesen war, konnte Gid nicht verhindern, dass er ein wenig Neid empfand.

Auf dem Gesicht seines Freundes, das er endlich von Bart und Schnurrbart befreit hatte, lag ein breites Lächeln. »Genau das, was ich jetzt brauche. Du bist meine Rettung vor dieser Horde von Frauen.«

Bei diesem Gedanken fielen Gid vor Entsetzten fast die Augen aus dem Kopf. *Oh nein. Eine Horde von Frauen. Ein Frosch allein war schon schlimm genug. Eine ganze Kolonie davon geht über meine Kräfte.* Er schüttelte den Kopf. »Ich bin nur vorbeigekommen, um ein Geschenk für deine neue Frau vorbeizubringen.« Er ließ den Führstrick los, wusste er doch, dass Emerson, da er so trainiert war, nicht wegrennen würde – etwas das Gid am liebsten getan hätte. »Ich gebe es nur schnell ab und mache mich dann wieder auf den Weg.«

Jonah legte eine Hand auf Gids Schulter. »Unsinn, mein Freund. Ich werde es nicht zulassen, dass du dich so einfach von hier verdrückst.« Obwohl er leichthin sprach, leuchtete ein verständnisvolles Licht in seinen grünen Augen. »Zunächst einmal wird meine Frau dir sofort danken wollen, was bedeutet, dass sich Mrs. Flanigan, Mrs. Dunn und Mrs. Pendell auf den Weg zu deinem Haus machen würden. Ich denke, du ziehst es vor, ihnen auf *unserem* Grund und Boden entgegenzutreten, so dass du dich anschließend zurückziehen kannst und nicht von allen vieren bei dir zu Hause eingekesselt wirst.«

Gid wollte weder das eine noch das andere. Sein Blick zuckte zwischen dem Pfad und der Hütte hin und her, während er die Idee überdachte, für mehrere Tage zu einem plötzlichen Ausflug in die Wildnis aufzubrechen. Doch ebenso missfiel ihm die Idee, dass Besucher in seine geheime Zuflucht eindringen könnten, während er unterwegs war.

Jonah senkte seine Hand. »Und wenn du nichts Dringendes vorhast, wüsste ich deine Hilfe zu schätzen. Lina wünscht sich sehnlichst ein Bewässerungssystem für ihren Garten. Sie macht einen Riesenwirbel wegen der Kräuter, die sie aus St. Louis hierhergeschafft hat – so als seien es ihre Babys. Und unsere Besucher sind mit so vielen Pflanzen und Ablegern hier aufgetaucht, dass ihre eigenen Gärten völlig kahl sein müssen.« Sein Ton wurde schmeichelnd. »Ich kann dir ein gutes Essen als Belohnung für deine Bemühungen versprechen. Lina hat wie wild gekocht und gebacken«, sagte er schleppend und zwinkerte ihm zu. »Wie du weißt, riecht italienisches Essen verdammt gut. Und schmeckt noch besser.«

Gid erinnerte sich, wie Jonah ihn schwungvoll zum Abendessen ins Haus befördert hatte, bevor er auch nur »*Nein, danke*« hatte sagen können. Das Essen, die Wärme von Linas Empfang, die Liebe, die das Paar für den kleinen Adam empfand … Ein Teil von ihm sehnte sich danach, diese Atmosphäre wieder zu erleben. Der andere Teil wünschte sich so schnell in Sicherheit, wie er Emerson antreiben konnte.

Jonah löste das Problem, indem er den Strick des Mulis packte. Mit einem »*Wag es ja nicht*«-Ausdruck auf den Lippen und einem kurzen Nicken in Richtung des Hauses sagte er: »Komm mit.«

Emerson schien seine Meinung zu teilen, denn das Muli folgte gehorsam.

Kopfschüttelnd nahm Gid diese Übereinstimmung zwischen Mensch und Tier wahr und trottete hinter ihnen her.

Als sie dem Haus näherkamen, konnte er die Frauen in dem eingezäunten Garten erkennen. Die dralle Lina Barrett stand da und beschattete ihre Augen mit der Hand. Sie winkte. Dann flog sie aus dem Tor und auf sie zu – zumindest wirkte es, als würde sie fliegen, als sie geschwind und mit gerafftem Rock auf sie zu eilte.

Der zweijährige Adam tapste ihr hinterher, wobei er sicherer auf den Füßen wirkte, als noch vor zwei Wochen.

Lina blieb stehen, als sie ihren Ehemann erreichte. Einige schwarze Locken, die sich aus ihrer Frisur gelöst hatten, tanzten um ihre Wangen. »Gideon, wie schön, dich zu sehen!« Ihre braunen Augen blitzten vor Humor. »Bist du gekommen, um uns heute im Garten zu helfen?«

»Äh …« Gid schluckte schwer, unsicher, was er sagen sollte.

»Ich weiß«, neckte sie ihn. »Du bist dem Geruch meiner Lasagne gefolgt. Oder vielleicht der Ricotta-Pastete? Meine Großmutter hat mir die Zutaten gerade erst geschickt. Und dann ist da natürlich der Pfirsichauflauf mit Teigkruste, den Mrs. Pendell gemacht hat.«

Die Erwähnung des Desserts gab den Ausschlag. Jonah hatte ihm von Mrs. Pendells berühmtem Pfirsichauflauf erzählt. »Euripides hat gesagt: ,Wenn der Magen eines Mannes voll ist, macht es keinen Unterschied, ob er arm oder reich ist.'«

»Wir sind reich an Pfirsichauflauf.« Linas Lächeln zauberte Grübchen auf ihre Wangen. Sie trat auf ihn zu und legte eine Hand um seinen Ellenbogen, dann zog sie ihn zu den anderen Frauen. »Komm, schau mal was wir machen.«

Es war so viel Zeit vergangen, seit eine Frau ihn berührt hatte, dass Gids Arm von der Berührung förmlich brannte. Er warf Jonah einen hilflosen Blick zu und hoffte, der andere würde den Überschwang seiner Frau dämpfen.

Doch sein Freund grinste so breit, dass die Lachfältchen um seine Augen deutlich sichtbar wurden.

Sie stoppten vor der Scheune und sahen zu dem einfachen Farmhaus, das lediglich aus zwei Räumen bestand, und dem danebengelegenen Garten.

Besorgt sah Gid die anderen drei Frauen auf sie zukommen. Die hübsche Blonde war ihm fremd.

Als sie sie erreichten, schob sich Mrs. Dunn ihren Stetson aus der Stirn. Das Lächeln auf ihrem wettergegerbten Gesicht hieß ihn willkommen.

Mrs. Pendell schüttelte ihren wollig-weißen Kopf. »Man sehe und staune. Gideon Walker, so wahr ich hier stehe. Ein seltener Anblick. Ich hoffe doch sehr, dass Sie für meinen Pfirsichauflauf dableiben werden.«

Gid schluckte. »Ja, Ma'am.«

Lina deutete auf die blonde Frau und stellte sie als Trudy Flanigan vor.

Gid erinnerte sich, dass Lina erzählt hatte, dass Mrs. Flanigan diejenige gewesen war, die Kisten voller Bücher mitgebracht hatte, als sie nach Sweetwater Springs gereist war, um Seth, einen hier ansässigen Farmer, zu heiraten. Lina hatte versprochen, ihre Freundin zu bitten, ihm einige davon zu leihen. Er hatte sich auf neues Lesefutter gefreut. »Es ist mir eine Freude, Sie kennenzulernen, Mrs. Flanigan.«

Mrs. Flanigan sah ihn aufmerksam aus gescheiten blauen Augen an. »Nennen Sie mich Trudy«, sagte sie. »Ich weiß, dass wir uns sehr gut kennenlernen werden.«

Trudy besaß nicht die Kurven ihrer dunkelhaarigen Freundin, hatte jedoch trotz allem eine sehr weibliche Figur. Er konnte nicht anders, als Jonah und Seth um die Frauen zu beneiden, die sie gefunden hatten, um sie zu heiraten. *Nein, nicht gefunden,* korrigierte er sich selbst. *Nach denen sie geschickt hatten.* Einen Brief zu schreiben war viel einfacher, als eine Frau umwerben zu müssen. Für einen Moment fragte er sich …

Mrs. Flanigan deutete zur Kutsche. »Ich habe Ihnen eine Kiste Bücher mitgebracht, Mr. Walker … Gideon?« Sie hob ihre Augenbrauen, um ihn still um die Erlaubnis zu bitten, seinen Vornamen benutzen zu dürfen.

Er nickte.

»Ich kann Ihnen nicht sagen, welche Bücher Sie darin finden oder ob Sie nach Ihrem Geschmack sein werden, da ich mir nicht die Mühe gemacht habe, sie auszupacken und zu ordnen. Dazu habe ich gerade zu viel zu tun und noch genug andere Kisten, um etwas zu finden, wenn ich lesen möchte.«

Solch ein Geschenk! Die Dankbarkeit überwältigte ihn. »,Bücher sind der Schatz dieser Welt und das passende Erbe von Generationen und Nationen.'«

Während sie den Kopf schief legte, strahlte Trudy ihn an. »Was für ein wunderbares Zitat.«

»Thoreau.«

»Es klingt nach Thoreau.« Sie wechselte einen vielsagenden Blick mit Lina.

Er fragte sich, was die beiden wohl gerade für eine stumme Nachricht ausgetauscht hatten.

Jonah tätschelte Emersons Nase, dann wandte er sich an seine dunkelhaarige Frau. »Gid sagte mir, dass er dir etwas mitgebracht hat.«

Das Muli stupste gegen seinen Arm.

»Ein Geschenk für die Braut.« Gid nutzte die Entschuldigung, die ihm das Losbinden des Päckchens bot, um sich von Lina zurückzuziehen. Er fummelte an den Knoten, bis sie sich lösten, dann schlug er das abgenutzte Segeltuch zurück und legte den Brotkasten frei, den er vom Muli hob und in Linas Arme legte.

Sie japste auf, stützte den Kasten auf einer ihrer Hüften ab, so dass sie mit ihrer freien Hand die Ähren nachziehen konnte. »Ein Brotkasten?« Mit hochgezogenen Augenbrauen sah sie Bestätigung suchend zu ihm auf.

Er nickte.

»Oh, Gid.« Sein Spitzname kam ihr so selbstverständlich über die Lippen, als habe sie ihn schon seit ihrer Kindheit gekannt. »Er ist wunderschön.«

Trudy lehnte sich nach vorn, um das Geschenk zu begutachten. »Sie stellen so schöne Sachen her, Gid. Schöneres gibt es auch nicht in St. Louis.«

Lina legte auch den anderen Arm um den Brotkasten und deutete mit einem Kopfnicken aufs Haus. »Auch wenn es noch früh am Tag ist, lasst uns eine Pause machen. Ich werde etwas Tee kochen. Ich kann es gar nicht erwarten, den Kasten hier zu füllen.«

Jonah schlang den Führstrick um die Pferdestange. »Ich werde dir Gesellschaft leisten, Gid. Sonst läufst du uns noch davon. Und dann kümmern wir uns um dein Muli.«

Von der Menge umringt – zumindest kam ihm die Gruppe wie eine Menschenmenge vor, denn es waren definitiv mehr Leute, als er insgesamt in den letzten beiden Jahren zusammengenommen gesehen hatte – ließ Gid es zu, dass er zum Haus gedrängt wurde.

Jonah nahm Adam auf, hob ihn über seinen Kopf und setzte den Jungen auf seine Schultern.

Das Kind hatte die grünen Augen seines Vaters und das dunkle Haar, die goldene Haut und die Gesichtsform seiner Mutter. Adam stieß ein dröhnendes Lachen aus und zog an Jonahs Haar.

Jonah stöhnte. Dann sah er Gid an und rollte die Augen. Ein Grinsen machte sich auf seinem Gesicht breit. Er langte nach oben, um die Finger seines Sohnes zu lösen.

Gid starrte ihn an. Sein Freund war immer so ein ernsthaft und gelegentlich sogar mürrischer Mensch gewesen, obwohl er sich etwas geändert hatte, nachdem er Koko geheiratet hatte. Doch nun war sein ganzes Auftreten unbeschwerter. *Er hat sich in Lina verliebt, und sie hat ihn glücklich gemacht.*

Auf der Veranda hielten sie kurz an, um sich die Hände zu waschen und abzutrocknen. Dazu waren, als Neuerung seit seinem letzten Besuch, eine Schüssel und ein Wasserkrug auf das Geländer gestellt worden. Einmal im Haus, staunte Gid über die Veränderungen, die seit Linas Ankunft vorgenommen worden waren – das rot-weiß-karierte Tischtuch, der Krug mit Blumen, die vollen Regale und die Zierdeckchen, die über die Möbel drapiert worden waren. Alles in allem waren das zwar nur geringe Veränderungen, doch jede repräsentierte eine völlig neue Lebensweise für Jonah und Adam. Und auch wenn er bei seinem letzten Besuch im Haus gewesen war, war er doch zu erschüttert von der Nachricht über Kokos Tod und darüber gewesen, dass Jonah sich so bald wieder verheiratet hatte, als dass er von dem weiblichem Dekor Kenntnis genommen hätte.

Jonah setzte Adam ab.

Der Junge tappte zu einer Lattenkiste und nahm ein paar Spielzeuge heraus. Dann ließ er sich auf den Hosenboden fallen und begann zu spielen.

Gid machte sich im Geiste eine Notiz, Adam eine Spielzeugkiste zu bauen. Er konnte eine, die er noch in seinem Lagerraum hatte, umarbeiten und mit den indianischen Symbolen von Kokos Stamm versehen, so dass sie zu den Möbeln passte, die er bereits für sie gemacht hatte.

»Ich hole die Bank.« Jonah ging wieder nach draußen und ließ Gid für einen Moment allein bei den Damen zurück.

Lina stellte den Brotkasten auf den Tisch, dann ging sie hinüber zum Herd und stellte einen Teekessel auf eine der Herdplatten. Sie öffnete die Ofentür und fachte die aufgehäuften Kohlen durch Stochern zu neuem Leben an. Außerdem fügte sie noch etwas Feuerholz hinzu. Als sie sich wieder aufrichtete, sah sie Trudy an. »Ich denke, jetzt ist die perfekte Zeit für die Biskuittorte, die du mitgebracht hast.«

Trudy sah Gid lächelnd an. »Biskuittorte mit Erdbeersauce. Seth hat darauf bestanden, dass ich ihm etwas davon dalasse, darum fehlt ein Stück. Er sagte, er würde sich nicht darauf verlassen, dass ich wiederkomme und dann noch etwas übrig habe.«

Mrs. Pendell kicherte. »Frischvermählte«, sagte sie nachsichtig. »Das wird sich bald ändern, und dass sie ihre besten Desserts zu Besuchen mitbringen oder ihrerseits Besuchern geben … sie stolz präsentieren, wird wichtiger werden. Letztlich richtet sich die Stellung einer Frau in der Gemeinde doch danach, wie gut sie kocht.«

Mrs. Dunn lachte und tätschelte den Arm ihrer Haushälterin. »So spricht die Frau mit dem besten Pfirsichauflauf mit Teigkruste in Sweetwater Springs. Bedenkt man meine erbärmlichen Backversuche, stehe ich am unteren Ende der Hackordnung.« Sie zwinkerte Mrs. Pendell gar nicht damenhaft zu. »Und Sie können mir nicht erzählen, dass Sie Ihrem Mann nicht ab und zu einen frisch gebackenen Keks zustecken, der noch nicht ganz abgekühlt ist.«

Mrs. Pendell wurde rot und schob ihr Kinn vor. »Niemand wird einen Keks vermissen, wenn ich ihn Habakkuk gebe.« Doch das Blinken in ihren Augen strafte ihre steife Haltung Lügen.

Mit wachsendem Erstaunen beobachtete Gid die Wärme weiblicher Freundschaft. Die Frauen ließen sich nieder wie ein Schwarm Vögel, die an einem Zwitscherfestival teilnahmen. Alles, an was er sich von seiner Mutter und älteren Schwester erinnern konnte, waren Kälte und Kritik. Und die Male, die er sie mit ihren sogenannten Freundinnen gesehen hatte, waren sie ihm stets eher wie eine Horde von Geiern erschienen …

Er verdrängte den unangenehmen Gedanken.

Lina nahm den Brotkasten und trug ihn zur hölzernen Arbeitsplatte. Sie legte zwei Laib Brot hinein und schloss den Deckel. Zurücktretend begutachtete sie sein Geschenk. »Perfekt.« Sie warf ihm ein Lächeln zu. »Vielen Dank, Gid.«

Sein Gesicht erglühte vor Hitze, die sich bis zu seinen Ohren ausbreitete.

Jonah betrat den Raum, die Bank von der Veranda tragend.

Dankbar dafür, etwas zu tun zu haben, entfernte Gid die Stühle auf der einen Seite des Tisches, um Platz für die Bank zu machen. Dann stellte er die Stühle eng um die anderen drei Seiten herum auf.

»Wir werden auch etwas Pfirsichauflauf essen.« Lina tätschelte eine Stuhllehne. »Und du sitzt hier, Gid.«

»Ich hole die Erdbeersauce aus der Eisbox.« Trudy ging darauf zu.

Mrs. Dunn und Mrs. Pendell nahmen die beiden anderen Stühle.

Während der Tee zog, schnitt Lina Stücke aus Trudys Biskuittorte und löffelte die Sauce darüber. Sie und Trudy stellten die Teller mit den Desserts auf den Tisch und gossen die Gläser voll kalte Milch. Der Tonfall änderte sich, als die Frauen sich mehr aus ihrem Leben anvertrauten – Trudy und Lina über St. Louis und Mrs. Dunn und Mrs. Pendell über Sweetwater Springs, und daran anschließend, wie Jonah und Seth an ihre Versandbräute gekommen waren.

»Ich habe Jonah mit seinem Brief geholfen«, sagte Trudy zwitschernd. Abrupt brachte sie auf alarmierende Weise das Gespräch in Richtung Gid. »Das könnten wir bei Ihnen auch tun.«

Ein starkes Bedürfnis zu fliehen überkam ihn. Gid starrte auf den Boden und fragte sich, wie sie es wohl aufnehmen würden, wenn er nach draußen rannte. »Ich werde darüber nachdenken«, murmelte er.

Lina sah ihn skeptisch an.

Trudy beugte sich vor. »Denken Sie nicht zu lange darüber nach. Wenn Darcy, Kathryn, und Bertha einen Ehemann gefunden haben, werden wir nicht mehr in der

Lage sein, persönlich für irgendeine der potenziellen Bräute zu bürgen. Und so sehr ich auch Mrs. Seymours Meinung schätze …«

»Denk an Prudence«, warf Lina ein.

Trudy krauste die Nase. »An Prudence versuche ich gerade *nicht* zu denken.« Sie sah die anderen an. »Eine höchst unangenehme Frau. Wir mussten einige der sanftmütigeren Frauen vor ihrer scharfen Zunge in Schutz nehmen. Aber … um Mrs. Seymour, der Betreiberin der Agentur, die ihr gebührende Ehre zukommen zu lassen … sie hat Prudence keinem unglücklichen Mann aufgehalst.«

»Bis jetzt«, warnte Lina.

Schweigen folgte auf ihre Worte. Gid blickte die anderen an, von denen alle, soweit er wusste, sehr zufrieden mit ihren Ehen waren, und spürte, wie sie über den Horror einer unglücklichen Verbindung nachdachten. Er war in einer aufgewachsen, und er wollte nicht das Opfer einer weiteren werden. »›Es ist nicht ein Mangel an Liebe, sondern ein Mangel an Freundschaft, der eine unglückliche Ehe ausmacht.‹«

Trudy richtete sich mit geweiteten Augen auf. »Darcy!«

Gid sah sie verwirrt an. »Nein. Friedrich Nietzsche.«

Trudy ignorierte seine Berichtigung und starrte Lina mit großen Augen an. »Erinnerst du dich an den Tag, als wir beim Abendessen die Wichtigkeit einer Seelenverwandtschaft in der Ehe diskutiert haben? Darcy Russell hat exakt das Gleiche gesagt.«

Linas Augen weiteten sich. »Du hast recht. Ich konnte mit Darcys Zitaten nie Schritt halten.«

Trudy wandte sich an Gid. »Vorhin hat Lina zu mir gesagt, dass sie denkt, dass Sie und Darcy zueinander passen würden. Sie teilen beide den gleichen Geschmack in Sachen Literatur und philosophischer Zitate.«

»Und in Sachen Natur«, warf Lina ein.

»Ah ja«, stimmte Trudy zu. »Darcy und ich teilen beide unsere Liebe zur natürlichen Schönheit der Erde. Während Lina …« Sie schenkte ihrer Freundin einen neckenden Blick. »Alles, worüber sie sprach, waren Babys.« Sie beugte sich vor und wuschelte Adam durchs Haar. »Und ihr Traum wurde wahr.«

Lina warf ihrem Ehemann einen liebevollen Blick zu, bevor sie sich an Gid wandte. »Darcy ist nicht hübsch im herkömmlichen Sinne, doch sie besitzt ein interessantes, eckiges Gesicht.«

»Sie ist schlank. Größer als wir«, fügte Trudy hinzu.

»Dichtes braunes Haar, intelligente braune Augen«, ergänzte Lina, dann zögerte sie. »Die Sache ist nur, Darcy stammt aus einer reichen Familie. Sie hat nicht viel über ihr früheres Leben erzählt, aber es ist offensichtlich – ihre Kleidung, ihr Schmuck, ihre Erziehung, ihre vornehme Ausstrahlung …«

Trudy tippte mit dem Finger auf den Tisch. »Ja. Aber Darcy ist kein hohlköpfiges Mädchen aus der vornehmen Gesellschaft. Sie hat Rückgrat. Wenn sie sich für Sie entscheidet, Gid … für Sweetwater Springs … dann wird sie bleiben.«

»Und du hast allen anderen möglichen Kandidaten gegenüber einen Vorteil.« Mit einem Grinsen deutete Lina zwischen sich und Trudy hin und her. »*Wir* sind hier.«

Als er erkannte, wie ernst es den Damen damit war, ihn mit ihrer Freundin zusammenzubringen, ergriff Gid die Panik.

Jonahs Stirn legte sich in nachdenkliche Falten.

Mrs. Dunn sah Gid weise an. »Ich weiß aus Erfahrung, dass es eine Herausforderung für sie werden wird, sich an das Territorium von Montana zu gewöhnen, daher werden Sie Geduld und Verständnis brauchen.«

Lina blickte zu ihrem Mann. Ihre Augen funkelten vor

Lachen. »Da gibt es kein *vielleicht*. Hier zu leben *wird* eine Herausforderung sein.«

Jonah nickte und sein Mund verzog sich zu einem schelmischen Lächeln. »Warne sie, bevor du auf die Jagd gehst, dass du mit Blut besudelt wiederkommen und ein Stück erlegtes Wild auf den Schultern tragen wirst«, sagte er mit ausdruckslosem Gesicht, doch einem humorvollen Glitzern in den Augen.

»Oh, du.« Lina ergriff ihre Serviette und schlug damit nach seinem Arm.

Trudy lachte. »Und warnen Sie sie, sich vor Pumas in Acht zu nehmen, wenn sie alleine durch einen verschneiten Wald reitet. Besser noch, warnen Sie sie, dass es auch im *Juni* schneien kann!«

Je mehr sie sich unterhielten, desto beunruhigter wurde Gid. Er war gar nicht auf der Suche nach einer Frau, und auch wenn er fand, dass sich diese Darcy sehr verlockend anhörte, wollte er doch keine Dame der besseren Gesellschaft. Von denen hatte er in seiner Jugend genug genossen − auf jeden Fall von denen, die als bessere Gesellschaft dort durchgingen, wo er herstammte. Er ballte seine Hände unter der Tischplatte zu Fäusten. Eher würde er mit einem Rudel wilder Wölfe zusammenleben.

Lina musste sein Elend erkannt haben, denn sie beugte sich vor und tätschelte seinen Arm. »Mach dir nicht solche Sorgen, Gid. Darcy kennt diese Geschichten schon, weil Trudy und ich Mrs. Seymour und den anderen Bräuten von unseren Abenteuern geschrieben haben. Wir werden Mrs. Seymour und Darcy von deinem untadeligen Charakter berichten, so dass du dir um Referenzen keine Sorgen zu machen brauchst.«

»Und Darcy ist mir immer vernünftig vorgekommen«, fügte Trudy mit einem Lächeln hinzu. »Wenn sie es nicht will, Gid, wird sie dich nicht akzeptieren.«

»Ich werde darüber nachdenken«, wiederholte er, bemüht ruhig zu klingen, während sein Herz raste. »Wenn ich mich dafür entscheide, kann ich meinen eigenen Brief schreiben.«

Kapitel Vier

Gids Zeit bei den Barretts hatte seine Gelassenheit erschüttert, wie er schon erwartet hatte, bevor er zu seinem Besuch aufgebrochen war, doch auf weitaus tückischere Art, als er es sich vorgestellt hatte. Statt der Verlockungen eines vagen Traums von einer zukünftigen Ehefrau und Familie, hatte er nun eine bestimmte Kandidatin im Sinn. Trotzdem musste er gleich auf die Gelegenheit hin reagieren, denn diese Darcy könnte sich sonst anderweitig verloben. Er hätte es vorgezogen, die Idee die nächsten paar Jahre zu durchdenken, was dem Zeitraum entsprach, von dem er annahm, dass er ihn brauchte, um sich damit abzufinden, dass eine Frau seinen Frieden störte.

Er stand an einer Weggabelung – der eine Weg führte zu Abgeschiedenheit, Frieden und … Einsamkeit; der andere zu einer Frau … nicht nur irgendeiner Frau … vielleicht zur *richtigen* Frau. Gid wusste, wenn er nicht handelte, würde er sich immer fragen, was hätte sein können, und dass er seine Entscheidung stets bereuen würde. Doch könnte er, wenn er sich eine Frau nahm, sehr unglücklich werden und alles noch mehr bereuen. Und wenn er auch manchmal den Wunsch nach geistesverwandter weiblicher Gesellschaft verspürte, wusste er doch, dass er jetzt seinen Frieden hatte.

Ihm schoss das letzte Mal durch den Kopf, als er eine bedeutende Entscheidung hatte treffen müssen, nämlich seine giftige Mutter und Schwester zu verlassen, von zu Hause zu fliehen und das Familiengeschäft zurückzulassen. Diese Entscheidung hatte er monatelang überdacht. Ein Zitat von Thoreau hatte seine Entschlossenheit verstärkt. *Wenn man zuversichtlich seinen Träumen folgt und sich bemüht, so zu leben, wie man es sich vorgestellt hat, wird man unerwartet von Erfolg belohnt.* Diese Zeilen musste er sich hundertmal gesagt haben, um Mut zu fassen. Und er hatte das erreicht, was er hatte erreichen wollen. Er lebte ein erfolgreiches Leben, obwohl er nicht reich an materiellen Gütern war, und bereute seine Entscheidung nicht.

Doch wenn er Thoreaus Weisheit auf die gegenwärtigen Umstände anwandte, konnte er nur sehen, dass er Selbstvertrauen vermissen ließ, generell Schwierigkeiten bei Gesprächen mit anderen hatte – von Frauen einmal ganz abgesehen – und dass er eine Ehefrau enttäuschen würde.

Sie wird wahrscheinlich nein sagen. Der Gedanke, dass er bei dem Versuch, seine Braut zu gewinnen, versagen könnte, beruhigte ihn und erlaubte es ihm, sich an den Tisch zu setzen und ihr einen Brief zu schreiben. Er würde dieses Schreiben dem Brief hinzufügen, in dem er Mrs. Seymour um Darcy Russells Hand bat.

Liebe Miss Russell,

»Es ist eine allgemein anerkannte Wahrheit, dass ein Junggeselle im Besitz eines schönen Vermögens nichts dringender braucht als eine Frau.«

Die Worte Jane Austens sind vielleicht eine ungewöhnliche Art, den Brief an eine Frau zu eröffnen, die ich um ihre Hand bitten möchte. Doch die Autorin hat viel weiser gesprochen, als es mir möglich wäre, auch wenn ich nicht vorgeben kann, im Besitz großen Reichtums zu sein – zumindest nicht im Sinne von Geld. Ich bin reich an Zufriedenheit und darin, in einer wunderschönen Umgebung zu Hause zu sein.

Ihre Freundinnen Trudy Flanigan und Lina Barrett versicherten mir, dass wir die Liebe zu Philosophie und Literatur teilen. Und ich hoffe, dass diese Übereinstimmung zwischen uns, mehr als alles andere, das ich zu bieten habe, Ihre Entscheidung für mich beeinflussen wird.

Ich muss Sie warnen, dass ich von Natur aus ein sehr scheuer Mann bin - bescheiden, ruhig und zurückhaltend. Wenn Sie, nachdem Sie dies über mich gelesen haben, noch mehr über mich wissen möchten ...

Ich bin dreißig Jahre alt und wuchs in Philadelphia als Sohn eines wohlhabenden Kaufmannes auf. Folglich besitze ich die Erziehung, die mit dieser Position einhergeht. Ich habe viel mehr Vorteil aus meinen Studien gezogen, als meine Eltern geplant hatten. Es war nicht ihr Wunsch gewesen, einen akademisch orientierten Sohn zu haben. Was sie brauchten, war ein Nachfolger für ihr Geschäft – Knöpfe. Vielleicht verzieren ein paar der Knöpfe von Walker Manufacturing das Kleidungsstück, das Sie gerade tragen, wenn Sie diesen Brief lesen.

Ich habe jedoch nichts mit der Firma zu tun und bin von meiner Familie verstoßen worden – jedenfalls nehme ich das an, nachdem ich sie im Stich gelassen habe (was sie sicherlich so sehen werden), um als Einsiedler in der Wildnis des Territoriums von Montana zu leben.

Ich habe mir ein gemütliches Heim inmitten des Waldes geschaffen, dessen Bäume höher sind als alles, was Sie im Osten kennen. Ein Fluss tanzt in der Nähe über die Steine. Das Haus ist klein – nur ein einziger großer Raum, doch so schön, wie ihn die Hände eines einzelnen Mannes herrichten können. Wie schon Thoreau sagt: »Hast du Luftschlösser gebaut, so braucht deine Arbeit nicht verloren zu sein. Eben dort sollten sie sein. Jetzt lege das Fundament darunter.« Ich habe mein kleines Schloss, komplett mit einem eckigen Türmchen. Ich hoffe, Sie, Miss Russell, haben Sinn für Grillen, und dies ist der einzige Hinweis, den ich Ihnen geben werde.

Ich lebe vom Land – mit einem großen Garten, einer Kuh, einem Schwein und vielen Fischen in meinem Fluss. Ich verlasse den friedlichen Zufluchtsort, den ich mir geschaffen habe, nur ungern, daher handle ich mit Jonah Barrett oder meinen anderen Nachbarn, der Familie Dunn (die Rancher sind), um Fleisch. Jonah bringt mir außerdem die Vorräte, die ich aus dem Laden benötige. Er ist ein guter Freund, und ich bin sicher, der Umstand, seine Frau Lina als nächste Nachbarin zu haben, könnte der größte Anreiz für Sie sein, hierher zu ziehen.

Auch wenn ich damit zufrieden bin, isoliert zu leben, erwarte ich das nicht von meiner Frau, die sicherlich gerne die Kirche besuchen und anderen sozialen Aktivitäten nachgehen wird, ihre Freunde besuchen und von ihnen Besuch empfangen möchte. Auch wenn ich wahrscheinlich nicht zugegen sein werde, wenn letzteres der Fall ist.

Ich biete Ihnen also ein ruhiges, beschauliches Leben, reich an natürlicher und von Menschenhand geschaffener Schönheit und hoffentlich … Liebe. Ich schließe mit den Worten Christopher Marlowes.

> *»Komm leb mit mir und werde mein*
> *Und alle Freud' wird unser sein,*
> *Die Täler, Hügel, Wald und Feld,*
> *Und steiler Berg bereit uns hält.«*

Ich hoffe, dass Sie sich dafür entscheiden werden, sich mir hier anzuschließen.

Ergebenst,

Gideon Walker

Als er fertig war, las Gid den Brief noch einmal. Langsam faltete er das Papier, stopfte es in den Umschlag und adressierte den Brief an *Miss Darcy Russell*. Er stand auf, starrte auf den Umschlag und dachte an Thoreaus Worte. *»Ich habe nie einen geselligeren Begleiter als die Einsamkeit gehabt.«* Er nahm das Schreiben auf, als wolle er seine Entscheidung abwägen.

Dann trug er es hinüber zu der hölzernen Kiste, die hoch oben auf einem Regal stand und die wenigen Erinnerungsstücke aus seiner Kindheit enthielt. Ohne sich die Mühe zu machen, die Kiste herunterzuheben, griff er nach oben, hob den Deckel an und ließ den Brief an Darcy hinein gleiten.

Darcy hatte schon den ganzen Morgen lang ein mulmiges Gefühl gehabt. Wenn sie innehielt, um darüber nachzudenken, dann erkannte sie, dass diese Unruhe sie bereits die letzten drei Tage belastet hatte, doch sie hatte es darauf zurückgeführt, dass sie Kathryn vermisste.

Sie wartete, bis die anderen zwei Bräute nicht mehr da waren, dann ging sie, *Walden* in der Hand, in den Salon, wo sie eine Weile lesen und dann einen Brief an Kathryn schreiben wollte.

Sie blickte sich in dem großen Doppelsalon um, dann auf das Klavier und stellte sich dabei vor, ihre Freundin sei hier – das rotbraune Haar zur Musik wippend, die grünen Augen verträumt. Traurig wandte sie ihren Blick vom Klavier ab und durchquerte den Raum, um ihren gewohnten Platz auf dem braunen Sofa einzunehmen.

Darcy öffnete ihr Buch und entfernte die Kochliste, die sie als Lesezeichen benutzte. Sie schaute auf die Dinge, die in Mrs. Seymours gestochener Handschrift zu Papier gebracht worden waren:

Brötchen backen

Brot backen – Roggen und Weizen

Spiegel- und Rühreier kochen

Speck braten

Pfannkuchen backen

Hähnchen braten

Rinderbraten zubereiten

Suppe zubereiten

Eintopf kochen

Pastete backen

Kartoffeln kochen

Gemüse vorbereiten

Darcy seufzte, als sie sich vorstellte, mit den anderen Bräuten unter der Aufsicht von Dona, der Köchin, zusammenzuarbeiten. Die beste Unterrichtsstunde hatte Lina Napolitano gegeben, die jetzt Mrs. Jonah Barrett in Sweetwater Springs im Territorium von Montana war und die ihnen beigebracht hatte, wie man Minestrone kochte.

Sie und Kathryn hatten eine Weile gebraucht, um die Aufgaben auf der Liste zu beherrschen, was auch der Grund dafür war, dass sie beide so lange in der Agentur geblieben waren, während die vier anderen Bräute aufgebrochen waren, um glückliche Ehen einzugehen. *Evie nicht zu vergessen*, dachte Darcy liebevoll. Evie hatte ohne Erlaubnis einen der Briefe, die an Mrs. Seymour gerichtet gewesen waren, geöffnet, hatte mit dem Freier korrespondiert und dann zugestimmt, ihn zu heiraten.

Ich bin soweit. Dieser Gedanke brachte ihren Magen in Aufruhr. Ihre Zeit in der Agentur *Versandbräute des Westens* war eine Periode der Zufriedenheit gewesen, die nur von Prudence getrübt wurde, der einzigen Frau, die wirklich ausgesprochen unangenehm war. *Es ist Zeit, dass ich fortgehe und heirate.*

Unvermutet wurde sich Darcy bewusst, dass es ihr nicht ernst damit gewesen war, einen Fremden zu ehelichen. Irgendwie hatte sie insgeheim stets gedacht, das Problem mit ihrem Halbbruder würde sich erledigen und sie könnte zu ihrem Leben in New York zurückkehren, wenn auch mit ein paar neuen und lieben Freunden und der Fähigkeit zu kochen, die sie nie würde nutzen müssen.

Doch nun zerstörte die Realität die angenehme Illusion, und ihr Magen zog sich zusammen.

Lange auf den Ozean hinauszusehen beruhigte oft ihren Geist und ließ sie Lösungen für die Probleme erkennen, die sie gerade überdachte. Hier in St. Louis hatte Darcy keinen Ozean, doch sie besaß ihre Vorstellungskraft. *Vielleicht sollte ich es versuchen.* Sie sah erneut das Klavier an – vielleicht mit ein wenig Begleitmusik.

Mit geschlossenen Augen stellte sich Darcy die See vor, die sich vor Windover erstreckte. Sie hörte das Rauschen der Brandung zu den Klängen einer Beethovensonate. Mit dem Wind auf ihrem Gesicht, lauschte sie »Für Elise«. Während ihr Körper und Geist sich entspannten, verstärkten sich der Knoten in ihrem Magen und das Kribbeln in ihrem Nacken. Dieses intuitive Gefühl der Gefahr hatte sie auch an dem Tag gehabt, an dem sie Holden mit Mr. Brockman hatte reden hören. *Sie können mich aber doch sicher nicht gefunden haben …*

Ich lasse mich von meiner Furcht übermannen – und mache aus einer Mücke einen Elefanten.

Darcy nahm Papier und Feder und begann, einen Brief an Kathryn zu schreiben. Während ihre Feder die Worte formte, wuchs in ihr die Überzeugung, dass die Zeit gekommen war, Missouri zu verlassen. Sie dachte an einen bestimmten Brief, den Lina ihr geschickt hatte, nachdem sie in Sweetwater Springs angekommen war und in dem sie von ihrem Nachbarn Gideon Walker als möglichem Bräutigam für Darcy berichtet hatte.

Ihren Kopf über solch eine unwahrscheinliche Möglichkeit schüttelnd, beendete sie ihren Brief und adressierte ihn an Kathryn in Y Knot, Territorium von Montana, da die Post sie im Hause ihrer Eltern in Boston eventuell nicht mehr vor ihrer geplanten Abreise erreichen würde. Sie stand auf und trug den Brief in die Eingangshalle, um ihn auf den silbernen Teller zu legen, der auf einem Ständer nahe der Eingangstür stand.

Dort war auch die Post aufgestapelt, die gestern angekommen war. Kathryn war immer diejenige gewesen, die sich auf die Post gestürzt und diese dann an alle verteilt hatte. Das neue Hausmädchen hatte wahrscheinlich noch nicht begriffen, dass sie dieser Aufgabe nun jeden Tag nachkommen musste.

Darcy blätterte, auf Nachricht von ihren Freundinnen hoffend, die obenauf liegenden Umschläge durch, nur um ein ihr bekanntes Briefpapier zu entdecken, auf dessen Vorderseite ihr Name in krakeligen Lettern geschrieben stand.

Ein Schauer des Schreckens lief ihre Wirbelsäule herunter. Sie hatte hier nie einen Brief erhalten. Niemand außer ihres persönlichen Dienstmädchens Betty wusste, wo sie sich aufhielt. Betty musste sich an dem Briefpapier aus Darcys Schreibtisch bedient haben.

Mit zitternden Fingern riss sie den Umschlag auf und holte ein einzelnes Blatt Papier daraus hervor. Klotzige Buchstaben zogen sich über die Seite.

Miss Darcy,

Mr. Holden macht eine Reise un ich hab ihn Sant Lewis sagen gehört. Er und Mr. Brokmin streiten. Hören sich wütent und gemain an. Dachte ich sollte sie wanen.

Betty

Darcys Herz setzte ein paar Schläge aus.

Holden könnte sich auf dem Weg hierher befinden!

Wie kann er mich gefunden haben?

Ihre Gedanken gingen in rasendem Tempo alle Möglichkeiten durch, bis ihr mit einem intuitiven Geistesblitz etwas einfiel. *Mary Ellen weiß über die Versandbraut-Anzeige Bescheid. Wenn sie Holden von unserer Unterhaltung erzählt hat …*

Die Angst ließ sie zittern. *Ich muss verschwinden!*

Aber wohin? Darcys erster Gedanke war, zu Kathryn zu flüchten. Ihre Freundin würde sie sicher aufnehmen. Andererseits würde ihr Auftauchen Kathryns frische Ehe mit Tobit Preece belasten.

Ich brauche einen Ehemann! Ich brauche die Kontrolle über mein Erbe!
Wieder einmal dachte Darcy an Linas Vorschlag und versuchte, sich an die Einzelheiten zu erinnern, die diese über ihren Nachbarn geschrieben hatte.

Darcy eilte zum Sekretär und öffnete die Schreibtischschublade, in der Mrs. Seymour die Korrespondenz der verheirateten Bräute aufbewahrte – zumindest die Briefe, die an alle in der Agentur gerichtet waren – und durchsuchte die Umschläge, bis sie den fand, nach dem sie gesucht hatte.

Sie zog den Brief hervor und überflog ihn, bis sie den wichtigen Abschnitt erreichte.

Wir haben sehr liebenswerte Nachbarn, die Dunns, die auf einer Ranch nördlich von uns leben. Mr. Gideon Walker, unser nächster und ebenfalls im Norden wohnender Nachbar, ist ein scheuer Mann, der im Wald lebt und die schönsten Möbel herstellt, die Du Dir vorstellen kannst – wirklich einmalige Stücke – und er verschlingt Bücher förmlich. Darcy, Du und er habt, was Bücher angeht, genau den gleichen Geschmack! Wenn Du Dich entscheiden solltest, ein zurückgezogenes, einfaches Leben mit einem Mann zu leben, mit dem Du Dich über Philosophie unterhalten kannst, dann habe ich die perfekte Übereinstimmung für Dich.

Die perfekte Übereinstimmung. Die perfekte Übereinstimmung. Die Worte klangen in ihrem Kopf. Ein zurückgezogenes Leben hörte sich ideal an. Und wenn sie einmal verheiratet wäre, könnte Darcy einen Anwalt damit beauftragen, die Angelegenheit mit Holden und Mr. Brockman zu klären. *Ich werde ein neues Testament mit mehreren Erben – meinem Ehemann und all meinen Freunden – aufsetzen und sicherstellen, dass Holden diese Information erhält.* Wenn ihr Halbbruder erst einmal wüsste, dass er nichts erben würde, wenn sie starb, würde er sie in Ruhe lassen.

Aber zunächst einmal muss ich jemanden heiraten!

Gideon Walker war ihr bester – *und einziger* – Ausweg.

Darcy durchquerte den Salon und schnappte sich ihr Buch vom Sofa. Sie schob den unvollendeten Brief an Kathryn zwischen die Seiten, ging zur geschlossenen Tür von Mrs. Seymours Büro und klopfte.

»Herein.«

Darcy betrat den runden Raum, der sich in einem der Türme des Hauses befand. Soweit es sie betraf, ließ das Zimmer, mit dem Licht, das durch die Fenster hereinströmte, den mit rosa Samt bezogenen Fenstersitzen und dem großen Schreibtisch, nichts vermissen, außer Regalen, die mit Büchern angefüllt waren – sowohl mit Lieblingsbüchern als auch mit solchen, die noch nicht gelesen waren.

Die Hausmutter lächelte. »Darcy, meine Liebe. Setzen Sie sich.« Sie deutete auf einen Stuhl vor ihrem Schreibtisch. Mrs. Seymour trug ein Kleid in ihrer Lieblingsfarbe, marineblau, das in dem von ihr bevorzugten vage militärischen Stil geschnitten war. Ihr braunes Haar mit der einzelnen weißen Locke an der Stirn, war in einen leichten Dutt zurückgezogen.

Obwohl sie das Bedürfnis hatte, im Raum hin- und herzulaufen, um die Aufregung abzuschütteln, die sie förmlich mit elektrischer Spannung erfüllte wie eine weißglühende Glühbirne, gehorchte Darcy. Sie holte Luft und inhalierte den Duft des Orangenöls der Möbelpolitur.

Mrs. Seymour sah sie aufmerksam an. »Was liegt Ihnen auf dem Herzen?«

Darcy ließ den Atem entweichen. Gerade als sie dabei war, den Mund zu öffnen und die Wahrheit über Holden und ihre Entscheidung zu verkünden, nach Sweetwater Springs und zu Lina zu reisen, wurde ihr bewusst, dass Mrs. Seymour nicht wissen sollte, wo sie sich aufhalten würde. Die

Frau hatte strenge moralische Vorstellungen, und Darcy wollte sie nicht in eine Position bringen, in der sie Holden belügen musste, falls er auf ihrer Türschwelle erschien.

»Dank Kathryns Abreise, habe ich viel Zeit zum Nachdenken gehabt. Ich bin zu dem Schluss gekommen, dass ich nicht mutig genug bin, eine Versandbraut zu werden.« *Da. Ich habe nicht einmal gelogen.*

Mrs. Seymour blieb eine Weile stumm, ihr Gesicht ausdruckslos. Dann seufzte sie. »Das überrascht mich nicht. Ich habe Ihnen ja schon von Anfang an gesagt, dass es schwierig werden würde, einen Bräutigam für eine Frau mit Ihrem sozialen und finanziellen Hintergrund zu finden.«

»Ich weiß.«

Die Hausmutter zog ihre Augenbrauen zusammen. »Was werden Sie dann tun?«

Der Schreibtisch verbarg ihre Hände vor Mrs. Seymours Blick. Kindisch kreuzte Darcy die Finger gegen die Lüge, die sie nun erzählen würde. »Ich werde zu Kathryn ziehen. Wie Sie und Evie schon gesagt haben, ... gibt es eine Menge Junggesellen in Y Knot. Ich werde mir Zeit nehmen können, einen Ehemann zu finden, der mir zusagt – der kein Fremder ist.«

Ein Lächeln hellte den Ausdruck von Sorge auf dem Gesicht der anderen Frau auf. »Ich glaube, das ist eine gute Idee. Ich bin mir immer noch nicht sicher, welche Männer dort das Kaliber hätten, zu Ihnen zu passen. Doch als ich in Y Knot war, habe ich mich auch hauptsächlich auf Evie und Chance konzentriert. Sie werden jedenfalls unter Freunden sein, und das ist es, was zählt. Und ich bin sicher, dass Kathryn froh über ihre Gegenwart sein wird, und Evie und Heather werden Sie ganz bestimmt ebenfalls willkommen heißen.«

Die überschwänglichen Worte der Frau zu hören, versetzten ihrem Gewissen einen Stich, doch Darcy erinnerte sich daran, dass sie nur zu Mrs. Seymours Bestem log.

»Ich dachte, dass ich morgen abreisen werde. Vielleicht komme ich ja rechtzeitig zu Kathryns Hochzeit an.«

»Es wird traurig sein, Sie gehen zu sehen. Sie halten mich aber auf dem Laufenden?«

Dieses Mal überkreuzte Darcy die Finger ihrer anderen Hand. »Natürlich.« *Bloß nicht so bald.*

»Und während Sie dort sind, halten Sie doch bitte Ausschau nach potenziellen Ehemännern für Prudence und Bertha.« Die andere Frau presste ihre Lippen zusammen, bevor sie sich ganz offensichtlich zu einem Lächeln zwang. »Eine persönliche Empfehlung ist immer eine gute Sache.«

»Das ist wahr«, sagte Darcy ausweichend, erleichtert darüber, dass das Gespräch sich dem Ende zuneigte. *Ich würde Prudence Y Knot nicht aufbürden.* Doch das sagte sie nicht. Sie bezweifelte, dass Mrs. Seymour Prudence in Evies oder der anderen Bräute Nähe wissen wollte.

»Und ich kann Sie immer noch wissen lassen, ob der Brief eines geeigneten Kandidaten auf meinem Schreibtisch landet.«

Darcy setzt ein falsches Lächeln auf. »Das hört sich gut an. Vielen Dank, Mrs. Seymour.« Eine unerwartete Welle des Gefühls brachte ihre Worte zum Stocken. »Sie waren so gut zu mir. Ich habe hier so viel gelernt. Ich bin mir sicher, dass ich meine neuen Kenntnisse gut werde nutzen können.«

»Sich mit Haushaltung auszukennen ist nie verkehrt.«

Darcy erhob sich. »Dann werde ich St. Louis morgen verlassen.« Sie zögerte, nicht sicher, ob sie etwas über die beiden zurückbleibenden Bräute sagen sollte. »Ich sorge mich um Bertha. Werden Sie sie im Auge behalten? Darauf achten, dass Prudence nicht …« Ihre Stimme verstummte langsam. Sie war sich nicht sicher, wie viel die Hausmutter darüber wusste, wie schlecht Prudence Bertha behandelte.

Mrs. Seymour presste die Lippen aufeinander. »Ich werde die beiden mit getrennten Aufgaben auf Trab halten.«

»Danke schön. Ich packe dann mal besser.« Darcy tippte sich mit dem Finger ans Kinn. »Und dann vielleicht noch ein kleiner Ausflug in die Läden, jetzt, da ich weiß, wohin ich gehe. Ich werde ein paar einfache Kleidungsstücke brauchen.«

»Ja, und Sie sollten sich auf den Winter im Territorium von Montana einrichten.«

»Ich habe meine Pelze mitgebracht.«

»Gut. Und kaufen Sie viel aus Flanell. Sie werden es brauchen.«

Kapitel Fünf

Je näher Darcy dem Territorium von Montana kam, umso mehr entspannte sich ihr verkrampfter Magen. Da sie kein warnendes Prickeln mehr im Nacken verspürte, wusste sie, dass sie die richtige Entscheidung getroffen hatte. Dann ratterte der Zug in Sweetwater Springs ein, und sie war sich nicht mehr ganz so sicher.

Darcy lehnte sich vor, um aus dem Fenster zu schauen. Die Stadt sah nicht gerade imposant aus, allerdings immer noch besser, als einige andere, die sie auf ihrer Reise gesehen hatte – wenigstens gab es hier ein gemauertes Gebäude.

Der Schaffner kam, auf der Suche nach ihr, den Gang herunter. »Wir sind in Sweetwater Springs, Miss. Brauchen Sie beim Aussteigen mit irgendetwas Hilfe?«

Darcy ergriff ihre Umhängetasche und ihren Pompadour. »Es geht schon, danke.« Sie schenkte ihm ein Lächeln zum Abschied und trat aus dem Zug in die Hitze des Sommertages, die sich aber gut ertragen ließ, da es nicht schwül war und eine Brise wehte.

Sie war der einzige Passagier, der ausstieg, und der Bahnsteig lag verlassen da. Niemand eilte aus dem braun gestrichenen Bahnhofsgebäude, um in den Zug zu steigen. Sogar die am Gebäude stehende Bank war nicht besetzt.

Unten bei den Gepäckwagen sah sie, wie ihre Schrankkoffer ausgeladen wurden.

Ein kleiner Mann mit buschigem, von Weiß durchzogenem schwarzen Haar trat aus dem Bahnhof und ging zum Zug, übergab einem uniformierten Mann eine Posttasche und nahm im Gegenzug eine andere entgegen. Mit der Tasche in der Hand kam er auf sie zu. »Kann ich Ihnen helfen, Miss?«

»Mein Name ist Darcy Russell ...«

Er hob seine freie Hand, deren Finger verkrümmt waren. »Ah, eine Freundin von Mrs. Flanigan und Mrs. Barrett.«

»In der Tat«, sagte Darcy verdattert, bevor ihr klar wurde, woher er von ihr wusste. »Sie müssen meinen Namen auf den Briefumschlägen gelesen haben.«

»Das ging gar nicht anders. Ich bin Jack Waite, der Bahnhofsvorsteher und Postbeamte von Sweetwater Springs. Erwarten die Damen Sie?«

»Ich fürchte, das wird eine ziemliche Überraschung werden, Mr. Waite.« Während sie die hauptsächlich leere Straße entlang blickte, verstärkte sie den Griff um ihre Umhängetasche. Hier warteten keine Droschkenkutscher wie in New York oder St. Louis. »Gibt es hier jemanden, den ich dafür anheuern kann, mich zum Haus einer der beiden Damen zu fahren? Oder kann ich mir ein Fortbewegungsmittel leihen?«

»Wo wollen Sie denn hin, zu den Barretts oder den Flanigans? Sie wohnen in unterschiedlichen Richtungen. Nicht entgegengesetzt, aber auch nicht nah beieinander.«

»Oh je.« An diese Möglichkeit hatte sie gar nicht gedacht. »Zu den Barretts, denke ich.«

Der Bahnhofsvorsteher schaute auf die Wanduhr. »Lassen Sie Ihre Tasche und die Koffer hier, Miss Russell. Ich passe darauf auf. Der Mietstall liegt in dieser Richtung die Straße hinunter. Sie können ihn gar nicht verfehlen.« Er zeigte in die Richtung. »Fragen Sie nach dem Besitzer, Mack Taylor. Sie können ihn oder seinen Stallburschen dafür bezahlen, dass er Sie zu den Barretts hinausbringt. Beide sind vertrauenswürdig. Sie sind sicher bei ihnen.«

Erleichtert löste sie den Griff um die Umhängetasche. »Vielen Dank, Sir.«

Mr. Waite huschte ein paar Schritte davon, rief den Trägern einen Befehl zu und winkte sie heran.

Die Männer trugen ihre Schrankkoffer herbei und stellten alle fünf neben die Tür, wo sie den größten Teil des dortigen Bahnsteigs einnahmen.

Darcy suchte in ihrem Pompadour, förderte einige Geldstücke zu Tage und gab den Männern ein Trinkgeld.

Jeder von ihnen nickte zum Dank, bevor er ging.

Mr. Waite wog den Postsack in der Hand. »Ich bin drinnen, wenn Sie mich brauchen.«

Darcy dankte ihm. Sie schlüpfte aus dem verdreckten Reisemantel, faltete ihn zusammen und legte ihn auf einen der Koffer. Ihr schiefergraues Kleid war verknittert, doch der Mantel hatte das Kleidungsstück vor den schlimmsten Auswirkungen von Rauch und Asche bewahrt. Trotzdem konnte sie es kaum abwarten, ein entspannendes Bad zu nehmen.

Unbelastet von ihrem Gepäck verließ Darcy den Bahnhof, ging über den Bahnsteig und stieg die Stufen zur staubigen Straße hinunter. Die Sommersonne brannte auf sie nieder, und sie löste die Bänder ihres Strohhuts und bog die Krempe nach vorne, um etwas Schatten für ihr Gesicht zu bekommen. Dann blieb sie stehen, um die Situation in Augenschein zu nehmen.

Die bescheidenen Städte entlang ihrer Reiseroute hatten sie bereits ein wenig auf Sweetwater Springs vorbereitet – eine Ansammlung von Gebäuden mit falschen Fassaden, einem aus Mauersteinen erbauten Laden, einem weißen hölzernen Schulhaus und einer Kirche. Eine Bibliothek schien es nicht zu geben, und der Gedanke, sich hier niederzulassen, bestürzte sie.

Um ihre Bedenken zu überwinden, konzentrierte sie sich auf die natürliche Schönheit des die Stadt umgebenden Landes – die Berge, die ihre Gipfel in den strahlend blauen Himmel streckten – und erinnerte sich an die Worte des Psalmisten. *Ich hebe meine Augen auf zu den Bergen, von welchen mir Hilfe kommt.*

Sie atmete so tief ein, wie es ihr Korsett zuließ. *Wenn ich mein Hauptaugenmerk auf die Natur richte, und nicht auf die Stadt, werde ich das hier durchstehen.*

»Fast da, Miss Russell.«

Darcy wurde mit einem Ruck wach und sah Mack Taylor, der den Surrey lenkte, die einzelne Sitzbank mit ihr teilte und sich nun zu ihr lehnte, um ihre Aufmerksamkeit zu gewinnen. Ihre Umhängetasche stand zwischen ihnen. Die Kutsche konnte nur einen ihrer Schrankkoffer befördern, so dass sie den Rest am Eisenbahndepot zurückgelassen hatte.

Mack deutete mit seinem stoppeligen Kinn nach vorne. Er war so freundlich gewesen, sie selbst zu den Barretts hinauszubringen, anstatt es einem seiner Stallburschen zu überlassen.

»Oh je.« Sie schüttelte leicht ihren Kopf, um vollständig wach zu werden. »Es tut mir leid, dass ich einfach so eingeschlafen bin, Mr. Taylor. So eine uninteressante Gesellschaft.«

Der Mann ruckte mit dem Kopf in ihre Richtung.

»*Ich*«, fügte sie schnell hinzu. »*Ich* bin der Flegel. Normalerweise bin ich nicht derart unhöflich, aber ich hatte nur wenig Schlaf, seit ich meine Reise begonnen habe. Eine Zugfahrt ist nicht gerade besonders erholsam.«

»Es ist ein schöner Tag, um auszufahren oder zu dösen«, war seine einzige Erwiderung. Die blassgrünen Augen des Mannes sahen sich interessiert um. Er hatte ihr erzählt, dass er noch nie bei den Barretts gewesen war.

Darcy sah die Straße entlang nach vorne. Linas Heim war nicht mehr als eine einfache hölzerne Hütte mit einer Veranda, nicht unähnlich der, die sie hundertfach auf ihrer Reise gesehen hatte. Trotzdem wurde ihr angst und bange, als sie sich vorstellte, in solch einem Haus zu leben.

Es ist größer als Thoreaus Hütte am Walden Pond, denke ich. Doch selbst diesem Gedanken gelang es nicht, sie aufzuheitern.

Lina trat auf die Veranda und beschattete ihre Augen mit einer Hand. Auch wenn sie beide Passagiere der Kutsche sehen konnte, zeigte sie nicht, dass sie sie erkannte. Bekleidet mit einer Schürze, die sie über einem Arbeitskleid trug, und ein Geschirrtuch in der Hand, kam sie die Stufen herunter und über den Hof aus festgetretener Erde und erreichte den Surrey, als er anhielt. In diesem Moment weiteten sich ihre Augen und ein schockierter Ausdruck huschte über ihr Gesicht. »Darcy?«, fragte sie erfreut. Die braunen Augen waren geweitet, und ihre Hand flog zum Mund hinauf.

Der Anblick von Linas überraschter Reaktion muntertc Darcy auf. Sie lehnte sich aus der Kutsche und streckte ihre Hand aus. »Ja, liebe Lina, ich bin es. Ich werde mich dir aufdrängen. Ich hoffe, ich bin kein unwillkommener Gast.«

Lina ergriff ihre Hand. »Oh, liebste Darcy, natürlich nicht! Ich bin außer mir vor Freude und darüber hinaus ausgesprochen überrascht, Dich zu sehen, nur …« Tränen traten in ihre Augen. »Bitte komm doch herein.« Lina langte nach Darcys Umhängetasche. »Lass mich die nehmen. Du kannst mir drinnen erzählen, warum du hier bist.«

Mack stellte die Bremse fest und sprang von der Kutsche.

Ein Mann kam aus der Scheune und auf sie zu.

Besorgt biss sich Darcy auf die Lippen, da sie nicht sicher war, wie Jonah Barretts Reaktion auf ihren unangekündigten Besuch ausfallen würde. Sie hatte nur daran gedacht, Lina zu sehen – nicht aber an ihren Ehemann. Der Mann war lediglich eine schattenhafte Figur in ihren Plänen gewesen. *Ich hoffe, ich bringe Linas junger Ehe keine Probleme.*

Jonah schlenderte auf den Surrey zu. Er war auf bäuerliche Weise attraktiv – ein Arbeiter, gekleidet in ein geflicktes Hemd mit bis zu den Ellenbogen aufgerollten Ärmeln. Er nahm seinen Strohhut ab und entblößte sein blondes Haar.

»Wen haben wir denn hier?«

»Das ist Darcy, Jonah. Du erinnerst dich, dass ich dir von ihr erzählt habe.«

»Darcy? Die Dame von der Agentur, die du gerne mit Gid zusammenbringen würdest?« Er warf seiner Frau einen schelmischen Blick aus flaschengrünen Augen zu. »Was hast du getan? Sie herbeigezaubert?«

Lina schlug mit dem Geschirrtuch nach ihm. »Jonah!«

Erleichtert über den Tonfall, den er an den Tag legte, schenkte ihm Darcy ihr charmantestes Lächeln. »Ja, Gids Darcy. Das hoffe ich jedenfalls.«

Er nickte. Seine Lippen zuckten. »Ich bin Jonah Barrett, aber bitte nennen Sie mich Jonah.«

»Ich bin hocherfreut, den Mann kennenzulernen, der Linas Herz erobert hat.« Darcy konnte es nicht lassen, ihre alte Freundin auch ein wenig aufzuziehen.

»So wie sie meines erobert hat. Das muss am italienischen Essen liegen.« Er grinste. »Nun, Miss Darcy … ich hätte nie gedacht, dass ich Sie mal zu Gideon bringen würde. Aber da er, trotz all der Ermunterung durch die Damen, sicher niemals kommen würde, um Sie zu sehen … wird man alles wohl auf diesem Wege anbahnen müssen.« Er legte den Arm um Lina und drückte sie kurz an sich.

Die in ihren Wangen aufsteigende Röte erhöhte nur noch Linas dunkelhäutige Schönheit. Offensichtlich aus dem Konzept gebracht, deutete sie auf die Veranda. »Ich habe Wasser für Tee aufgesetzt, Darcy. Lass uns hineingehen und uns gegenseitig auf den neusten Stand der Dinge bringen.«

Jonah ging um den Surrey herum, um Mr. Taylor zu begrüßen. »Ich helfe Mack mit dem Koffer und überlasse euch Damen euren Geschäften.« Er nahm ein Ende des Koffers und Mack das andere. Zusammen wuchteten sie ihn auf den Boden.

Die Umhängetasche tragend, führte Lina Darcy ins Haus. Die große Kombination aus Küche und Wohnraum im Inneren war genauso rustikal wie das Äußere, doch der Raum hatte etwas Fröhliches und Anheimelndes. Ein rot-weiß-kariertes Tischtuch lag auf dem Tisch und etwas, das aussah wie Linas gehäkelte Zierdeckchen, bildete die Unterlage für einen Krug mit Wildblumen.

Linas Handschrift, dachte Darcy. *Ich bin mir sicher, dass der Raum vor ihrer Ankunft nicht so aussah.* Einige Ledersessel, zwischen denen ein unpassend eleganter Tisch mit marmorner Tischplatte stand, waren vor einem steinernen Kamin gruppiert. Eine Leiter führte hinauf zu einem Dachboden. Ein Topf italienischer Suppe köchelte auf dem Herd und erfüllte die Luft mit einem würzigen Duft. In der Agentur hatte Lina den Bräuten beigebracht, wie man die *Minestrone* ihrer Großmutter kochte.

Lina stellte die Tasche neben der Tür auf den Boden.

»Wo ist Adam? Ich freue mich darauf, deinen Kleinen kennenzulernen.«

Mit einer dramatischen Geste presste Lina ihre Hände vor den Busen. »Oh, Darcy«, sagte sie, wobei sich der italienische Akzent in ihre Stimme stahl, wie er es immer tat, wenn sie sehr emotional wurde. »Adam ist wirklich und wahrhaftig mein Sohn. Ich liebe ihn so sehr. Aber bei der

Madonna, zu lernen, eine Mutter zu sein, ist *nicht* leicht.« Sie deutete auf eine teilweise offene Tür. »Er macht ein Nickerchen.« Sie senkte die Hände und zeigte auf den Tisch. »Bist du hungrig?«

»Ein bisschen.«

»Warum machst du dich nicht frisch, und ich stelle uns etwas Leckeres hin? Auf dem Verandageländer findest du eine Waschschüssel und eine Kanne, sowie Seife und ein Handtuch. Und würdest du bitte, wenn du fertig bist, Mr. Taylor fragen, ob er sich zu uns setzen möchte, bevor er wieder aufbricht? Ich hätte ihn selber fragen sollen, doch dein Erscheinen hat mich vollkommen verblüfft.«

Darcy ging nach draußen. Die Männer hatten ihren Koffer auf die Veranda gestellt und unterhielten sich, während das Pferd aus einem Wassertrog trank. Nachdem sie ihre Hände gewaschen und abgetrocknet hatte, stand sie einen Moment da und begutachtete die Scheune, einen eingezäunten Garten, eine Koppel mit zwei Pferden und ein paar gepflügte Felder, auf denen irgendeine grüne Nutzpflanze wuchs. Sie ging die Stufen hinunter und zu den Männern, um ihnen Linas Einladung zu überbringen.

Mr. Taylors Augen leuchteten auf. Dann warf er einen Blick auf den Stand der Sonne und schüttelte widerstrebend den Kopf. »Äh, die Tage sind noch lang, aber ich mache mich trotzdem besser auf den Weg. Da ich schon mal hier draußen bin, muss ich noch bei den Dunns vorbeifahren und etwas Geschäftliches regeln. Hoffentlich bekomme ich dort etwas zu essen.«

Jonah legte dem anderen Mann eine Hand auf die Schulter. »Mrs. Pendell wird Sie schon füttern. Wenn Sie Glück haben, hat sie gerade ein bisschen Pfirsichauflauf in Teigkruste auf Lager.«

»Wenn es so wäre, wäre ich wahrlich ein Glückskind.« Mack lachte leise.

Darcy hatte den Mann bereits vor der Abfahrt bezahlt, daher dankte sie ihm für seine Arbeit und ging zum Haus zurück.

Als sie eintrat, schaute Lina vom Tisch auf, an dem sie gerade ein paar Gläser Milch einschenkte. Auf drei Tellern lagen Pastetenstücke. »Ich habe etwas Ricotta-Pastete gebacken.«

»Ich weiß noch, wie du sie für uns gemacht hast. Wie hast du denn die Zutaten dafür bekommen?«

»Nonna hat mir alles geschickt, was ich brauche. Eine schöne Überraschung. Ich weiß nicht, wie sie es geschafft hat, Zitronen aufzutreiben. Für die Pastete habe ich sie allerdings aufgebraucht, daher wird es eine Weile dauern, bis es wieder eine geben wird.«

Darcy erkannte, dass in der Situation, in der Lina lebte, Zitronen ein Luxusartikel sein mussten. *In meiner Situation auch.* Wenn sie Gid heiratete, würde sie in ihrem Denken vieles neu ausrichten müssen. *Obwohl ich, wenn ich verheiratet bin, Zugang zu meinem Vermögen haben werde.* Trotzdem würde sie, auch wenn sie ein Vermögen besaß, immer noch in der einfachen, primitiven Stadt Sweetwater Springs leben, wo man nur äußerst selten exotische Früchte bekommen würde.

Lina bedeutete ihr, sich zu setzen. »Und nun, Darcy, erzähl mir, was dich zu uns führt.«

Während sie Platz nahm, seufzte Darcy. »Das ist eine lange Geschichte.«

»Ziehst du wirklich ernsthaft in Betracht, Gideon zu heiraten? Er ist so ein guter Mann. Und ich fände es wunderbar, wenn wir Nachbarn wären.« Lina Stimme geriet ins Stocken. Sie legte eine Hand auf ihre Brust, und ihre Augen füllten sich mit Tränen. »Wo kam denn diese Gefühlswelle her?«, sagte sie, wobei wieder ihr italienischer Akzent durchbrach.

Darcy schenkte ihr ein aufmunterndes Lächeln. »Ich weiß nicht«, erwiderte sie leichthin.

Lina schniefte und lächelte zurück. »Ich nehme an, es liegt daran, dass ich den Gedanken schön finde, dass du in der Nähe sein wirst. Trudy ist natürlich auch hier, was ein Segen ist, aber ihre Farm liegt ein wenig entfernt von hier. Sie hat ziemlich viel Zeit geopfert und ihre eigenen Pflichten vernachlässigt, um mich zu besuchen und mir dabei zu helfen, mich hier einzurichten und einzuleben. Ich weiß nicht, was ich ohne sie getan hätte. Aber dich als Nachbarin zu haben .... Wir könnten jeden Sonntag zusammen zu Mittag essen. Wir könnten ...«

Um die Welle der Ideen einzudämmen, legte Darcy ihre Hand über die Linas. »Wir wissen noch nicht einmal, ob Gideon und ich zusammenpassen.«

»Eure Persönlichkeiten werden passen«, sagte Lina im Brustton der Überzeugung. »Aber ich weiß nicht, ob du dich an einen einfacheren Lebensstandard gewöhnen wirst.«

»Ich habe Geld.« *Oder werde es haben.*

Lina schüttelte den Kopf und brachte ein paar gelöste Strähnen ihrer Korkenzieherlocken zum Fliegen. »Ich weiß nicht, ob Geld etwas daran ändern wird. Nun ... Gid könnte bessere Kleidung tragen. Doch nach dem, was Jonah mir erzählt hat und meinen eigenen Beobachtungen zufolge, glaube ich wirklich, dass er mit einem einfachen Leben zufrieden ist.«

»Ich habe Jahre mit dem Studium der Philosophen verbracht, die Einfachheit predigen. Ich habe mich danach gesehnt, sie auch für mich zu finden – eine Versuchung meiner Standhaftigkeit, sozusagen. Die Suche nach Zufriedenheit.« Sie nickte entschlossen. »Nun kann ich mein Verlangen danach stillen.«

»Das Leben einer Frau ist voller Arbeit«, warnte Lina. »Trudy stammte aus einem Haushalt mit Bediensteten, ich war Kindermädchen für eine Familie mit Bediensteten. Die Anpassung an das Leben hier war für uns beide hart, obwohl wir Erfahrung mit Haushaltsführung hatten und wussten, wie man kocht oder einen Garten pflegt. Sogar in der Agentur warst du nicht für alle Mahlzeiten verantwortlich oder für den Garten, das Einlegen und Trocknen von Nahrung für den Winter, die Reinigung des Hauses, das Wäschewaschen. Zu lernen, wie man diese Arbeiten ausführt und dann *allein* dafür verantwortlich zu sein – Tag für Tag – sind zwei verschiedene Paar Schuhe.«

Die Realität wurde ihr schlagartig klarer. Doch Darcy war dickköpfig, wenn sie sich einmal zu etwas entschlossen hatte. »Ich will es versuchen.«

»Bei der Entscheidung zu heiraten, gibt es keinen *Versuch*, Darcy. Die Ehe ist eine Entscheidung fürs Leben. Und wenn du entscheidest, dass Sweetwater Springs nicht das Richtige für dich ist, dann weiß ich nicht, was das mit Gideon anstellen würde. Er ist ein liebenswerter Mann – aufrichtig und rücksichtsvoll und intelligent. Ich würde nicht wollen, dass er verletzt wird.«

Darcy fing an, Hoffnung bezüglich dieser improvisierten Ehe zu empfinden. *Er klingt immer anziehender.*

Doch was ist, wenn ich mich, trotz seiner Güte, nicht dazu bringen kann, ihn zu lieben?

Lina lehnte sich lächelnd vor. »Wir haben die Pastete ja noch gar nicht angerührt.«

Jonah betrat das Haus. »Ich hoffe, ihr habt mir ein Stück übrig gelassen.« Er setzte sich zu ihnen an den Tisch. »Sind Sie von der Reise erschöpft, Darcy?«

»Nein, erstaunlicherweise nicht. Ich habe üblicherweise sehr viel Energie«, erklärte Darcy. »Und ich habe im Surrey gedöst. Ich fürchte, ich war keine gute Gesellschaft für Mr. Taylor.«

Lina lachte. »Du musst dich nach einem Bad sehnen. Ich

habe eine Wanne, und wir können Wasser wärmen, um sie zu füllen. Doch zu dieser Jahreszeit ist es schöner und einfacher, im Fluss zu baden. Wir haben ein angenehmes kleines natürliches Becken im Fluss. Sehr erfrischend.« Sie sah Darcy herausfordernd an. »Betrachte die Erfahrung als den Beginn deines neuen Lebens.«

Darcy hob ihr Kinn. »Herausforderung angenommen.«

Während er kaute, machte Jonah eine verneinende Geste mit seiner Hand. Er schluckte. »Lassen Sie mich Ihnen einen Rat geben. Ich kenne Gid wohl so gut wie alle anderen – was nicht viel sagt. Aber ich habe das Gefühl ...« Er wedelte mit seiner Hand auf und ab, wobei er auf Darcys Körper deutete. » ... Sie sind sehr herausgeputzt. Wesentlich schicker als Gid es gewöhnt ist, jedenfalls seit er im Territorium von Montana angekommen ist. Wenn Sie baden und sich schön machen, könnte es sein, dass Sie ihn so erschrecken, dass er sich im Wald verkriecht, und er wird nicht wiederkommen, um sich ihren Vorschlag anzuhören – von Ihrem *Antrag* mal ganz abgesehen.«

Darcy gefiel es, wie Jonahs Augen funkelten, als er das Wort *Antrag* aussprach. »Oh je. Wenn man es so formuliert, klingt das ganz schön dreist von mir, nicht wahr?«

»Äh, ja«, gab Jonah ihr die ehrliche Antwort. »Obwohl ich annehme, dass es eine Menge Männer wie Gid gibt, die froh wären, wenn es die Frau wäre, die den Antrag macht. Ich wäre sicher nicht auf eine Dame zugegangen.« Er warf Lina einen neckenden Blick zu. »Gott sei Dank hat Seth Flanigan eine Versandbraut geheiratet, oder ich hätte nie meine eigene bekommen.«

Das Paar wechselte einen langanhaltenden, liebevollen Blick.

Darcy verspürte einen Stich Neid. Sie war so froh für ihre Freundin, doch wünschte sie auch, dass sie einen Mann wie Jonah haben könnte, der Lina so offensichtlich anbetete, und aus den Briefen zu schließen, die sie an die Agentur gesandt hatte, hatte Trudy mit Seth ebenfalls die Liebe gefunden.

Jonah wandte sich ihr wieder zu. »Vielleicht sollten Sie uns sagen, warum Sie hier so plötzlich aufgetaucht sind, entschlossen, Gid zu heiraten. Ich denke, irgendetwas Wichtiges treibt Sie an.«

Sie zögerte, dann entschied sie sich, ihre Geschichte zu erzählen, so beschämend sie auch war.

Jonah lauschte voller Besorgnis, die Augen schmal. Seine Stirn warf immer mehr Falten, je länger sie erzählte.

Lina keuchte auf und legte eine Hand auf ihre Brust, bevor sie aufstand, zu Darcy eilte und die Arme um ihre Schultern schlang. »Warum hast du mir das denn vorher nicht erzählt? So ein schlechter Mensch! Dein eigener Bruder!«

»*Halb*bruder«, korrigierte Darcy. »Wir hatten den gleichen Vater.«

»Aber hier bist du in Sicherheit.« Lina warf einen bittenden Blick zu ihrem Mann. »Das ist sie doch?«

Jonah strich sich über das Kinn. Er dachte offensichtlich nach. Dann schüttelte er langsam den Kopf. »Das glaube ich nicht.«

Linas olivfarbene Haut wurde blass. »*Madonna* hilf!«

Jonah hielt eine Hand in die Höhe, dann bedeutete er seiner Frau sich zu setzen. »Ich glaube, wir können Sie beschützen, Darcy. Fremde fallen in unserer Stadt üblicherweise auf. Und wir können verbreiten, dass niemand etwas über Sie erzählen soll. Aber manche Leute sind bestechlich …« Er presste die Lippen aufeinander. »Und wenn, wie Sie glauben, Ihr Bruder Ihnen ganz dicht auf den Fersen ist … wenn er wirklich entschlossen ist, Sie zu zwingen oder, noch schlimmer, zu töten oder, was wahrscheinlicher ist, Sie töten zu lassen …«

Darcys Magen verkrampfte sich. »Dadurch, dass ich

hierhergekommen bin, habe ich euch alle in Gefahr gebracht!« Sie erhob sich und verschränkte die Arme vor der Brust, wobei sie versuchte, nicht vor Angst zu zittern. »Ich muss augenblicklich fort von hier.« *Aber wohin soll ich gehen?*

Jonah stand auf und eilte zu ihr, ergriff sie an den Armen. »Nicht so schnell. Wenn Sie eine falsche Spur nach Y Knot gelegt haben ... bleiben uns ein paar Tage − vielleicht eine Woche. Es dauert eine Weile dorthin zu kommen, die Postkutsche in die Stadt zu nehmen, Nachforschungen anzustellen ...«

»Kathryn weiß über meinen Halbbruder Bescheid. Sie würde niemandem Informationen über mich geben, aber wenn Holden Heather oder Evie auftreibt ... nun, wahrscheinlich nicht Evie, denn sie lebt draußen auf einer Ranch.« Sie nagte an ihrer Lippe. »Aber Heather lebt in der Stadt, und sie weiß nichts von Holden. Sie könnte vorschlagen, dass er sich an Lina oder Trudy wendet.«

»Wie auch immer. Er wird zum Zug zurückreiten, dann nach Sweetwater Springs reisen und nachher Ihre Spur bis zu uns aufnehmen müssen. Irgendwann während er das tut, wird er noch Helfershelfer anheuern müssen, falls er nicht von vornherein einen Handlanger mitgebracht hat.«

»Das ist alles möglich«, gab sie zu. »Aber es sieht so aus, als hätten wir ein wenig Zeit.«

»Nein.« Jonah schüttelte den Kopf. »Wir müssen dafür sorgen, dass Sie so schnell wie möglich heiraten, damit Ihre rechtlichen Vorkehrungen getroffen sind *und* Sie diese Information Ihrem Bruder zukommen lassen können. Erst dann sind Sie in Sicherheit. Es gilt, keine Zeit zu verlieren.«

»Jonah hat recht.« Lina klopfte auf die Sitzfläche von Darcys Stuhl. »Setz dich. Iss deine Pastete fertig.«

»Ganz meine Meinung«, sagte Jonah. »Lasst uns essen, und ich überlege dabei, wie wir am besten vorgehen sollten.«

Er legte Darcy die Hand ins Kreuz und geleitete sie zum Tisch zurück.

Seiner Bitte gemäß schwiegen die Frauen und aßen ihre Pastete zu Ende.

Ich könnte auch auf Baumwolle kauen. Darcys Gedanken wirbelten durcheinander, doch das Schuldgefühl, dass ihr die Luft enger abschnürte als ein Korsett, machte es ihr unmöglich, sich für einen bestimmten Aktionsplan zu entscheiden.

Jonah legte seine Gabel nieder. »Ich denke mir das so: Lina und ich könnten Sie sicherlich zu Gid fahren.« Er verstummte und sah seine Frau über den Tisch hinweg an. »Aber die Wahrheit ist, dass ich in all den Jahren, die er hier lebt, noch nie bei Gid draußen gewesen bin. Ich war nie eingeladen, und er hat auch nie Besuch von mir erwartet.« Er rieb sich das Kinn. »Ich denke, dass es zu viel sein wird, wenn wir drei und Adam unerwartet über ihn herfallen. Es könnte sein, dass er einfach in den Wald verschwindet, wenn er unsere Gruppe erblickt.«

Lina legte fragend ihren Kopf schief. »Was hast du dann vor?«

»Ich fahre Darcy hinüber«, sagte er ihr.

Darcy kämpfte gegen das instinktive Verkrampfen ihres Magens, das von dem Gedanken ausgelöst wurde, den ihr unbekannten Mann zu treffen, und versuchte, für Jonahs Vorschläge offen zu bleiben.

»Soweit ich weiß, liegt sein Haus einen fünfzehnminütigen Fußmarsch von der Straße entfernt. Ich werde mit Ihnen gehen.«

Jonahs Vorschlag klang falsch in Darcys Ohren. »Ich würde lieber alleine mit ihm sprechen. Er wird meine Gegenwart entweder akzeptieren oder nicht.«

»Na gut«, stimmte Jonah ihr zu. »Aber ich werde Sie bis zu seinem Haus begleiten. Ich gehe davon aus, dass der Pfad dorthin recht einfach begehbar sein und dass keine Gefahr bestehen wird, aber Sie sind neu in dieser Gegend, und mir gefällt der Gedanke nicht, Sie alleine gehen zu lassen.«

»Ich *möchte* alleine gehen. Ich kann es nicht erklären, Jonah, aber ich bin davon überzeugt, dass es wichtig ist, es auf diese Art zu machen. Und wenn ich auch neu in diesem Wald hier bin, so habe ich doch eine Menge Zeit in den Wäldern verbracht, in denen meine Großeltern lebten. Ich bin kein völliges Greenhorn.«

Jonah presste die Lippen aufeinander und studierte sie aufmerksam. Seine grünen Augen blickten ernst. »Es steht mir nicht zu, Ihnen zu sagen, was Sie zu tun haben.«

Erleichtert lächelte Darcy ihn an. »Danke, Jonah. Ich würde nur gerne ein wenig Zeit allein mit ihm verbringen und herausfinden, wie es sich anfühlt.«

»Das klingt vernünftig. Sie werden Gid wahrscheinlich bei der Arbeit in seiner Schreinerei oder im Garten finden. Er hat mir gesagt, dass dies die Orte sind, an denen er die meiste Zeit verbringt.«

Lina sah durch die offene Tür auf ihren schlafenden Sohn. »Adam und ich kommen mit. Sonst sitze ich hier wie auf glühenden Kohlen, wenn ich warten muss. Wir bleiben beim Wagen.«

»Glaubst du wirklich, dass er zustimmen wird, mich zu heiraten?« Vor Sorge zog sich Darcys Magen zusammen.

»Lass uns *davon ausgehen*, dass Gid ja sagen wird«, sagte Lina.

Mit einer hochgezogenen Augenbraue sah Jonah seine Frau amüsiert an. »Oh, wird er das?«

Lina nickte bestimmt. »Mit ein bisschen Nachhelfen wird er ja sagen. Ich habe in Gids Augen gesehen, dass er Darcy schreiben und um ihre Hand anhalten wollte.«

»Und wenn das so ist, was dann?«, fragte sie.

»Dann …« Jonah zögerte. » … reite ich in die Stadt zu

Reverend Norton, um mit ihm in Ihrem Namen zu sprechen. Sie können hier bei uns heiraten. Ich weiß, dass Lina das Hochzeitsfest wird vorbereiten wollen.«

»Natürlich«, stimmte Lina zu.

Die Arbeit an einem Plan befreite Darcy von ihren gegenwärtigen Befürchtungen.

Lina schien sich auch zu entspannen. »Wenn Jonah zur Kutsche zurückkommt, werden wir in die Stadt weiterfahren. Wir können bei den Nortons vorbeischauen und sie bitten, morgen hier herauszukommen. Ich werde ihnen ein gutes Essen für ihre Mühen versprechen, egal ob es eine Hochzeit gibt oder nicht. Schließlich waren sie noch nie zum Essen bei uns, und ich wollte sie schon lange einladen. Wir können die Vorräte, die wir für den Empfang brauchen, im Laden einkaufen.«

»Könnt ihr meine Schrankkoffer mitbringen?«

»Ich erinnere mich, dass du mehrere hast«, sagte Lina.

»Vier weitere«, präzisierte Darcy, der die Anzahl plötzlich peinlich war.

Jonah lächelte. »Und ich habe gedacht, dass Lina ein ganzes Haus voll mitgebracht hat. Wenigstens haben Sie nicht Ihren Garten mitgeschleppt.«

Lina hob die Augenbrauen. »Du genießt doch die Kräuter und Gewürze, die ich für mein Essen verwende!«, sagte sie in einem vorgetäuscht gebieterischen Ton.

Jonah zwinkerte seiner Frau zu, bevor er wieder Darcy ansah. »Ich werde beim Sheriff Halt machen«, sagte er. Sein Ton wurde ernst. »Werde ihm von Ihrem Bruder berichten und dafür sorgen lassen, dass niemand Informationen über Sie weitergibt.«

»Aber niemand weiß, dass ich hier bin.«

»Sie haben Ihre Koffer am Bahnhof zurückgelassen. Sie müssen mit Jack Waite gesprochen habe. Mack hat sie herausgefahren. Sein Stallknecht weiß wahrscheinlich auch

Bescheid. Mack hält bei den Dunns, und er wird ihnen erzählen, warum er hier draußen ist. Keiner dieser Männer will Ihnen Böses, aber sie wissen auch nicht, dass es lebenswichtig ist, das Geheimnis zu bewahren.«

Darcy holte tief Luft.

»Rand Mather wird sich um alles kümmern«, versicherte ihr Jonah. »Ich bin mir sicher, dass der Sheriff sich selber mit Ihnen wird unterhalten wollen, aber das kann bis nach der Hochzeit warten.« Er blickte aus dem Fenster. »Wir sollten uns auf den Weg machen. Auch wenn es dieser Tage schon länger hell bleibt, werden wir uns beeilen müssen, wenn wir noch vor Sonnenuntergang und bei Licht wieder zurück sein wollen.«

»Das ist ein guter Plan.« Lina meldete sich zu Wort. »Gid wird dich zurück zur Straße bringen, und wenn er das aus irgendeinem Grund nicht tut … der Pfad endet dort, du kannst also nicht in die falsche Richtung gehen. Außerdem hat Gid diesen wunderbaren Unterstand mit einer Bank neben der Straße gebaut, sowie mit Kisten für Post, die Jonah für ihn in die Stadt mitnimmt, oder in denen er Vorräte hinterlegt, die er ihm im Laden besorgt hat.«

Die Aussicht, Gid alleine gegenüberzutreten, klang nervenaufreibend. Anderseits war die Aussicht, ihn zu treffen, während jedermann dabei zusah, noch schlimmer. Dieser ganze Plan schüchterte sie ziemlich ein.

Jonah lachte leise. »Ich kann mir nicht vorstellen, wie Gid mit noch weniger Brimborium verheiratet werden könnte – was ihm, wenn er schon heiraten soll, sicher am liebsten wäre.« Er riss sich zusammen und sah Darcy aufmerksam an. »Ich weiß, dass die simple Zeremonie kaum das sein wird, was Sie sich erträumt haben.«

Darcy zuckte die Achseln. »Ich habe das letzte Mal von meiner Hochzeit geträumt, als ich noch ein kleines Mädchen war.«

Lina nickte weise. »Als Versandbräute haben wir nur von gütigen Männern geträumt, die für uns sorgen und mit denen wir uns ein gemeinsames Leben aufbauen würden.« Sie wechselte einen weiteren liebevollen Blick mit ihrem Ehemann. »Viele von uns haben das gefunden.« Sie griff nach Darcys Hand und drückte sie. »Ich werde dafür beten, dass es dir auch so ergeht.«

»Danke, meine liebe Lina.« Sie sah zu Jonah. »Keine von uns Versandbräuten hat die Hochzeit gehabt, von der wir einmal geträumt haben.« Sie sah Lina, ihre Zustimmung suchend, an. »Irgendwann im Laufe der Zeit änderten sich unsere Träume.«

Kapitel Sechs

Auf der Kutschbank neben Lina sitzend, die Adam hielt, hatte Darcy eine Menge Zeit, ihre Entscheidung zu bereuen. Sie hatte noch nie so eine wüste Geschichte darüber gehört, wie jemand sich einen Mann einfing. *Mary Ellen und ihre Horde hätten sicher ihre helle Freude gehabt, wenn sie davon wüssten.* Sie konnte nur froh sein, dass so wenige Menschen über die wahren Umstände ihrer Ehe Bescheid wussten. *Wenn es überhaupt zu einer Ehe kam.*

Sie fuhren durch einen Wald, der so schön war, wie die Wälder entlang des Hudson River, aber anders – die Sommerluft war trockener, mehr vom Duft der Kiefern erfüllt, es gab weniger Buchen und Birken, jedenfalls in dieser Gegend. Sie hätte gerne gewusst, wie der Vogel hieß, den sie auf den Ästen der Bäume klappern hörte und welcher Spezies die Farne angehörten, die am Fuße der Baumstämme wuchsen. Sie hätte Lina fragen können, doch ihre Freundin erzählte ihr ausführlich davon, wie es war, im Territorium von Montana zu leben. Während Darcy zuhörte und reagierte, studierte sie gleichzeitig den Wald und saugte dessen natürliche Schönheit in sich auf. Sie hatte so viel verpasst, als sie auf der vorherigen Fahrt eingeschlafen war.

»Da!« Lina deutete auf eine kleine Konstruktion neben dem Pfad. »Dort geht es zu Gid.« Sie zitterte vor offensichtlicher Freude. »Oh, Darcy, ich kann nicht glauben, dass wir Nachbarn werden.«

Darcy war nicht ganz so optimistisch, zwang sich aber zu einem Lächeln. »Ich hoffe, du hast recht.«

»Das habe ich«, sagte Lina zuversichtlich. »Ich kann es fühlen. Ich habe bereits zur *Madonna* gebetet. Sie wird schon dafür sorgen.«

»Das Einzige was ich fühle, ist Nervosität.« Darcy glättete ihren verknitterten Rock. Sie hatte ihr Reisekleid anbehalten, wenn sie sich auch Hände und Gesicht gewaschen, ihr Haar gekämmt und neu geflochten sowie Parfüm aufgelegt hatte.

Lina tätschelte ihr Knie. »Ich weiß noch, wie aufgeregt ich war, bevor ich Jonah und Adam getroffen habe.«

»Wenigstens wusstest du, dass sie dich wollten«, murmelte Darcy.

»Nein«, korrigierte Lina und drückte Adam einen Kuss auf den Kopf. »Ich wusste, dass sie mich *brauchten*. Gid braucht dich ebenfalls, Darcy. Er braucht jemanden, der ihn versteht und der ihn in wenig zurück in diese Welt bringt.«

Darcy dachte an ihr früheres Leben. Wenn sie Gideon Walker heiratete, ließ sie wirklich ein Leben als reiche Dame der feinen Gesellschaft hinter sich. *Ich habe mich noch nicht entschieden. Ich kann immer noch meine Meinung ändern, nachdem ich ihn getroffen habe.*

Und muss dann noch einmal von vorne mit der Suche nach einem Ehemann beginnen? Allein die Vorstellung entmutigte sie schon und jagte ihr einen Schauer den Rücken hinunter. *Wer hätte gedacht, dass Holden so kaltblütig sein könnte?*

Wahrscheinlich gibt es hier noch einen Mann, den ich heiraten kann. Der Schmerz, den sie bei diesem Gedanken im Herzen verspürte, überraschte sie. Darcy war nicht bewusst gewesen, wie sehr sie sich mit dem Gedanken, Gideon Walker zu heiraten, angefreundet hatte.

Bitte, lieber Gott, mach, dass ich ihn sympathisch finde! Auch das Gebet, dass ihr da herausschlüpfte, war eine Überraschung. Sie war nicht daran gewöhnt, Gott um Hilfe zu bitten. Andererseits war das in ihrem früheren Leben auch nicht oft nötig gewesen. Wahrscheinlich gab es noch mehr, um das sie im Hinblick auf einen potenziellen Ehemann bitten sollte, aber mit ihrem vor Sorge verknoteten Bauch bekam sie nicht mehr zustande als eine einfache Bitte.

Jonah bremste den Wagen vor einer Bank, auf der zwei Leute Platz finden konnten und die von einem mit Schindeln gedeckten Spitzdach geschützt wurde. Auf beiden Seiten befand sich eine mit geschnitzten Linien verzierte und einem Deckel versehene hölzerne Kiste. Auf der Vorderseite der einen stand in ordentlichen Lettern WALKER.

Lina wies auf die Bank. »Wenn du bei Gid fertig bist, kannst du hier auf uns warten. Ich weiß, dass du ein Buch in deiner Handtasche hast. Das hast du immer. Wir werden uns nicht lange in der Stadt aufhalten.« Impulsiv drückte sie Darcy an sich und küsste sie auf die Wange. »Viel Glück« sagte sie, ihr italienischer Akzent schwer und unüberhörbar.

Diese Geste erwärmte die Kälte in Darcys Eingeweiden. Sie und Lina hatten keine gemeinsamen Interessen, wie das mit ihr und Kathryn der Fall war. Trotzdem hatten die Wärme dieser Frau und ihr Wille, Darcy Kochen und andere Haushaltstätigkeiten beizubringen, sie von Anfang an zu einer zuverlässigen Freundin gemacht. Eine, für die sie nur dankbar sein konnte.

Jonah fuhr noch ein paar Meter weiter und stoppte das Gespann im Schatten. Er stellte die Bremse fest, reichte Lina die Zügel und stieg ab. Er ging auf die andere Seite und half Darcy von der Kutsche. Sobald sie auf dem Boden stand, sah er in den Kisten nach, fand aber keine Briefe und keine

Einkaufsliste. Er erinnerte sie noch einmal daran, wie Gids Haus zu finden war und wann sie zurückkämen, um sie abzuholen.

»Viel Glück. Ich kann es kaum abwarten zu hören, was bei der Sache herauskommt«, sagte Lina.

»Ich bin auch gespannt.«

»Wiedersehen.« Lina hielt Adams Hand und half ihm beim Winken.

»Wiedersehen, wiedersehen«, rief Adam, seine Kinderstimme hoch und süß.

Darcy drehte sich zum Pfad, begierig darauf, ihren Marsch zu beginnen. Das fröhliche Winken, mit dem sie sich von der Familie verabschiedete, bevor sie ihren einsamen Weg durch den Wald begann, ließ nichts von ihren wahren Gefühlen ahnen.

Als sie den Pfad hinabging, hörte Darcy die Wagenräder knirschen. Für einen Moment hielt sie beklommen inne. *Ich werde bald mit einem mir fremden Mann allein sein.* Sie riss sich zusammen und zwang ihre Füße dazu loszulaufen. *Ich muss so fest entschlossen vorgehen.*

Je länger sie ging, umso dichter schlossen sich die Äste über ihrem Kopf und filterten das Sonnenlicht. Der Wald bekam etwas Magisches, ließ sie ihre Bedenken mehr und mehr vergessen.

Wäre da nicht der kaum erkennbare Pfad gewesen, hätte sie auch der erste Mensch sein können, der jemals in diese Richtung ging. Eine Brise zupfte an der Krempe ihres Hutes. Sie sog den Duft von Baumrinde und Blättern ein und entdeckte ein paar ihr unbekannte Wildblumen. Ein Rascheln im buschigen Unterholz ließ sie sich fragen, welches kleine Tier wohl gerade vor ihr davongelaufen war. *Würde es sich zeigen, wenn ich eine Weile hier säße?*

Darcy hätte eigentlich ängstlich reagieren sollen, da sie allein war, aber ein plötzlich auftretendes Hochgefühl über ihren einsamen Spaziergang in solch einer wunderschönen Umgebung brachte sie dazu, ihre Schritte zu beschleunigen, um herauszufinden, was sie am Ende des Pfades erwartete.

Auf einer kleinen Lichtung rechts von ihr sprossen aus Grasbüscheln hohe Stängel, auf denen cremig-weiße Blüten wuchsen, die wie strahlende Glühbirnen aussahen. Sie trat näher an eine heran, die etwa von ihrer Größe war, und betrachtete die kleinen, untertassenförmigen Blüten, aus denen die Blume bestand. Sie atmete den süßlichen Duft ein und nahm sich vor, einige von ihnen auf dem Rückweg zu pflücken, um damit das Haus für die Hochzeit zu schmücken. *Wenn es eine Hochzeit gibt.*

Vor ihr wichen die Bäume zurück. Darcys Schritte wurden zögernd, und ihr Hochgefühl versiegte. Sie blieb stehen. Eine altehrwürdige Eiche wölbte einen mächtigen Ast über den Pfad. Sie machte ein paar Schritte vom Pfad zur Seite und lehnte sich, umgeben von dicken Ästen, gegen den Stamm. Dabei stellte sie sich vor, sie sei eine Dryade, die die Energie ihres Baumes aufsaugte.

Darcy wollte sich nicht bewegen, denn auf dieser Lichtung befand sich die Realität. Sie presste ihre Wange gegen die raue Borke und stieß einen langen Seufzer aus, dann einen zweiten. Sie holte tief Luft und stieß sich vom Baum ab. »Bring es am besten hinter dich«, sagte sie laut und kehrte zum Pfad zurück.

Als sie sich der Lichtung näherte, wurde Darcy bewusst, dass das, was sie für überhängende Äste gehalten hatte, in Wahrheit ein clever geflochtenes Spalier war, das aus der Kombination von zwei großen, allein stehenden Bäumen und den blühenden Ranken der Prachtwinde bestand. Sie beschleunigte ihren Schritt darunter, dann blieb sie verblüfft stehen und keuchte auf. Ihre Hand flog an ihre Brust und diesmal ließ sie ihren Atem langsam und voller Bewunderung entweichen.

Ein Plattenweg mäanderte zwischen Gras und Blumenbeeten, die von aufgestapelten Steinen eingefasst waren, bis zur Tür eines bezaubernden Häuschens, das, zumindest in ihrer Vorstellung, direkt aus einem Märchen der Gebrüder Grimm stammen musste. Vielleicht aus »Hänsel und Gretel«, allerdings ohne die böse Hexe.

Das Haus bestand aus eckig-geschreinerten Holzstämmen, seine grüne Tür war bogenförmig. Es war klein, bestand nur aus einem Stockwerk, allerdings nahm sie an, dass es, nach dem hohen geschindelten Dach zu schließen, einen Dachboden besaß. An einem Ende erhob sich ein eckiger Turm, der sie an den runden Turm erinnerte, in dem sich Mrs. Seymours Büro befand. Zwei Paar zueinander passende, grüne Fensterläden hingen seitlich der weiß gerahmten Rautenfenster. Darunter hingen mit üppigen bunten Blumen bepflanzte Blumenkästen.

Eine wilde Besitzgier packte sie, und Darcy verliebte sich unsterblich in Gideons Heim. *Hier will ich leben!*

Sie eilte den Pfad hinunter und klopfte an die Tür. Das Geräusch klang wie das Echo ihres hämmernden Herzens. Die Tür öffnete sich nicht.

Sie beugte sich vor und presste ein Ohr gegen das Holz, konnte aber keine Bewegung hinter der Tür vernehmen. Sie empfand eine Versuchung, so stark wie die Goldlöckchens, hob die Hand zum Türriegel, bereit einzutreten. Dann fing sie sich wieder.

Ganz gleich, wie stark dieses magische Bedürfnis war, das Haus zu erkunden, so würde sie doch immer noch uneingeladen dort eindringen, und wenn Gideon sie entdeckte …

Kopfschüttelnd, so als wolle sie den phantastischen Bann, unter den sie geraten war, brechen, trat Darcy wieder zurück und blieb plötzlich stehen, um den nächsten Blumenkasten in Augenschein zu nehmen. Sie zwinkerte, dann hockte sie sich hin, um die Gruppe giftiger Pilze mit ihren weißgepunkteten roten Schirmen genauer zu studieren. Sie berührte einen von ihnen und stellte fest, dass er aus Holz bestand. Hingerissen erhob sie sich wieder. Als sie sich vorsichtig umsah, entdeckte sie eine bemalte Fee, die, mit Flügeln versehen, unter einer Reihe Bischofskraut stand. Sie beugte sich vor, um die kleine lebensechte Figur hochzuheben, und bewunderte deren Detailreichtum.

Gideon ist sehr begabt. Seine schrullige Natur sprach sie an. Je mehr sie von seinem Heim sah, desto mehr interessierte Darcy dieser Mann. Mit einem Stich des Verlangens hoffte sie, dass er sie nicht enttäuschen würde.

Plötzlich begierig darauf, ihren potenziellen Ehemann zu finden, eilte sie dorthin, wo ein weiterer Plattenweg nach links verlief, kurz bevor er sich teilte. Jeder Weg führte zu einem Gebäude, das aus den gleichen eckigen Stämmen bestand wie das Haus. Auch sie hatten große Fenster, die ebenfalls von grünen Läden flankiert wurden. Das Gebäude auf der linken Seite besaß keine Scheiben, weshalb sie annahm, dass es sich dabei um die Scheune handelte, während das rechte große Glasfenster besaß, die offen standen, um Frischluft einzulassen.

Welches?

Das schwache Geräusch von Hämmern gab den Ausschlag. *Das rechte.*

Geräuschlos begab sie sich zur offenen Tür und linste hinein, wobei sie den Geruch von Sägespänen einatmete.

Ein Mann stand über eine hölzerne Truhe gebeugt, einen kleinen Hammer in der Hand. Es sah so aus, als wäre er dabei, Feder- und Nutverbindungen anzupassen.

Sie fragte sich, was er dort machte und trat durch die Tür, um besser sehen zu können.

Unter einem Hemd, das so alt war, dass sogar die Flicken ausgebleicht waren, erkannte man die schlanke Gestalt des

Mannes, dessen breite Schultern jedoch dafür sorgten, dass er nicht zu dünn wirkte. Sein Haar sah bleich und dick aus, doch als er den Kopf hob, war seine Haut jugendlich und faltenlos, das Gesicht knochig und attraktiv. Er starrte sie aus weit geöffneten, silbrigen Augen an und es wirkte, als ob er sie gar nicht sähe, ihr aber trotz allem direkt in die Tiefe der Seele schaute.

Ein Schauer sinnlicher Wahrnehmung strich federleicht über Gids Rücken, und er spürte, dass er beobachtet wurde.

Ein Schatten verdunkelte die Türöffnung, und er blickte auf.

Eine hochgewachsene Frau stand dort. Das Sonnenlicht umgab ihren Körper wie ein Heiligenschein, und er konnte ihr Gesicht nicht erkennen. Trotzdem wusste er, dass er sie noch nie gesehen hatte. Doch sein Herz hüpfte, als ob gerade jemand, den er liebte, nach dem er sich sehnte, in sein Leben getreten war. *In ihrer Schönheit wandelt sie, wie wolkenlose Sternennacht.*

Langsam legte Gid den Hammer fort und richtete sich auf. Er wartete … worauf, wusste er nicht – vielleicht darauf, dass der Bann gebrochen wurde.

»Ich bin Darcy.« Ihre Stimme war tief, wohl moduliert, mit einem New-England-Akzent, der das »r« in ihrem Namen ausließ.

Natürlich bist du das. Es überraschte ihn, dass er sie erkannte. Ein Teil von Gid wollte sich in den tiefsten Tiefen seiner Werkstatt verkriechen, doch gleichzeitig packte ihn der Drang, sich mit ausgestreckter Hand auf sie zuzubewegen. Worte drängten nach vorne, stauten sich in seinem Mund. Gid wusste, dass er, wenn er ihn öffnete, zu brabbeln beginnen würde.

Sie ließ ihre Hand in die seine gleiten.

Energie jagte kitzelnd seinen Arm hinauf und breitete sich in seinem Körper aus, wie er es noch nie erlebt hatte. Bei ihrer Berührung schoss ein Kloß in seinen Hals, so groß wie ein Baumstamm, und er konnte nicht sprechen – hätte es selbst dann nicht gekonnt, wenn er es gewollt hätte.

Darcy drückte seine Hand und machte einen Schritt nach vorn, damit sie sein Gesicht besser studieren konnte. »Ihr Heim ist wunderschön.« Sie ließ ihn nicht los und das Wunder, ihre Berührung zu spüren, ließ ihn beinahe auf die Knie sinken.

Darcy schien kein Problem mit dem Sprechen zu haben, denn sie sah sich um. Ihre Augen leuchteten vor Wissbegier. »Ich würde gerne Ihre Arbeiten sehen.«

Gid folgte ihrem Blick nicht, wollte lieber ihre Züge erforschen. Er kannte die Gegenstände in seiner Werkstatt bereits. Nach dem zu urteilen, an das er sich von anderen Frauen erinnerte, nahm er an, dass Darcy mit ihren kantigen Gesichtszügen nicht im konventionellen Sinne schön war, doch er fand ihr Gesicht bemerkenswert. Er mochte die Intelligenz in ihren grauen Augen.

Die Eleganz, die sie umhüllte wie ein Mantel, brachte Gid zu Bewusstsein, dass er seine älteste Kleidung trug, die nicht viel besser als Lumpen war. Verlegen ließ er ihre Hand los, unsicher, was er nun tun sollte. Sie wirkte wie eine Erscheinung aus dem Nichts, und ihm wurde klar, dass er ihr Fragen stellen sollte. Doch wie betäubt von ihrer Gegenwart, blieb er stumm.

Darcy schenkte ihm ein Lächeln, das ihre Gesichtszüge weicher machte. »Ich lade mich selbst in Ihr bezauberndes Haus ein. Haben Sie Tee? Ich würde gerne mit Ihnen sprechen.«

Er nickte, dankbar dafür, dass Jonah etwas Tee von seinem letzten Ausflug in die Stadt mitgebracht hatte und dass Milch und Sahne in der Eisbox und Zucker im Schrank waren.

Schweigend gingen sie nebeneinander her zum Haus. Eine Brise ließ die grauen Bänder ihres Strohhutes flattern und quälte ihn mit dem herb-süßen Duft ihres Parfüms. Aus dem Augenwinkel beobachtete Gid, wie Darcy ihre Umgebung begutachtete. Er sah, wie sie die Elfe wahrnahm, die auf einem Felsen hockte, die hölzerne Eule auf dem Gartenzaun, die Dryade, die er in den Stamm einer Eiche geschnitzt hatte. Das Lächeln, das bei jeder Entdeckung auf ihren Lippen erschien, ließ Schmetterlinge in seinem Bauch tanzen.

Er stieß die Eingangstür auf und geleitete sie hinein – die erste Frau und der zweite Mensch außer ihm, der einen Fuß in sein Haus setzte. Reverend Norton besuchte ihn einmal im Jahr, um sich nach seinem Seelenheil zu erkundigen.

Mit wachsendem Unbehagen folgte Gid Darcys Blicken – vom Dachboden zu dem Bett im Alkoven, der durch den Turm entstanden war; zu dem Tisch und den zwei Stühlen, von denen einer, außer von Reverend Norton, nie benutzt wurde; zu dem gemauerten Kamin mit dem hölzernen Sims; zu den beiden Buntglasfenstern, die sein einziger Freund aus Kinderzeiten gefertigt und die er mitgebracht hatte, als er hierher zog; zu dem Schaukelstuhl vor der Feuerstelle; den sorgfältig eingepassten Einbauschränken und der Arbeitsplatte, auf der er sein Essen zubereitete; dem zweiflammigen Herd; den Büscheln von Kräutern, die zusammengebunden von einem Holzbalken hingen und ihren erdigen Geruch im Raum verbreiteten.

Gid trat an den Herd. Im Kessel befand sich bereits Wasser. Er öffnete die Tür zur Feuerung und fachte das Feuer an, fügte mehr Holz hinzu. Die Flammen erwachten zum Leben.

Darcy hängte ihren schwer wirkenden Pompadour an

einen Haken an der Tür, dann ging sie zum hinteren Fenster, um auf die überdachte Veranda aus Steinplatten hinauszusehen, von der man die Wiese überblickte, durch die ein Bach verlief. »Ein wunderschöner Ausblick.«

Gid warf ihr ein rasches zustimmendes Lächeln zu, dann beendete er die Teezubereitung, dankbar dafür, dass er das gute Porzellangeschirr seiner Großmutter mit nach Montana gebracht hatte. Weder seine Mutter noch seine Schwester waren an dem altmodischen Veilchenmuster interessiert gewesen. Er wünschte, er hätte etwas Süßes oder wenigstens Teesandwiches, die er ihr anbieten konnte, doch er nahm an, dass Lina Barrett sie sicherlich schon mit Essen versorgt hatte. Das hieß, wenn sie von den Barretts kam. Aber anders konnte es nicht sein.

Darcy trat an den Tisch und setzte sich. Sie berührte ein Veilchen auf der Seite ihrer Teetasse, bevor sie ihn ansah.

Er hörte auf, sich zu bewegen und versank in ihrem Blick.

»Sie fragen sich sicher, warum ich hier bin.«

Gid nickte, froh darüber, nicht fragen zu müssen. Er nahm ihr gegenüber Platz und wunderte sich darüber, dass eine Frau ... nicht irgendeine Frau ... *Darcy* an seinem Tisch saß. Er fragte sich, ob die Erinnerung an sie ihn verfolgen würde, wenn sie wieder ging. *Komm leb' mit mir und werde mein.* Eine unerwartete Welle der Sehnsucht begleitete seinen Gedanken an Marlowes Gedichtzeile. »Sind ...« Er räusperte sich, bemüht darum, nicht wie ein Frosch zu klingen. Dann machte er einen weiteren Versuch zu sprechen. »Sind Sie bei den Barretts?«

»Ja. Ich glaube, Lina hat mich erwähnt?«

Er nickte wieder.

»Alles, was ich von Ihnen gehört habe – Ihre Freundlichkeit, unser gemeinsames Interesse an Philosophie ... dann Ihre Begabung, die ich gesehen habe ...« Sie deutete auf sein Heim. »All das bringt mich dazu, Sie zu fragen – also, ob Sie ...«

Darcy holte tief Atem, als müsse sie sich stärken, dann ließ sie den Worten einfach ihren Lauf. »Ich möchte Sie heiraten.«

Gid hätte nicht schockierter sein können, wenn sie mit einem glühenden Schürhaken nach ihm gestochen hätte. Nicht einmal sicher, ob er richtig gehört hatte, berührte er fragend seine Brust. »*Mich?*«, fragte er schluckend.

»Ja, Sie.« Ihre Mundwinkel hoben sich, doch ihr Blick war angespannt. »Ich befürchte, ich brauche ganz dringend einen Ehemann.«

Kapitel Sieben

Gideons wie vom Donner gerührter Gesichtsausdruck ließ Darcys Magen ins Bodenlose stürzen. Sie legte die Hand auf die Mitte ihres Körpers, sah, wie seine Augen der Bewegung folgten, und erkannte, dass sie gerade das falsche Signal ausgesendet haben musste. Ihr Gesicht wurde heiß. Sie griff nach ihrer Teetasse, trank ein wenig und verschluckte sich in ihrer Eile zu sprechen an der heißen Flüssigkeit. »Sie wundern sich wahrscheinlich, warum ich einen Ehemann benötige.«

Er nickte, während sein Blick auf den ihren traf.

Sie fing an zu sprechen, zögerte und starrte aus dem Fenster. *Welchen Teil meiner unwahrscheinlichen Geschichte sollte ich erzählen? Alles?*

Mit seinen ständig auf sie gerichteten ernsten, silbrigen Augen, nahm Gideon einen Schluck Tee.

Darcy tat es ihm nach, spürte, wie die Wärme sich in ihrem nervösen Magen ausbreitete. Sie sah ihn an und entschloss sich, die ganze Wahrheit zu sagen. Das zweite Mal an diesem Tag begann sie mit ihrer Geschichte. »Bis ich heirate, kontrolliert mein Halbbruder meine Erbschaft. Ich bin absolut gegen das, was Holden mit meinem Land, nun gut, *unserem* Land, vorhat. Aber uns gehört je eine Hälfte.«

Seine Augen wurden schmal, und sein Kiefer spannte sich an.

Die ganze Geschichte brach aus ihr heraus. Sie beschrieb die Zerstörung der altehrwürdigen Wälder und die bevorstehende Bebauung ihres Landes.

Seine auf dem Tisch liegende Faust ballte sich immer fester.

Sie erwähnte Mr. Brockmans Worte ... die Gerüchte über seine schändlichen Taten, ihre instinktive Angst um ihr Leben.

»Sie sind in Gefahr!« Gideon stieß seinen Stuhl nach hinten und sprang auf. Offenbar in Gedanken, lief er im Raum auf und ab, blieb stehen, schien dann zu einer Entscheidung zu kommen. Er ging hinüber zum Bücherregal und streckte sich nach einer geschnitzten hölzernen Kiste. Dieser entnahm er einen Umschlag, dann schob er die Kiste zurück an ihren Platz, bevor er an den Tisch zurückkehrte und ihr den Umschlag entgegenstreckte.

Sie nahm den Brief und starrte auf die Adresse, schockiert darüber, *Miss Darcy Russell* in einer festen Handschrift auf die Vorderseite geschrieben zu sehen. *Was kann das nur sein?* Mit durcheinanderwirbelnden Gedanken schaute sie ihn misstrauisch an.

»Lesen Sie ihn.« Gideon bedeutete ihr, den Umschlag zu öffnen und setzte sich ihr wieder gegenüber an den Tisch.

Sich seines aufmerksamen Blickes bewusst, folgte Darcy der Bitte. Sie zog ein einzelnes Blatt heraus und begann zu lesen, wobei sie mehr über ihren zukünftigen Ehemann lernte, als sie, wie sie annahm, in mehreren Tagen karger Konversation herausgefunden hätte – wenn sie überhaupt miteinander gesprochen hätten. Ein Zitat über ein Schloss ging ihr direkt zu Herzen, und sie drückte den Brief an ihre Brust.

Sein scheues Lächeln ermutigte sie.

Ja, ich will diesen Mann heiraten. In diesem entzückenden Haus leben. Die Schönheit der Umgebung erkunden. »Ich bewundere die magische Grillenhaftigkeit Ihres Heims, Gideon. Und ich würde mit Freuden das Fundament für unser Schloss gemeinsam mit Ihnen legen.«

Ich kann nicht fassen, dass wir die gegenseitige Vorstellung, eine Erklärung meiner Umstände und einen Heiratsantrag hinter uns gebracht haben, und er dabei kaum ein Wort gesagt hat. Trotz allem fühle ich mich mit diesem stillen Mann wohl.

»Ich werde morgen losreiten und den Prediger holen.«

Das Angebot – das er in unmissverständlichem Ton machte – raubte ihr den Atem. Nach dem, was Jonah ihr gesagt hatte, begab sich Gideon *nie* in die Stadt.

Er sah sie fest an. »Wir müssen sicherstellen, dass Sie außer Gefahr sind.«

Diese schlichte Aussage nahm die Last von ihren Schultern, und Darcy begriff, dass sie in der Tat ihre Sorgen in die Hände dieses Mannes legen konnte. Sie hatte gedacht, dass Gideon Walker ihr ein Versteck bieten und ihr die rechtlichen Möglichkeiten verschaffen würde, ihr Land zu schützen, doch sie hatte nicht realisiert, dass ihr neuer Ehemann selbst ihr ein Schutz sein würde. »Danke, Gideon. Ihre Freundlichkeit rührt mich. Lassen Sie mich Ihnen sagen, was die Barretts vorgeschlagen haben.« Ein verschmitztes Lächeln blitzte auf ihrem Gesicht auf. »Wir hoffen, dass Ihnen der Plan zusagt, denn er wird … schon ausgeführt. Lina war sich sicher, dass Sie zustimmen würden.«

Er lehnte sich in seinem Stuhl zurück und zog eine Augenbraue hoch.

Sehe ich da Humor in seinen Augen? »Die Barretts haben mich auf dem Weg in die Stadt hier abgesetzt. Während sie in Sweetwater Springs sind, holen sie meine Schrankkoffer und bitten Reverend Norton, zu ihrem Haus herauszufahren und uns morgen zu verheiraten. Ist das … Stimmen Sie diesem Plan zu?«

Er nickte.

Erleichtert atmete Darcy aus und sagte: »Nun, wenn Mrs. Norton mitkommt, und ich hoffe, dass sie es tut, denn ich würde sie gerne kennenlernen, werden wir zu sechst sein. Passt Ihnen das? Gibt es noch jemanden, den Sie gerne einladen würden.«

Er runzelte die Stirn.

Sie biss sich auf die Lippe und wartete.

»Das ist so in Ordnung«, sagte er.

»Oh, ich bin so froh.« Darcy erkannte, dass Gideon, da er angeboten hatte, sich in die Stadt zu begeben, wahrscheinlich mit der Gegenwart von fünf Leuten klarkommen würde. Sie blickte auf ihre Finger, froh darüber, wie ihre zumeist einseitige Diskussion sich entwickelte. Ihr Herzschlag beschleunigte sich ein wenig. »Auch wenn diese Ehe nicht durch die Agentur Versandbräute des Westens angebahnt wurde, würde ich es begrüßen, wenn wir uns an die Vereinbarung bezüglich von Intimitäten, zu der Mrs. Seymour rät, halten könnten.«

Mit zusammengezogenen Augenbrauen sah Gideon sie verwundert an.

Meine Freunde scheinen ihm dieses kleine Detail vorenthalten zu haben. »Mrs. Seymour … das ist die Betreiberin der Agentur, besteht darauf, dass man einen Monat nach der Hochzeit zusammenleben muss, ohne … äh … die Ehe zu vollziehen. Es sein denn natürlich, dass *wir* uns anders entscheiden, weil …« Sie begriff, dass Gideon ähnlich besorgt über Intimität zwischen ihnen sein könnte wie sie. »Äh, bis *wir* uns mit der Idee wohlfühlen.«

Er strich sich über das Kinn und dachte über die Angelegenheit nach.

Die Diskussion dieses Themas ließ eine heiße Welle durch Darcys Körper rollen, und sie wünschte, sie hätte einen Fächer zur Hand. Sie konzentrierte ihren Blick auf die

Teetasse und versuchte, nicht zu oft in seine Richtung zu blicken.

Nach ein paar Minuten, die sich wie eine Ewigkeit anfühlten, nickte Gid.

Durch die Wärme ihres Lächelns zeigte Darcy ihm, wie sehr sie seine Geste erfreute. »Dann denke ich, es ist alles geregelt. Morgen werden wir Mann und Frau.«

Die erste Unstimmigkeit zwischen ihnen tauchte unter dem Rundbogen der Laube auf, an dem die Blüten der Prachtwinde in der Brise zitterten. Von dem Moment an, als sie sich vom Tisch erhob, hatte Darcy darauf bestanden, dass sie alleine zur Straße gehen würde, so dass er zu seiner Tischlerei zurückkehren konnte.

Obwohl Gid davon ausging, dass sie auf ihrem kurzen Weg völlig sicher war, war sie dennoch eine Frau aus der Stadt, die sich in seinen Schutz begeben hatte. *Später ist immer noch genug Zeit, dass sie lernen kann, wie man in den Wäldern Montanas zurechtkommt.*

Er spürte, dass Darcy Zeit brauchte, um über die Folgen ihrer Übereinkunft nachzudenken – etwas, das sie in der Gegenwart der gesprächigen Lina nicht finden würde. Unter dem Schutzdach an der Straße hätte sie es bequem, während sie auf die Barretts wartete. Ohne dass sie es wusste, würde er außer Sichtweite über sie wachen.

Also hatte er nicht diskutiert, sondern lediglich die Haustür für sie aufgehalten und seine zukünftige Frau den Pfad durch die Bäume hinunterbegleitet.

Zuerst war sie steifnackig vorangeschritten, die Schultern gereckt. Doch schon bald hatte die Magie des Waldes sie verzaubert, und sie hatte sich mit offensichtlichem Interesse umgesehen. Als sie einen Haufen großer weißer Blumen auf einer Lichtung erspähte, hielt Darcy an und ging dann zu ihnen hinüber, um eine der kleinen cremefarbenen Blüten, die mit den anderen eine Traube bildete, zu berühren. »Wie heißen die?«

»Bärengras.«

»Was für ein eigenartiger Name.«

Gid deutete auf die olivgrünen Blätter am unteren Ende der hohen Stängel, die wie dickes Gras wirkten. »Die Indianer benutzen das Gras, um Körbe und Hüte daraus zu machen. Die Blätter sind fast weiß, wenn sie getrocknet sind.« Recht zufrieden damit, zwei ganze Sätze in ihrer Gegenwart herausgebracht zu haben, erwähnte Gid beinahe noch den Hut, den Koko Barrett für ihn geflochten hatte. Doch die Trauer über ihren Tod ließen die Worte in seinem Hals stecken bleiben. Der Verlust schmerzte noch zu sehr.

Die leuchtenden Augen seiner zukünftigen Braut zeigten ihm, dass sie ihre Missbilligung der Tatsache, dass er sie nicht alleine zurücklaufen ließ, vergessen zu haben schien. »Ich würde gerne ein paar für die Hochzeit pflücken.«

Das Amüsement, das er bei ihrer Lebhaftigkeit empfand, half dabei, seine Traurigkeit zu lindern. »Wie wäre es, wenn ich morgen einige mitbringe, dann sind sie frisch.«

Ihr Lächeln ließ ihr kantiges Gesicht erstrahlen und verlieh ihm eine Schönheit, die Gid erneut die Fähigkeit zum Sprechen raubte – etwas, das ihm, wie er annahm, in ihrer Gegenwart öfter passieren würde.

»Das wäre wunderbar, Gid. Danke.« Sie deutete auf den Pfad, und sie gingen weiter.

Nach ihrer Unterhaltung über das Bärengras folgten ihre Fragen bezüglich der Flora und Fauna, die sie umgab, so schnell, dass er fast nicht hinterherkam, sie zu beantworten – denn er war an Gesellschaft nicht gewöhnt. Doch noch während er jede Pflanze oder jeden Vogel benannte, staunte er über ihr schnelles Auge und wie sie ihn dazu brachte, seine Umgebung mit frischer Wertschätzung wahrzunehmen – ihn, der geglaubt hatte, dass er die Schönheit des Territoriums von Montana jeden Tag aufs Neue in sich aufsaugte.

Als er die Straße in der Ferne erkennen konnte, blieb Gid stehen. »Ich werde Sie von hier aus im Auge behalten.« *Sie von hier aus bewachen.*

Darcy schenkte ihm ein Lächeln, wobei sie die Peinlichkeit des Augenblicks mit einem Lächeln quittierte. »Ich sehe Sie dann morgen.«

Gid fragte sich, ob er ihre Hand schütteln sollte – was er gern getan hätte –, brachte den Mut dazu jedoch nicht auf. Irgendwie erschien diese Geste, die bei ihrem ersten Erscheinen in seiner Werkstatt so natürlich gewirkt hatte, auf einmal zu heikel und schwierig. »Auf Wiedersehen.«

»Bis Morgen, Gideon.« Sie wandte sich um und ging weiter.

Darcy würde auf ihrem kurzen Weg nichts zustoßen. Trotzdem beobachtete er sie aufmerksam, wissend, dass er von ihrer Gegenwart noch immer verwirrt war.

Miss Darcy Russell ging mit einer geschmeidigen Grazie, geradem Rücken und einem leichten Schwingen ihrer Hüften, das ihn dazu brachte, sich ihren Körper vorzustellen – und dass die Ehe mit ihr zu Intimität führen würde – zu der Art von Verhältnis zu einer Frau, die er in den langen einsamen Jahren im Wald zu verdrängen versucht hatte.

Als sie die Bank erreichte, wandte sich Darcy um und winkte.

Etwas in seinem Körper wurde warm und lebte auf.

Dann verschwand sie hinter dem Unterstand.

Er stand im Schatten zwischen dem Immergrün, nahm wachsam die Geräusche des Waldes wahr, bis die Barretts erschienen, um sie mitzunehmen. Das Lachen der Frauen und das Klimpern des Pferdegeschirrs klangen zu ihm herüber.

Als er die Geräusche, die der Wagen machte, nicht länger hören konnte, drehte sich Gid um und ging nach Hause zurück. Nachdem er es betreten hatte, fiel er in seinen Schaukelstuhl, wobei er sich fühlte, als habe ihm gerade jemand eine ganze Kommode an den Kopf geworfen. Sein Heim war immer noch das Gleiche, jeder Gegenstand vertraut. Dennoch hatte sich nun alles geändert.

Darcy besaß eine pulsierende Energie, auf die er einfach reagieren musste. Sie war nur kurz dagewesen – wahrscheinlich nicht einmal eine Stunde –, doch hatte sie einen unauslöschlichen Eindruck gemacht. Ihre Abwesenheit hinterließ in seinem gemütlichen Zuhause ein leeres Echo.

Morgen werde ich eine Frau haben. Er staunte über diesen Gedanken. Gid hatte nie gedacht, dass er einmal heiraten würde, hätte nie eine Frau so nah an sich herangelassen. Sogar das Schreiben des Briefes an die Versandbraut-Agentur war lediglich ein Akt der Fantasie gewesen, der schnell in seine Kiste mit Erinnerungsstücken gewandert war.

Habe ich die richtige Entscheidung getroffen? Er dachte an all die Arten, auf die eine Ehe schiefgehen konnte. Doch das Schlimmste wäre, die Beziehung seiner Eltern zu wiederholen. *Was, wenn sich herausstellt, dass sie so ist wie meine Mutter? Zänkisch und lieblos, grausam und beleidigend.* Angst ließ seinen Magen und seine Schultern verkrampfen.

Dann erinnerte er sich an Darcys Augen, an ihre geradlinige Ehrlichkeit. Sie hatte sich über sein einfaches Heim nicht lustig gemacht. Im Gegenteil, sie hatte ihrer Bewunderung Ausdruck verliehen, und er fühlte, dass sie es ehrlich gemeint hatte. Und Lina hatte mehrere Monate mit ihr zusammengelebt. Seine neue Nachbarin wäre nicht mit einer grausamen oder kritischen Frau befreundet, würde nicht versuchen, ihm eine solche Frau aufzuhalsen. *Nein,* mahnte er sich selbst. Lina und Trudy hielten so viel von Darcy, dass sie sie ihm angepriesen hatten.

Gerade, als er sich entspannte, erinnerte sich Gid an Darcys sturen und unabhängigen Charakterzug und erkannte, dass sie sicher mit einigen Herausforderungen zu kämpfen würden. Doch es brachte nichts, sich verschiedene Szenarien vorzustellen. *Die Zeit wird schon bald zeigen, was für Probleme wir haben werden.*

Er atmete aus, reckte seine Schultern, und fühlte, wie Aufregung in ihm zum Leben erwachte.

Darcy saß auf der Bank und wartete auf die Barretts, ihr Kopf zu voll von den Gedanken an das Treffen mit ihrem zukünftigen Ehemann, um sich auf ihr Buch zu konzentrieren. Ein seltsames Gefühl blubberte in ihrem Bauch, begleitet von einigen neuen Bedenken bezüglich ihrer bevorstehenden Ehe.

Darcy hatte angenommen, dass, obwohl Gid ihr als zurückhaltend beschrieben worden war, er sie, wenn sie verheiratet waren, irgendwann nach Newport begleiten würde, um ihre Angelegenheiten zu regeln. Nun, nachdem sie ihn getroffen und begriffen hatte, wie unglaublich scheu er wirklich war, fragte sie sich, ob es fair wäre, ihn darum zu bitten, seinen Wald zu verlassen und die große weite Welt zu betreten. Obwohl er, dachte sie, ihr *tatsächlich* angeboten hatte, nach Sweetwater Springs zu reiten. Doch der Ritt in eine kleine Grenzstadt und eine Reise quer durch das Land bis zur Ostküste waren zwei völlig unterschiedliche Dinge. Nein, um solch ein Opfer konnte sie ihn nicht bitten.

Jedwede Auseinandersetzung mit ihrem Halbbruder würde durch Briefe von ihrem Anwalt Mr. Atwell geführt werden. Darcy beschloss, einen heute Nacht zu beginnen und das Dokument fertig zu haben, um es mit dem morgigen Zug abzusenden. Sie würde ihre Hochzeitsurkunde als

Anlage beifügen und Reverend Norton bitten, ihr eine zweite auszustellen, die sie behalten konnte. Vielleicht konnten die Nortons den Brief bei ihrer Rückkehr in die Stadt für sie aufgeben.

Gedankenverloren bekam sie kaum mit, dass die Schatten länger wurden und die Hitze des Tages abnahm. Das Dach über der Bank hielt die Strahlen der Sonne fern, die immer mehr auf den Horizont zuwanderte. Da sie zu sehr mit ihrer Nervosität wegen des Treffens mit Gid beschäftigt gewesen war, hatte sie vorher nicht bemerkt, dass dieser einen Busch mit Kletterrosen auf jeder Seite der Bank gepflanzt hatte. Die Brise wehte den süßen Duft der roten Blüten zu ihr.

Darcy rekapitulierte jede Minute ihres Zusammentreffens mit Gideon, schrieb dann im Geiste den Brief an ihren Anwalt, wobei sie sich wünschte, sie hätte einen Stift und Papier, um sich Notizen zu machen. Sie war sich nicht sicher, wie lange sie darauf verwandt hatte, ihre Ideen zu sammeln, als sie das Geräusch von Hufschlägen, Wagenrädern und das Klirren von Pferdegeschirr vernahm.

Sie erhob sich und beobachtete die Kutsche durch die Bäume.

Lina winkte mit einer Hand, während sie den anderen Arm um den kleinen Adam geschlungen hatte, der auf ihrem Schoß eingeschlafen zu sein schien.

Jonah stoppte die Kutsche neben ihr und zog die Bremse an.

Darcy hob eine Hand, um ihm zu zeigen, dass er sitzenbleiben solle. »Es ist nicht nötig, dass Sie absteigen. Ich komme schon selber klar.« Sie eilte auf die andere Seite, raffte ihre Röcke mit einer Hand, die Riemen ihres Pompadours um das Gelenk geschlungen, und benutzte die andere, um sich abzustützen, als sie zur Kutschbank hinaufkletterte.

Als sie sich niedergelassen und ihre Röcke glattgestrichen hatte, wandte sich Darcy Lina zu. Sie brachen in Gelächter aus. Sie konnte kaum glauben, dass ihre Pläne tatsächlich aufgegangen waren.

»Und?« Die braunen Augen ihrer Freundin glühten vor Neugier. »Erzähl schon. Mochtest du ihn?«

Jonah trieb die Pferde an. Er warf Darcy ein paar schnelle Blicke zu, ebenso auf die Neuigkeiten gespannt wie seine Frau.

»Ja, das tue ich. Sehr.«

Lina stieß hörbar die Luft aus. »Ich bin so froh! Hat Gid etwas gefragt, als du ihn gebeten hast, dich zu heiraten?«

»*Mich?*« Darcy gab ihrer Freundin die wörtliche Antwort und unterdrückte ein Lächeln, während sie auf Linas und Jonahs Reaktion wartete.

Lina legte die Stirn in Falten. »Natürlich *dich*.«

Darcy lachte. »Gideon sagte ‘*mich*’ und hat auf seine Brust gedeutet ...« Ihre Stimme verebbte. Sie konnte nicht anders, als ihre Freundin ein wenig zu ärgern, indem sie den Rest der Informationen zurückhielt.

»Und ...? Mochte er die Idee nicht? Ist er in den Wald geflohen? Hat er sich geweigert, mit dir zu reden?« Lina stieß Darcy mit dem Ellenbogen an. »Jetzt erzähl schon, bevor meine Fantasie mit mir durchgeht.«

»Nein, Gideon hat sich alles angehört, was ich zu sagen hatte.« Darcy bemühte sich stark, nicht zu amüsiert zu klingen. »Selber gesagt hat er allerdings wenig.«

»Oh Gott.« Lina schürzte die Lippen. »Ich schätze, das bedeutet, es gibt keine Hochzeit. Und ich hatte mir solche Hoffnungen gemacht.«

Darcy stieß das Lachen aus, das sie so lange unterdrückt hatte. »Und deine Hoffnung wird erfüllt, liebe Lina. Wir werden morgen bei euch zu Hause heiraten.«

Lina gab einen kleinen Schrei von sich. Adam regte sich, und sie streichelte seinen Rücken, bis er wieder ruhiger wurde.

Jonah lachte leise. »Wie haben Sie das geschafft?«

»Nicken, Gesten und …« Sie stoppte dramatisch.

»Was? Was? Sag schon!«, verlangte Lina, ihre Brauen eng zusammengezogen. »Du kannst einen so piesacken, Darcy Russell.«

Darcy versuchte nicht zu lachen, musste dann aber prusten. »Ich kann nicht widerstehen.« Sie erbarmte sich ihrer Freundin und tätschelte Linas Knie. »Wie sich herausstellte, hatte er mir einen Brief geschrieben, der an die Agentur gehen sollte.«

»Lieber Himmel, ein Brief!«

»Ja. Und ich muss sagen, dass es ein entzückender Brief war. Doch anstatt ihn abzuschicken, hat er den Umschlag in eine Kiste hoch oben auf einem Regal getan.«

Linas Augenbrauen hoben und ihre Augen weiteten sich. »Das gibt es doch nicht! Dieser Gid! Glaubst du, er hätte dir den Brief jemals geschickt?«

Jonah schüttelte den Kopf. »Das werden wir wohl nie erfahren. Er steckt schon voller Überraschungen, unser Gid.«

»Nun, *ich* glaube, es ist schon ein guter erster Schritt für Gid, dass er den Brief überhaupt geschrieben hat«, erklärte Lina, ihren Nachbarn entschieden verteidigend.

Jonah zwinkerte seiner Frau zu. »Du hast recht, meine Liebe. Aus Erfahrung weiß ich, dass das Schreiben einer Bitte um eine Braut so ist wie einen Berg hinaufzuklettern; dass es Mut braucht, das verdammte Ding abzuschicken, wenn man nicht weiß, was für eine Frau man bekommt … genau so ist es. Und Gid wurde nicht durch ein kleines Kind, das eine Mutter braucht, angespornt, diese Steigung zu überwinden.«

Lina strich mit einer Hand über Adams Rücken. »In einer Hinsicht hat Gid Glück gehabt. Er hat dich gesehen, Darcy. Wenn es ihm zuwider gewesen wäre, dich jeden Tag für den Rest seines Lebens anzusehen, hätte er die Übereinkunft ablehnen können.«

»Du hast recht.« Darcy schauderte gespielt. »Was hätte ich dann tun sollen, um einen Mann zu finden?«

»Hier gibt's 'ne Menge hart arbeitende Cowboys «, sagte Jonah gedehnt.

»Nun, und stattdessen wirst du jetzt einen feinen süßen Ehemann in Gideon Walker haben«, sagte Lina in praktischem Tonfall. »Wir sollten besser eure Hochzeit planen. Während wir in der Stadt waren, haben Jonah und ich unsere Vorräte aufgestockt.«

Einen Moment lang fühlte sich Darcy schuldig und fragte sich, ob sie es sich leisten konnten, die Hochzeit auszurichten. Aber sie wusste, dass es die Barretts beleidigen würde, wenn sie ihnen Geld anbot. *Ich werde eine andere Möglichkeit finden, mich bei ihnen zu bedanken.*

Lina nickte entschieden. »Bis zur Zeremonie werde ich ein Festessen kochen. Was für ein Glück, dass ich letzte Woche Frühjahrsputz gemacht habe.«

Darcy starrte sie mit offenem Mund an. »Es ist Anfang August.«

»Ich war im Frühjahr nicht hier«, erinnerte sie Lina.

»Sie hat das ganze Haus auseinandergenommen«, knurrte Jonah, obwohl die Lachfalten um seine Augen seinen Tonfall Lügen straften. »Ich glaube, sie hat es sogar geschafft, zwischen den Bodenbrettern zu putzen.«

»Und das war auch gut so«, gab Lina in gespielt strengem Ton zurück. »Ich werde mich für den Zustand meines Hauses nicht schämen müssen, wenn wir Gesellschaft bekommen.« Sie warf ihrem Mann einen selbstzufriedenen Blick zu, bevor sie sich wieder an Darcy wandte. »Er hat die Notwenigkeit eines Frühjahrsputzes nicht eingesehen. Kannst du dir das vorstellen?«

Darcy lachte und genoss die Neckerei.

95

Jonah legte die Zügel in nur eine Hand und hob die andere in einer um Frieden bittenden Geste. »Habe ich nicht hinterher gesagt, wie toll das Haus aussah? Ich gehöre nicht zu den Männern, die nicht zugeben können, wenn sie falsch gelegen haben.«

»Ein sich entschuldigender Mann – wer findet ihn? Denn er ist mehr wert als Rubine.« Bewusst zitierte Darcy den Bibelvers falsch.

»Nun, ich bin bisher noch nie mit Rubinen verglichen worden«, sagte Jonah gedehnt und mit einem Seitenblick zu seiner Frau. »Diese Steine sind zu wertvoll.« Er zwinkerte ihr zu. »Mit *Granat* sieht es allerdings anders aus.«

Darcy lachte. *Ich hoffe, Gideon und ich werden uns auch so necken können.*

Lina schüttelte den Kopf über Jonahs Ungezwungenheit, wodurch ein paar ungebändigte Korkenzieherlocken durch die Luft flogen. Sie presste ihre Lippen fest aufeinander, so dass es aussah, als würde sie finster dreinblicken, doch ihre Grübchen verrieten ihre wahren Gefühle. Sie schien von ihrem Ehemann genauso amüsiert zu sein wie Darcy. »Wenn wir dich nach Hause gebracht haben, kannst du endlich das Bad nehmen, dass du nehmen wolltest, Darcy. Ich werde anfangen, euren Hochzeitskuchen zu backen. Jonah kann deine Koffer auf die Veranda schaffen. Später wirst du das Kleid auspacken müssen, das du zu deiner Hochzeit tragen möchtest, damit ich es bügeln kann.«

Darcy verspürte eine weitere Welle der Schuld, da Lina sich so viel Arbeit zumutete. »Das kann ich tun.«

»Oh nein, das wirst du nicht! Ich weiß noch genau, wie du Mrs. Seymours Kissenbezug versengt hast. Wir können nicht riskieren, dass du das oder Schlimmeres mit deinem eigenen Hochzeitskleid anstellst.«

»Ich bin jetzt viel besser mit dem Bügeleisen«, protestierte Darcy. »Im letzten Monat habe ich meine eigenen Kleider und meinen Anteil an den Leintüchern der Agentur gebügelt. Ich habe schon eine ganze Weile nichts mehr ruiniert.«

Diesmal tätschelte Lina Darcys Knie, was Adam dazu brachte, sich zu regen. Sie gab dem Jungen einen Kuss auf den Kopf. »Bei deinem Hochzeitkleid gehen wir kein Risiko ein, und damit ist das Thema beendet.«

Mit einem Murmeln sank Adam wieder in den Schlaf.

Jonah stieß ein weiteres leises Lachen aus. »Ich habe gelernt, nicht mit meiner Frau zu diskutieren, wenn sie diesen Ton anschlägt.«

Darcy rollte ihre Augen, während sie Lina ansah, die es ihr gleichtat. Die beiden Frauen brachen in Gelächter aus. *Wie wunderbar, eine Freundin zu haben – die bald auch meine Nachbarin sein wird –, die einen solch heiteren Charakter hat.*

Jonah schüttelte ob ihrer Albernheiten den Kopf, doch seine Mundwinkel wanderten nach oben.

Darcy lehnte sich auf der ungemütlichen hölzernen Sitzfläche zurück, glücklich darüber, Jonahs offensichtliche Zuneigung zu Lina zu sehen. Trotzdem verspürte sie gleichzeitig einen Stich Neid. Sie hatte zu viele Ehen gesehen, in denen der Mann seine Frau liebte, sie aber trotz allem kritisierte und kontrollierte. Würde Gideon, wie Pygmalion aus der griechischen Mythologie, die *wirkliche* Frau lieben lernen oder versuchen wollen, sie in eine Statue zu verwandeln, die er selbst geschaffen hatte? Er hatte sich über ihren Wunsch, alleine zur Bank an der Straße zurückzugehen, hinweggesetzt. Gleichzeitig hatte sie sein Wissen über den Wald zu schätzen gewusst und, nun da sie darüber nachdachte, seinen Beschützerinstinkt genossen.

Jonah hatte sich nicht nur in Lina verliebt, er schien sie auch zu verstehen und zu akzeptieren. *Welche Frau könnte sich mehr wünschen?*

Wird es mir mit Gideon ebenso ergehen?

Lina hob den Arm, von dessen Handgelenk ihr Pompadour baumelte. »Am Eisenbahndepot war ein Brief von Heather. Ich habe gewartet, bis wir ihn gemeinsam lesen konnten. Kannst du ihn bitte aus dem Umschlag holen und laut vorlesen? Ich möchte Adam nicht aufwecken.«

»Was für ein schöner Zufall!« Darcy zog Lina die Bänder des gehäkelten Pompadours über den Arm, öffnete die Knoten und zog den Brief hervor, wobei sie bei Heathers vertrauter Handschrift lächeln musste. Seit sie die Agentur verlassen hatte, war sie eine treue Briefeschreiberin gewesen.

Liebe Lina,

hallo! Ich bete, dass Dich mein Brief bei allerbester Gesundheit erreicht! Es tut mir leid, dass ich so schlafmützig war, Dir Inas Rezept für Schmalzgebackenes, das Du gerne haben wolltest, erst jetzt zu schicken. Du wirst jedermann damit beeindrucken, wenn Du den Arbeitsvorgang erst einmal gemeistert hast. Und der kleine Adam wird dich abgöttisch dafür lieben! Ich habe es schon ein paarmal gemacht und finde das Rezept mittlerweile sehr simpel. Dir wird es ebenso gehen.

Nimm zwei gut geschlagene Eigelb und eine Tasse kaltes Wasser. Schlage acht volle Esslöffel Mehl darunter. Wenn der Teig dick ist, füge etwas mehr Wasser hinzu. (Aber langsam. Nicht zu viel auf einmal.) Füge einen Esslöffel zerlassene Butter und einen halben Teelöffel Salz hinzu. Gut verrühren, dann das geschlagene Eiweiß einrühren und erneut schlagen. Der Teig sollte dickflüssig vom Löffel laufen. Manche Köche benutzen einen Esslöffel Olivenöl statt Butter, da sie behaupten, dass das Schmalzgebackene dadurch knuspriger wird. (Wie ich Dich, meine italienische Freundin, kenne, bin ich sicher, dass Du eine Menge Olivenöl zur Hand hast!) Erhitze einen Topf mit Schmalz und zwar so viel davon, dass die einzelnen Stücke darin schwimmen können.

Der Teig eignet sich auch für Äpfel, Birnen, Kirschen oder jede andere Art von Obst, die Du hinzufügen willst. Man kann auch Fleisch eintauchen und frittieren. (Hayden bevorzugt Froschschenkel!). Bitte lass mich wissen, wie sie geworden sind und ob Deine neue Familie sie mag.

Und jetzt zu den unterhaltsamen Neuigkeiten! Evie und ich sind schon völlig begeistert, dass Kathryn morgen ankommen wird! Ich kann es wahrhaftig nicht glauben, dass alles sich so entwickelt hat. Es wird sein wie in den alten Zeiten in St. Louis. Nun, jedenfalls beinahe. Evie und ich reden oft über Dich, Trudy, Darcy, Bertha, und Mrs. Seymour – und vermissen Euch alle sehr. Abgesehen von Prudence! Die Entfernung muss unsere Liebe zu ihr erst noch wachsen lassen! Bitte grüße Trudy von uns.

Und bitte schließe Kathryn und Tobit in Deine Gebete ein. Wir sind schon ganz begeistert, dass die nächste Versandbraut bald heiraten wird.

Umarmungen und Schmatzer,

Heather

»Sehr schön. Ich bin so froh, dass sie glücklich ist.« Lina veränderte ihre Position und drehte sich mit einem breiten Lächeln um. »Ich habe ganz vergessen, Dir zu sagen … Trudy und Seth kommen zu deiner Hochzeit. Wir haben Seth in der Stadt getroffen und ihm die Neuigkeiten erzählt.«

»Wunderbar!«, rief Darcy aus, die begierig darauf war, Trudy wiederzusehen und ihren Ehemann kennenzulernen. Dann fiel ihr ein, dass sie Gideon erzählt hatte, dass nur die Barretts und die Nortons bei ihrer Hochzeit anwesend sein würden. »Oje!«

Linas Augenbrauen zogen sich zusammen. »Was?«

»Gideon erwartet nicht noch mehr Leute.«

»Oh.« Der Ton in Linas Stimme gab Darcys Bestürzung Ausdruck. Schuldbewusstsein zeichnete sich auf ihrem Gesicht ab. »Und es sind nicht nur die Flanigans. Nick Sanders war in der Stadt, und ich habe ihn gebeten, die Carters einzuladen – sie sind die größten Rancher hier und haben die Vormundschaft über den jungen Nick. Habakkuk Pendell war ebenfalls im Laden, und ich habe ihn gebeten, seine Frau und die Dunns mitzubringen.«

»Wo wir gerade von den Dunns reden …« Jonah nahm

die Zügel in eine Hand und deutete nach rechts. »Addie und Harrison und ihr Sohn Tyler sind unsere nächsten Nachbarn in dieser Richtung. Habakkuk ist ihr Vormann, und Mrs. P., wie wir sie liebevoll nennen, ist ihre Köchin.«

»Lina, nein!« Darcy stöhnte, als sie sich Gideons Reaktion vorstellte. »Wir werden das ganze Haus voll haben.«

»Jonah war im Mietstall und ich im Laden«, erklärte Lina. »Ich wollte doch nur, dass du Hochzeitsgäste hast und die Möglichkeit bekommst, sympathische Menschen kennenzulernen und Freundschaften zu schließen. In meiner Aufregung habe ich nicht daran gedacht, wie sich das auf Gid auswirken würde.«

»Gideon wird denken, dass ich ihn getäuscht habe«, sagte Darcy traurig. »So sollte unsere Ehe nicht beginnen. Was ist, wenn er alle sieht, sich umdreht und zu sich nach Hause flieht?«

Lina Stimme wurde leise. »Es tut mir leid, Darcy.«

Jonah lehnte sich vor, sah beide an und zog eine Augenbraue hoch. »Gid steht zu seinem Wort. Ich bezweifle nicht, dass die Anwesenheit so vieler Menschen ihn einiges kosten wird, aber er wird Sie heiraten, Darcy. Machen Sie sich nicht zu viele Sorgen.«

Darcy atmete langsam aus. *Lina wollte nur das Beste.* »Ist schon gut, Lina. Du konntest ja nicht wissen, dass ich Gid versprochen habe, dass außer uns nur noch vier weitere Leute anwesend sein würden. Ich nehmen an, dass der Tag schon schwer genug für ihn sein wird, auch ohne Extragäste. Aber vielleicht ist er wegen des Ehegelübdes ja so nervös, dass ihm das gar nicht weiter auffällt.«

Doch selbst während Darcy versuchte, Lina zu beruhigen, verspürte sie trotz Jonahs aufmunternden Worten nagende Zweifel. *Hoffentlich stehe ich morgen nicht ohne einen Bräutigam vor Reverend Norton und meinen Freunden und neuen Bekannten.*

Kapitel Acht

Am nächsten Morgen lehnte sich Gid in der Steinwanne zurück, die er gewissenhaft aus einem riesigen Felsen mit einer bereits bestehenden natürlichen Vertiefung herausgemeißelt hatte. Der Felsen lag am Rande des Baches, nicht weit von der heißen Quelle entfernt, und er genoss es, sich im heißen Wasser einweichen zu lassen. Er hatte ewig an dieser Wanne gearbeitet und die Oberfläche glatt gemeißelt, damit die Seiten und der Boden komfortabel waren. Danach hatte er Farne und Blumen gepflanzt, um eine im Freien liegende Laube zu schaffen, in der er baden und die Schönheit der Natur genießen konnte.

Er fragte sich, was Darcy wohl von seiner Badewanne halten würde. Sicher war ihr aufgefallen, dass sein Haus keine Rohrleitungen besaß. *Doch was, wenn sie es nicht bemerkt hatte?* Das Klohäuschen stand versteckt unter zwei Bäumen, und sie hatte dieses kleine Gebäude vielleicht nicht gesehen. Sie wirkte wie jemand, der an ein im Haus liegendes Badezimmer gewöhnt war. Der Gedanke erfüllte ihn mit Sorge.

Gid fing an, den Rest des Tages zu planen, stellte eine Liste mit Dingen auf, die er zu erledigen hatte, bevor er zum Haus der Barretts aufbrach. Er hielt sein Haus immer sauber, daher musste er nicht erst putzen, aber er sollte die

Bettwäsche und Handtücher waschen, egal wie dünn und geflickt sie waren. Wenn er alles in die Sonne hängte, würden sie genug Zeit zum Trocknen haben. Dann musste er Blumen pflücken, um seine Braut in ihrem neuen Heim willkommen zu heißen.

Braut. Schon das Wort ließ ihn erzittern. Gid musst ein paarmal tief ein- und ausatmen, um seinen Körper und Geist zu beruhigen, bevor er seine Gedanken wieder auf die Liste richten und die nächste Aufgabe formulieren konnte.

Nach eingehender Betrachtung entschied er, dass sich für die Zeremonie bereit zu machen, alles war, was er zu tun hatte.

»Oh, nein«, sagte Gid laut und setzte sich auf, als ihm klar wurde, dass er keine Hochzeitskleidung besaß oder jedenfalls keine von der eleganten Pracht, die eine Frau wie Darcy von ihrem Bräutigam womöglich erwarten könnte.

Mit einem Stöhnen sank er in die Wanne zurück, dann tauchte er unter. Er hielt die Luft an und blieb unter Wasser, als ob dies die ihm bevorstehende Hochzeit würde aufhalten können. Er suchte verzweifelt nach einem Zitat – irgendeinem Zitat – dass ihm Kraft geben würde, diesen Tag zu überstehen. *Wir sollten allen Unternehmungen misstrauen, für die neue Kleidung benötigt wird,* war alles, was ihm einfiel.

Das war nicht sehr hilfreich, Thoreau!

Schließlich musste Gid wieder atmen und setzte sich auf, seifte Haar und Körper ein und spülte alles ab. Er würde das Bettzeug einweichen lassen und dann sehen, ob er immer noch in seinen zehn Jahre alten Anzug passte.

Darcy und Lina erwachten beide, als das erste graue Licht der Morgendämmerung durch die einzelne Fenster des Schlafzimmers kroch. Sie hatten sich das Bett geteilt, während Jonah auf einem Haufen Felle im Hauptraum schlief und Adam in einem kleinen Ausziehbett an Linas Seite. Leise, um den schlafenden Jungen nicht zu stören, zogen sie ihre Arbeitskleider an und kämmten ihr Haar, wobei sie beide ihre langen Locken geflochten den Rücken hinunterfallen ließen.

In der Nacht zuvor hatten die beiden Frauen dort, wo das Wasser aus einer heißen Quelle in den kleinen Fluss floss, in einem kleinen Becken unter freiem Himmel gebadet und ihr Haar gewaschen. Obwohl es eine eigenartige Erfahrung für sie gewesen war, hatte Darcy ihr Bad genossen.

Sie hatten Adam bei seinem Vater gelassen. Während ihres Bades schien Lina das Gespräch mit einer anderen Frau und die kurze Ruhepause zu genießen, bevor sie sich auf die Liste mit Aufgaben stürzte, in die sie Darcy eingeweiht hatte. Es begann mit dem Kochen von so vielen italienischen Mahlzeiten, dass sie ausgereicht hätten, ganz Sweetwater Springs zu versorgen, von einer Hochzeitsgesellschaft mal ganz zu schweigen. Doch ihre Freundin war entschlossen, für jeden genug zu essen zu haben, und es würde auch genug Essen übrigbleiben, um es den Frischvermählten mit nach Hause zu geben.

Darcy hatte ihre Freude daran gehabt, ihr beim Kochen und Backen zu helfen, wobei sie die Fähigkeiten anwenden konnte, die sie in der Agentur gelernt und von denen sie einige Linas Unterricht zu verdanken hatte. Die beiden konzentrierten sich voll darauf, einen Hochzeitskuchen zu backen, der groß genug für fünfzehn Erwachsene war.

Da Darcy sich noch nie an einem Kuchen versucht hatte, brachte Lina es ihr Schritt für Schritt bei. Sie erklärte, dass jeder Ofen anders war und dass das Kochen bei Gid anders wäre als in der Agentur und auch anders als ihr Kochen jetzt. Darcy würde sich diesen wechselnden Umständen anpassen müssen.

Nachdem sie sich angezogen hatten, ließen sie Adam schlafen und gingen in den Hauptraum. Da das Morgenlicht noch nicht ausreichte, zündete Lina eine Öllampe an und stellte sie auf die Tischkante, um das Licht von Jonah fernzuhalten, der noch vor der kalten Feuerstelle schlief.

Die Frauen gingen nach draußen, um das Klohäuschen zu benutzen. Danach wuschen sie sich auf der Veranda die Hände und gingen wieder hinein.

Jonah regte sich, als sie eintraten. »Morgen«, sagte er mit rauer Stimme. »*Buongiorno.*« Er lächelte seine Frau verschlafen an, was ihn ausgesprochen attraktiv machte. »Das erinnert mich daran, wie es war, als wir frisch verheiratet waren. Ich muss schon sagen, in der Zwischenzeit habe ich mich daran gewöhnt, neben meiner Frau im Bett zu schlafen.«

Lina keuchte und lief rot an. »Jonah!«

»Jonah, was?«, fragte er, seine Augen in gespielter Unschuld aufgerissen. »Darcy heiratet heute. Sie und Gid werden ihre eigene Schlafsituation austüfteln müssen.«

Nun war es an Darcy zu erröten. Sie dachte an das Bett, das versteckt im Alkoven stand. Auch wenn sie mit Gid darüber gesprochen hatte, dass sie mit Intimitäten warten sollten, hatte sie sich über die Schlafsituation keinerlei Gedanken gemacht. *Oh Schreck! Wo werde ich schlafen?*

Ihr Gesichtsausdruck musste ihre Gedanken verraten haben, denn Jonah lachte leise. »Ich werde Gid diese Felle ausleihen.« Er klopfte auf das, unter dem er lag.

Fürs Erste ist das ja in Ordnung, aber irgendwann werden Gid und ich das Bett teilen. Bei dieser Vorstellung verteilte sich die Hitze in Darcys Wangen über ihren ganzen Körper.

»Gid hat es nicht so mit der Jagd«, fuhr Jonah fort. »Darum hat er wahrscheinlich nicht viele Felle auf Lager. Besonders keines wie den großen Bobtail.«

»Den großen was?«

»So nennen die Indianer den Bären.«

»Ich verstehe. Was meinen Sie damit, wenn Sie sagen, Gid sei kein Jäger?«, fragte Darcy. *Jagte nicht jeder Mann im Westen?*

»Gid tötet Tiere nur ungern, auch wenn er es tut, wenn es nötig ist. Dafür hat er aber einen grünen Daumen. Ich tausche mit ihm Fleisch gegen Obst und Gemüse.«

»Das ist auch besser so.« Mit einer dramatischen Geste stemmte Lina beide Hände in ihre Hüften. »Wenigstens wird *er* Darcy nicht dadurch zu Tode erschrecken, dass er über und über mit Blut besudelt nach Hause kommt.«

Jonah lachte verhalten. »Ich habe meine Braut bei meiner ersten Jagd nachhaltig beeindruckt. Das wird sie mich noch eine ganze Weile nicht vergessen lassen.«

Lina sah ihren Mann unheilverkündend an, doch das Grübchen auf ihrer Wange verdarb die ernste Anmutung. »Jetzt geht Jonah nach der Jagd direkt in die Scheune und säubert sich zunächst einmal. Das ist *viel* besser für mein zartes Gemüt.«

Darcy stimmte ihrer Freundin zu. Ihr würde es auch nicht gefallen, Gid mit Blut bedeckt vor sich zu sehen. Der Gedanke ließ sie erschauern.

Jonah bedeutete Darcy, sich umzudrehen.

Sie folgte seiner Bitte und hörte, wie er aufstand, sich offensichtlich anzog und dann die Bärenfelle zusammenrollte.

»Ich bin fertig«, sagte er ruhig. Seine Schritte erklangen auf den Stufen der Leiter, die zum Dachboden hinaufführte. Als Jonah wieder ohne die Felle hinunterstieg, erklärte er, dass er zur Scheune gehen würde, um die Tiere zu füttern und die Kuh zu melken.

Nachdem er gegangen war, machte sich Lina am Herd zu schaffen. »Darcy, weißt du, wie man Maisbrei zubereitet?«

»Davon habe ich noch nie gehört.«

»Das überrascht mich nicht. In meiner Familie wurde das auch nicht gegessen. Hier ist es aber ein Grundnahrungsmittel.

Dona hat mir beigebracht, wie man es macht, aber ich glaube, das war, bevor du in der Agentur ankamst. Ich zeige dir, wie es geht.« Lina langte nach dem Leinensack auf dem Regal. »Wir haben auch Schinken und Eier. Die kannst du zubereiten, das weiß ich.«

Bei der Erinnerung an Darcys erste gummiartige Spiegeleier wechselten die Frauen ein Lächeln. Doch nach diesem Versuch hatte sie kein Frühstück mehr verdorben. Tatsächlich fand sie sogar, dass die morgendliche Mahlzeit die war, die ihr beim Zubereiten am meisten Freude machte. *Zu glauben, dass ich jemals gedacht habe, dass Kochen einfach ist.*

Als sie das Tapsen kleiner Füße vernahmen, wandten sie sich um und sahen Adam in seinem winzigen Nachthemd in der Tür zum Schlafzimmer stehen, von wo aus er Darcy vorsichtig zuwinkte.

Lina ging in die Hocke und streckte die Arme aus. »*Buongiorno, carissimo.* Komm zu Mama.«

Der Junge rannte zu ihr.

Sie hob ihn hoch und drückte ihm ein paar Küsse auf Wangen und Kopf, dann legte sie ihn zur Seite und befühlte seinen Po, der in einer Windel aus Kaninchenfell steckte. »Die müssen wir wechseln.«

Adam, der ein ernstes Kind zu sein schien, lehnte seinen Kopf an die Schulter seiner Mutter und blickte Darcy verschlafen an.

Sie war nie eines der Mädchen gewesen, die gerne mit Puppen spielten, und hatte auch nie eigene Kinder gewollt. Lesen, Musik, die Natur und Reflexion waren ihre Leidenschaften. Aber als sie Lina mit ihrem anbetungswürdigen Sohn sah, wurde Darcy urplötzlich vom Wunsch nach einem eigenen Kind übermannt. Sie stellte sich einen Sohn wie Adam oder eine Tochter vor, die sicher die gleichen grauen Augen und schmale Gestalt wie sie und Gid haben würden. Vor ihrem geistigen Auge sah sie, wie sie ihr Kind zur Schlafenszeit ins Bett steckte, ihm eine Geschichte vorlas und stolze elterliche Blicke mit Gid wechselte. *Wird so unsere Zukunft aussehen?*

Kapitel Neun

Nach weiterem hektischem Aktionismus hatten Darcy und Lina alle dringenden Vorbereitungen für die Hochzeit getroffen. Zuvor hatte Jonah das Gras mit der Sense geschnitten, und sie hatten die Möbel aus dem Hauptraum unter die Bäume getragen, in deren Schatten sie ein Esszimmer im Freien arrangiert hatten. Darcy musste lediglich die Augen zum strahlenden Himmel und den bewaldeten Flanken der Berge mit ihren zerklüfteten Gipfeln heben, um die Schönheit der Umgebung in sich aufzusaugen.

Jonah hatte einen zweiten Tisch zusammengebaut, indem er die Eingangstür ausgehängt und so über zwei Sägeböcke gelegt hatte, dass ihr eines Ende gegen den Tisch aus dem Haus stieß. Mit einer Tischdecke bedeckt und geschmückt mit einem Einmachglas voller Blumen und Trudys Zierdeckchen, sah der improvisierte Tisch einfach bezaubernd aus.

Sie hatten ihn mit Linas neuerworbenem Emaillegeschirr und Jonahs alten Blechtellern gedeckt. Trudy sollte etwas von ihrem Porzellangeschirr und ihrem Besteck mitbringen, damit genug für alle da war.

Der Servierteller mit Lasagne, Schüsseln voller Spaghetti

und gebratenem Wildbret, Schalen mit Eingelegtem und Schüsseln mit Stampfkartoffeln wurden auf eine Hälfte des echten Tisches gestellt und mit einem sauberen Laken bedeckt, um die Fliegen fernzuhalten. Der Duft nach italienischen Kräutern drang jedoch selbst durch diese Abdeckung. Lina hatte ihr versichert, dass sie nach der Zeremonie richtig essen würden.

Jonah nahm Adam zum Baden mit, während die Frauen ihre Hochzeitskleidung anlegten.

Darcys sorgfältig gebügeltes Kleid lag auf dem Bett ausgebreitet da, und nachdem sie sich gewaschen hatte, schlüpfte sie in ihre beste Unterwäsche – nicht, dass ihr neuer Ehemann sie an ihr sehen würde. Aber trotzdem … der Gedanke ließ die Hitze in ihre Wangen schießen.

Lina zog Darcys Korsett stramm, ließ das Kleid über ihren Kopf und ihre Schultern gleiten und schloss die Dutzende kleiner Knöpfe auf der Rückseite.

»Du wirst Gids Hilfe brauchen, wenn du wieder aus diesem Kleid heraus willst«, sagte Lina neckend. Die Barretts besaßen keinen Spiegel, daher musste Darcy ihren Handspiegel nehmen, um sich selbst zu sehen. Sie hatte das Ballkleid aus blassestem Nebelgrau mit dazu passender Spitze schon zuvor getragen, daher wusste sie, wie sie darin aussah. Die Farbe stand ihr besser als Weiß oder Creme, und sie sah trotzdem aus wie eine Braut.

Immer noch in ihrer Arbeitskleidung, spielte Lina den Part der Kammerzofe, bürstete und arrangierte Darcys Haar und staunte über die dicken Wellen, die ihr bis zur Hüfte hinabfielen. »Ich wünschte, mein Haar wäre wie deines. Wenn ich meins offen trage, habe ich nur dies …« Sie benutzte ihre Hände, um bauschiges Haar anzudeuten. »Ich sehe aus wie eine schwarze Pusteblume.«

Darcy konnte nicht anders, als über Linas Beschreibung zu lachen. »Ich habe dich schon mit aufgelöstem Haar gesehen, und du siehst *nicht* so aus!« Sie nahm ihre Parfümflasche und tupfte etwas von dem Duft auf ihre Handgelenke und ihren Hals. Der würzig-süße französische Duft erfüllte den Raum.

»Ich will trotzdem dein Haar.« Lina beendete das Feststecken der ausgeklügelten Frisur aus Wellen und Zöpfen, dann fädelte sie ein Band hindurch, das aus der gleichen Seide wie das Kleid gemacht war. Sie trat einen Schritt zurück und begutachtete ihr Werk. »Du bist eine wunderschöne Braut, Darcy.« Sie presste eine Hand auf ihre Brust. »Gideon wird überwältigt sein, wenn du ihm so vor die Augen trittst.«

Darcy wusste, dass sie nicht hübsch genug war, um auch nur irgendeinen Mann zu überwältigen, doch Linas Kompliment tat ihr trotzdem gut. »Danke für alles, was du für mich tust, Lina.«

Lächelnd schlug Lina nach ihrem Arm. »Oh du!« In einem Umschwung ihrer Gefühle griff sie nach dem Saum ihrer Schürze und tupfte sich die Augen. »Ich bin solch eine Heulsuse«, sagte sie mit stärker werdendem Akzent. »Als ich mich an die Agentur gewandt habe, hätte ich mir nie träumen lassen, dass ich nicht nur die Liebe und eine Familie finden würde, sondern auch liebe Freunde, von denen einige meine Nachbarn werden würden.«

»Schade, dass wir das Territorium von Montana nicht wie eine Karte in die Hand nehmen können«, sagte Darcy in dem Versuch, die Konversation wieder etwas leichter zu gestalten. »Wir würden das Land zusammenfalten, bis Y Knot neben Sweetwater Springs läge, so dass wir nahe bei Kathryn, Heather und Evie wären.«

»Versuche nicht, mich abzulenken.« Lina warf Darcy einen vorgespielten ärgerlichen Blick zu. »Am Anfang schien das alles so eine einsame Reise zu werden. Doch nun ...« Sie ließ die Schürze los und breitete die Arme aus. »Nun ...«

Mit einem Kloß im Hals ergriff Darcy Linas Hand und drückte sie. »Ich verstehe.« Es war nicht nötig, die Verbundenheit zwischen ihnen in Worte zu fassen.

Linas dunkle Augenbrauen zogen sich zusammen. »Aber diesen nächsten Schritt in deinem Leben musst du trotzdem alleine machen«, sagte sie, wobei sie sich anhörte, wie ein italienischer Philosoph. »Auch wenn du Gid getroffen hast, so ist der Beginn einer Versandbrautehe doch ein Schritt ins große Unbekannte.«

»Das *Leben* ist ein Schritt ins große Unbekannte.«

Lina drückte Darcys Hand. »Natürlich ist es das. Aber ich glaube, dass du und Gid lernen werdet, einander zu lieben.« Sie legte eine Hand auf ihr Herz. »Ich *weiß* es.«

Darcy musste lächeln. »Nun, bisher hat sich dein *Wissen* bewahrheitet. Also vertraue ich darauf, dass der Rest ebenso geschehen wird.«

»Dafür werde ich jeden Tag zur gesegneten *Madonna* beten.«

Gerührt küsste Darcy die Wange ihrer Freundin. *Gebete werde ich noch für viel mehr als meine Ehe brauchen.* Sie dachte an ihren Halbbruder und Mr. Brockman und an den Kampf, den sie würde führen müssen, um ihr Land zu retten. Hier stand viel mehr auf dem Spiel als nur ihr Glück – *Gids und mein Glück.* Sie und Lina waren so sehr mit den Hochzeitsvorbereitungen beschäftigt gewesen, dass Darcy den Brief an ihren Anwalt nicht geschrieben hatte.

Sie atmete tief durch. *Dies ist mein Hochzeitstag. Um Holden werde ich mir morgen Gedanken machen.*

Das Geräusch von Hufgetrappel und Wagenrädern lockte Darcy mit vor Nervosität unregelmäßig klopfendem Herzen auf die Veranda. Von dort erblickte sie eine schwarze, von einem Gespann brauner Pferde gezogene Kusche, die auf dem Scheunenhof zum Stehen kam.

Jonah eilte aus der Scheune, um die Neuankömmlinge zu begrüßen.

Der Fahrer winkte, und ein junger Mann sprang heraus und rannte um die Kutsche herum, um die Tür zu öffnen. Er half einer Frau, die ein Kleinkind in den Armen hielt, beim Aussteigen.

Sie setzte sich den Jungen auf eine Hüfte und griff in die Kutsche hinein nach einem Rosenbouquet. Eine ältere Frau, die ein Korb trug, glitt, ebenfalls mit Hilfe des jungen Mannes, nach ihr hinaus. Ein älterer Mann trat von der anderen Seite her um die Kutsche herum.

Gerade rechtzeitig bevor ihre Gäste eintrafen, hatte Lina ihr bestes Kleid angelegt und ihren Mann und ihren Sohn in deren Sonntagsstaat gestopft. Nun trat sie mit Adam auf der Hüfte neben Darcy auf die Veranda. In ihrem rosenfarbenen Kleid wirkte sie frisch. Sie steckte sich eine künstliche Päonie hinter das Ohr.

»Pfeeerde.« Der Junge deutete mit der Hand.

Lina küsste ihn auf den Kopf. »Ja, *carissimo*. Pferde.« Sie zeigte in Richtung ihrer Gäste. »John Carter ist der Fahrer«, murmelte sie, ihren Kopf zu den Neuankömmlingen neigend. »Nick Sanders, sein Mündel, ist neben ihm. Pamela Carter hält ihren Sohn Mark. Das ältere Paar sind Reverend Norton und seine Frau Mary.«

»Ich freue mich so darauf, alle kennenzulernen, …«, sagte Darcy, eine Hand mit der anderen umfassend »… dass ich völlig durcheinander im Kopf bin.«

»*Nichts* könnte deinen Kopf durcheinanderbringen, Darcy. Du bist der klügste Mensch, den ich kenne. Jeder wird dich so lieben wie ich«, sagte Lina und drückte schnell ihre Schultern.

Während sie sprach, brachten drei Reiter einen Wagen,

dem sie vorausritten und der von einer Frau gelenkt wurde, hinter der Kutsche zum Stehen. Neben der Frau auf dem Kutschbock saß eine weitere Frau. Die Neuankömmlinge riefen Jonah und dem Rest der Gäste einen Gruß zu.

»Unsere anderen Nachbarn, die Dunns«, sagte Lina und zeigte mit der freien Hand auf sie. »Harrison, wir nennen ihn Harris, und Addie gehört die Ranch. Ihr Sohn Tyler reitet das schwarz-weiß-gescheckte Pferd, und Habakkuk Pendell und seine Frau, von denen wir dir erzählt haben, arbeiten für die Dunns.«

Darcy machte einen Schritt von der Veranda, doch Lina hielt sie zurück. »Du bleibst hier. Ich will nicht, dass dein Kleid staubig wird.«

»Dies ist eine Hochzeit im Grenzland, Lina. Ich glaube kaum, dass sie von einer Braut Perfektion erwarten. Abgesehen davon wäre ich lieber staubig als unfreundlich. Schließlich hoffe ich, dass ich mich mit diesen Leuten anfreunden werde.«

Lina legte die Stirn in Falten, dann lächelte sie. »Du hast recht. Ich mache mehr Aufhebens um deine Hochzeit, als ich um meine eigene gemacht habe. Natürlich bin ich auch während eines Sturms angekommen. Am Ende waren wir alle klatschnass, auch wenn ich im Pfarrhaus meine Sachen wechseln konnte. Schwer, unter solchen Umständen eine perfekte Zeremonie zu haben.« Sie rüttelte Adam. »Alleine den hier für mehr als ein paar Minuten sauber zu halten, ist schon eine gewaltige Aufgabe.«

Darcy lief die Stufen hinunter, und Lina folgte ihr. Die beiden gingen zu den Gästen hinüber.

Schmetterlinge flatterten in Darcys Bauch. Sie wollte diese Leute mögen und von ihnen gemocht werden, doch wenn man bedachte, wie deplatziert sie sich immer in Gesellschaft fühlte …

Die vier angekommenen Frauen, jede von ihnen mit einem Willkommenslächeln im Gesicht und Essenskörben in den Händen, traten gemeinsam näher, während sich die Männer um die Pferde kümmerten. In diesem Moment erschienen die Flanigans.

Trudy, in einem blassblauen Kleid, stieß ein wenig damenhaftes Quietschen aus und warf sich auf Darcy. Ihre Umarmung fiel ungeschickt aus, weil sie den Griff des Korbes in der Hand hielt. Sie trat zurück und strahlte Darcy an, dann schüttelte sie ungläubig und mit aufgerissenen Augen ihren Kopf. »Wahrlich, Darcy Russell! Ich konnte meinen Ohren nicht trauen, als Seth gestern nach Hause kam und mir erzählte, dass du in Sweetwater Springs bist und vorhast, Gideon Walker zu heiraten. Ich habe ihm vorgeworfen, er würde mich veräppeln – er wusste ja, wie sehr ich euch beide zusammenbringen wollte. Er musste mir erst alle Einzelheiten erzählen, bevor ich ihm geglaubt habe.«

»Liebste Trudy, ich bin so froh, dich zu sehen. Du bist strahlender und hübscher denn je.« Darcy trat zurück und erlaubte Lina und Trudy, sich mit einem Arm zu drücken.

Dann umarmte Lina Mrs. Dunn, Mrs. Pendell und Mrs. Norton und lächelte Mrs. Carter an. Schnell stellte Lina Darcy und die anderen Damen vor.

Die Frauen begrüßten Darcy, wobei sie sie neugierig betrachteten.

Pamela Carter überreichte ihren Blumenstrauß. »Ich war mir nicht sicher, ob hier bei Lina schon Rosen wachsen.«

Gerührt vom Geschenk der Frau, sog Darcy den Duft der Blumen ein. »Wie aufmerksam von Ihnen. Vielen Dank!«

Mrs. Norton, eine schlanke Frau, die ihr ergrauendes Haar in einem Dutt und ein unmodernes graues Kleid trug, verschränkte ihre Finger wie zum Gebet. »Das ist so aufregend!«

»Die Frau des Reverends« erinnerte Lina Darcy.

Darcy nickte.

»Eine Braut für Gideon Walker« sagte dieser Hauch von einer Frau. »Auch wenn ich ihn noch nie zu Gesicht bekommen habe, habe ich für diesen Mann gebetet, seit er hierhergekommen ist. Sie sind ein Zeichen Gottes, Miss Russell.«

Da war sich Darcy nicht so sicher. Doch sie war von Mrs. Nortons Begrüßung entzückt. Sie blickte alle Frauen an. »Nennen Sie mich Darcy.«

»Ich habe Gideon Walker auch noch nie getroffen, Darcy«, sagte Pamela Carter und steckte eine Strähne in den lockeren Haarknoten hoch auf ihrem Kopf zurück. »Ich freue mich darauf, seine Bekanntschaft zu machen.« Ihr Lächeln ließ ihr molliges, einfaches Gesicht erstrahlen. »Ihr Versandbräute seid ein wunderbarer Zuwachs für unsere Stadt. Es ist so schön, mehr Frauen hier zu haben – mehr sympathische Freundinnen – auch wenn wir uns nicht sehr oft sehen.« Der Junge in Pamela Carters Armen wand sich, weil er abgesetzt werden wollte. »Ich hoffe, es macht Ihnen nichts aus, dass ich Mark mitgebracht habe.«

»Natürlich nicht.« Lina rüttelte Adam, der den anderen Jungen sichtlich neugierig anstarrte. »Warum gehen wir nicht ins Haus? Ich muss Sie aber warnen, dass wir drinnen keinen Platz zum Sitzen haben. Aber wenigstens können wir die Jungen loslassen, ohne dass sie sich dreckig machen.«

Aus dem Augenwinkel erblickte Darcy eine Bewegung und wandte sich um. Gid kam den Weg hinaufgeritten, einen riesigen Strauß Bärengras in einer Armbeuge. *Er hat an die Blumen gedacht!* So viel hatte sie nicht erwartet. *Eine aufmerksame Geste.*

Ihr Blick fiel auf sein Reittier. *Ein Muli?*

Er wird doch sicher nicht erwarten, dass ich auf diesem Tier reite? Sie hatte noch nie in ihrem Leben auf einem gesessen.

»Da ist Gid.« Trudy machte eine scheuchende Bewegung

mit ihren Händen. »Ins Haus mit dir, Darcy, bevor dein Bräutigam dich sieht.«

Lachend und Scherze machend, eilten die Frauen auf die Veranda zu. Sie wirkten wie ein Schwarm Vögel, als sie Darcy umringten, um sie vor den Blicken Gids zu verbergen.

Kapitel Zehn

Gid nahm an, dass die meisten Männer bei ihrer Hochzeit begierig waren, ihre Braut endlich für sich zu haben. Doch je näher er dem Heim der Barretts kam, umso größer wurde seine Furcht. Nervosität ließ seinen Magen grimmen. Er wünschte, er hätte Zeit gehabt, sich auf diese Ehe vorzubereiten – etwa drei Jahre oder so – anstatt plötzlich mit der Situation konfrontiert zu werden. Wenn da nicht die Notwendigkeit gewesen wäre, Darcy zu beschützen, der Umstand, dass Lina und Trudy dachten, dass sie zusammenpassten, und dass er sich sofort von ihr angezogen fühlte, würde er nun keinen Armvoll fettes Bärengras halten und auf Emerson den Weg hinunter zu einer Zeremonie reiten, von der er nie gedacht hätte, dass sie je stattfinden würde.

Die erste Andeutung, dass mehr Hochzeitsgäste anwesend sein würden, als Darcy erwähnt hatte, kam, als er eine große schwarze Kutsche vor der Scheune stehen sah und begriff, dass die leutselige Lina Barrett wahrscheinlich weitere Gäste eingeladen hatte. Reverend Norton fuhr solch ein Vehikel definitiv nicht. In der Tat konnte er den Einspänner des Reverends nirgendwo sehen. Dieser Tag würde schon schwierig genug werden, auch ohne dass er sich auf

Interaktionen mit einer Horde Unbekannter einlassen musste.

Er erkannte jedoch die einfache offene Kutsche der Dunns und wusste, dass, wenn die Rancher-Familie hier war, die Pendells wahrscheinlich auch anwesend wären. Normalerweise hätte er den Dunns und Pendells nicht begegnen wollen, doch sie waren bekannte Variablen in der Gleichung – und letzten Endes gute Menschen. Wenn sie an der Zeremonie teilnahmen, würde es ihm, wenn man so wollte, wahrscheinlich leichter fallen, in der Menge unterzutauchen.

Gid sah eine Gruppe Frauen auf das Haus zueilen. Ihr Lachen wurde vom Wind zu ihm getragen. Er dachte, er hätte Darcy in ihrer Mitte erkannt, und bemühte sich, mit einem engen Gefühl in der Brust, einen Blick auf sie zu erhaschen.

Männer kamen ihm entgegen. Jonah erreichte Gid als Erster und begrüßte ihn mit einem Grinsen.

Sich mit einem Armvoll Bärengras ein wenig dumm vorkommend, stieg Gid ab, wobei er darauf achtete, die weißen Blüten nicht zu beschädigen.

Jonah stellte ihm den nächsten Fremden, einen Mann, der eine Kiste trug, als Seth Flanigan, Trudys Ehemann, vor.

Ungefähr von Jonahs und seiner Größe und in ihrem Alter, betrachtete Flanigan Gid aus intensiven schwarz umrandeten grauen Augen, bevor er zu grinsen anfing. »Habe über die Jahre viel von Ihnen gehört. Bin froh, dass wir uns endlich treffen, besonders weil Sie Trudy den Gefallen tun, Ihre Freundin zu heiraten. Meine Frau sieht sich gerne als Ehestifterin. Und wenn meine Frau glücklich ist, macht mich das sehr zufrieden.«

»Schlauer Mann.« Jonah deutete auf die Blumen. »Ich habe nicht daran gedacht, Lina welche mitzubringen, als sie in der Stadt ankam, um mich zu heiraten. Trudy hat mich gerettet, indem sie einen Strauß mitbrachte, aber dank des

Sturms und des unruhigen Kleinkinds, waren die meisten der Blumen geköpft, so dass Lina nur die Stängel erhielt.«

Flanigans Augen blitzten vor Lachen. »Ich hatte die Blumen für meine Braut bis zur letzten Sekunde vergessen. In Panik suchte ich ergebnislos herum, dann ging ich mit dem Hut in der Hand zur Frau des Doktors. Zum Glück hatte Mrs. Cameron Mitleid mit mir und gab Trudy Rosen für unsere Hochzeit.«

»Wer hätte gedacht, dass wir alle Versandbräute haben würden.« Jonah hielt Emersons Kopf und streichelte die Nase des Maultiers.

Harrison Dunn war der Nächste, der sie erreichte. Der Rancher lachte schallend und schlug Gid auf die Schulter. »Ich habe gehört, dass ein verteufelt feines Mädchen am Altar auf sie wartet.«

Die Zuneigung in der Geste erstaunte Gid. Er hatte den Mann kaum öfter als ein- oder zweimal im Jahr gesehen und wusste nicht recht, wie er reagieren sollte.

Harrisons Sohn Tyler stand hinter seinem Vater. Gid hatte den Jungen das letzte Mal vor einigen Jahren gesehen. Seitdem war er zu einem Mann herangewachsen. Tyler schenkte ihm ein stilles Lächeln und ein Nicken zum Gruß.

Der o-beinige Habakkuk Pendell marschierte zu ihnen, wobei sein Grinsen Falten in sein gebräuntes Gesicht grub. »Nun, nun, ein weiterer Junggeselle, den es erwischt hat«, kicherte er und stieß Tyler mit dem Ellenbogen an. »Unser Junge hier wird Ihnen bald folgen und den Kopf in die Schlinge des Priesters legen. Wir werden hier in der Gegend bald eine ganze Horde von Damen haben.«

Die Männer lachten.

Jonah nahm Emersons Zügel von Gid entgegen, dann verließ er sie, um das Muli zur Koppel zu führen. Für einen kurzen Moment hielt er am Wassertrog, um ihn trinken zu lassen.

Ein paar Meter entfernt wartete Reverend Norton mit einem Gid unbekannten Mann mit sandfarbenem Haar, der einen guten Anzug und eine Schnürsenkelkrawatte trug, und einem Jungen, der offensichtlich ein paar Jahre jünger war als Tyler Dunn. Die Nase des Jungen war leicht gebogen, so als wäre sie einmal gebrochen gewesen.

Gid hielt auf sie zu, entschlossen das zu besprechen, was während der Zeremonie gesagt und getan werden musste.

Der Priester stellte ihm John Carter und Nick Sanders, den Jungen, vor.

Vom Namen her erkannte Gideon, dass der Mann ein wichtiger Rancher war, und fragte sich, was er hier suchte.

Der Priester studierte Gids Gesicht mit seinen fesselnden, lebendigen blauen Augen, als suche er darin nach der Antwort auf eine Frage.

Ich habe selber eine Menge Fragen.

»Gottes Segen an diesem Tag«, sagte Reverend Norton, während er eine Hand auf Gids Schulter legte. »Sind Sie bereit für die Ehe?«

Nein. »Gibt es jemals einen Mann, der dafür bereit ist?«, wich er aus.

»Viele denken, dass sie es sind. Aber Männer *und* Frauen haben keine Ahnung, was sie wirklich versprechen, wenn sie die Worte vor Gott aussprechen. Das Leben schenkt uns eine Menge unvorhergesehener Drehungen und Wendungen.«

»Das ist wahr«, murmelte Harrison kopfschüttelnd.

»Im Guten wie im Schlechten«, sagte Reverend. »Das *Gute* kann wunderbarer sein, als wir es uns je erträumt haben. Und das *Schlechte* kann herzzerreißender sein, als wir jemals erwartet haben. Und dazwischen liegt oft knochenbrecherische Arbeit, die uns lediglich hilft zu überleben, nicht aber darüber hinaus zu gedeihen.«

Ein schmerzlicher Blick wanderte über Nicks Gesicht, und Gideon erinnerte sich, dass der Junge vor nicht allzu vielen Jahren seine Eltern und seine Schwester bei einem Kutschunfall verloren hatte. Sogar in seiner Isolation hatte er diese Nachrichten erhalten, und ihr viel zu frühes Ableben hatte die kleine Gemeinde emotional zutiefst erschüttert.

Die anderen Männer sammelten sich um den Priester und lauschten mit ernsten Mienen.

Habakkuk nickte mit umschattetem Blick. »Das ist verdammt wahr, Reverend. Man heiratet und alles ist eitel Sonnenschein. Man denkt, man hat eine gute Frau und wird eine Horde Kinder aufziehen.« Er schüttelte den Kopf. »Es gibt nichts Schlimmeres, als sein Kind zu beerdigen. Das ist ein Schmerz, der nie vergeht. Damit rechnet man nicht, wenn man heiratet. Oh nein, Sir.« Seine Stimme klang rau, und er zuckte die Achseln, als wolle er einen alten Schmerz vertreiben. »Allerdings habe ich auch gedacht, dass ich den Rest meines Lebens einen *verdammt* guten Pfirsichauflauf mit Teigkruste bekommen würde. Wusste es von Anfang an.«

Harrison nahm seinen Stetson ab und schlug damit nach seinem Vormann. »Wenn deine Frau gerade gehört hätte, dass du vor dem Reverend geflucht hast, würdest du eine lange Zeit keinen Pfirsichauflauf bekommen. Und wir würden alle dein Leid mit dir teilen müssen.«

Habakkuk setzte ebenfalls den Hut ab und rieb sich über die Stirn. Sein Gesichtsausdruck war schuldbewusst. »Gott sei es gedankt, dass sie es nicht gehört hat. Ich weiß genau, dass sie schon sehr früh auf war, um ihren Auflauf zu backen, damit sie ihn mitbringen konnte. Verzeihen Sie mein Fluchen, Reverend.«

Reverend Norton lächelte. »Mrs. Pendells Auflauf ist etwas, wofür man Gott danken muss.«

Jonah kam zu ihnen. »Reverend, wir sollten Gid hier besser ins Haus schaffen und verheiraten, bevor er es sich anders überlegt.« Er warf seinem Freund einen spöttischen Blick zu.

»Ich weiß nicht recht, was ich zu tun habe«, gab Gid zu, während er die Blumen in seinem Arm anders packte. *Vielleicht habe ich mich hinreißen lassen, ein bisschen zu viel mitzubringen.*

»Machen Sie sich keine Sorgen«, lachte Habakkuk meckernd. »Der Reverend wird es Ihnen schon sagen.«

»Das werde ich in der Tat.« Reverend Norton schenkte Gid ein mitfühlendes Lächeln, das seine strengen Gesichtszüge milderte.

Lachend gingen die Männer zum Haus und machten Scherze auf Gids Kosten.

Zu seiner Überraschung genoss Gid diese gutmütige Kameradschaft, die so ganz anders war als der grausame Hohn, den er von Jungen und jungen Männern in seinem früheren Leben hatte erdulden müssen. Er selber machte keine Scherze, sondern lächelte nur über die Munterkeit der anderen.

Die Männer stapften die Stufen hinauf, über die Veranda und durch den türlosen Eingang. Sie hängten ihre Hüte auf die Kleiderhaken aus Geweihstangen an der Wand und strichen ihr Haar glatt.

Gid hätte fast nicht gemerkt, wie leer das Zimmer war, so vollgestopft war es mit Damen, die alle in ihren besten Kleidern steckten. Der Anblick zweier Damen, die ihm unbekannt waren, brachte Gids Unbehagen zurück, und sein Magen rebellierte.

Darcy war nicht da. Zweifelsohne befand sie sich im Schlafzimmer der Barretts und bereitete sich vor. Er sehnte sich danach irgendwo zu sein, wo es ruhig war, so dass er sich beruhigen konnte.

Seth trug die Kiste zu seiner Frau.

Als sie nach der Box griff, warf Trudy Gid ein Lächeln zu. Sie nahm ein in ein Handtuch gewickeltes Bündel heraus, schlug den Stoff auseinander und förderte eine Kristallvase zu Tage. Mit einer Handbewegung bedeutete sie ihrem Mann, die Kiste aus dem Weg und in eine Ecke zu stellen, in der Adam und ein anderer Knirps mit einem Wagen, mehreren Soldaten und einem geschnitzten Pferd spielten.

John Carter eilte zu der unscheinbaren Frau mit dem molligen Gesicht. »Meine Frau Pamela.«

»Wie geht's«, sagte Gid.

Als nächstes deutete John auf das Kind. »Unser Sohn Mark.« Er wies auf eine ältere Frau, die sich zu den Kindern beugte. »Mrs. Norton.«

Die Frau des Priesters lächelte und nickte.

»Ma'am«, sagte Gideon, zwischen den Frauen hin und her blickend. Die Freundlichkeit in Pamela Carters Blick half dabei, seinen Magen wieder zu beruhigen.

»Mr. Walker, ich bin sehr erfreut, Ihre Bekanntschaft zu machen.«

»Gid, Ma'am. Einfach nur Gid.«

Ihr Lächeln schenkte ihrem gewöhnlichen Aussehen Liebreiz. »Dann bin ich aber auch nicht *Ma'am*. Pamela, einfach nur Pamela«, neckte sie ihn. »Nun, da Sie heiraten werden, hoffe ich, dass Sie gelegentlich mit Ihrer Frau in die Stadt kommen werden.«

Gid konnte ihr wohl kaum sagen, dass er es vorziehen würde, im Wald zu bleiben. »Ja, Ma'am, äh, Pamela.«

Lina kam zu ihm, um ihm die Blumen abzunehmen. »Die sind wunderschön, Gid. Solche wie die habe ich noch nie gesehen. Wie gut, dass Trudy eine Vase mitgebracht hat.« Sie sah ihn besorgt an. »Die Blüten sind sehr groß. Wie wäre es, wenn ich eine abschneide und in die Mitte der Rosen in Darcys Blumenstrauß stecke?«

Er hatte nicht darüber nachgedacht, was er mit dem Bärengras anstellen sollte, wenn er hier ankam. Auf alle Fälle hatte er nicht erwartet, dass seine Braut das Ganze mit sich herumschleppen sollte. »Klingt nach einer guten Idee.«

Sie lächelte und eilte zu Trudy hinüber. Die beiden begaben sich in die Küche, um sich um die Blumen zu kümmern.

Während die Frauen sich unterhielten, sah sich Gid die Anwesenden an. Er zählte dreizehn. Doch wenn man es sich recht überlegte, waren lediglich fünf davon neue Bekannte – die Carters und Nick Sanders, Mrs. Norton und Seth Flanigan. Vielleicht kannte er sie besser, als er dachte. Ihre Namen waren ihm aus Jonahs Erzählungen bekannt. Gid blickte in ihre Gesichter und sah nur Wärme und Freundlichkeit anstelle der Kritik und Verurteilung, die er so oft erfahren hatte, als er herangewachsen war – ein scheuer ungeschickter Junge, der nicht zu den anderen Kindern an der Schule passte und zu Hause übel behandelt wurde.

Trudy stieß ihn mit ihrer Schulter an. Sie hatte die Blumen in die Vase gestellt und drängte ihn hinüber zum Kamin, wo sie das Arrangement auf dem Sims abstellte.

Er befingerte den Ring in seiner Tasche. Jonah hatte ihm den Weißgoldring mit dem Diamanten vor einer Weile zugesteckt. Er hatte Darcys Mutter gehört, und sie hatte ihn mitgebracht.

Reverend Norton trat zu ihm.

Alle stellten sich beiderseits von ihnen auf, so dass ein Gang zwischen ihnen frei blieb. Ihre Blicke richteten sich auf das Schlafzimmer.

Die Tür öffnete sich knarrend, und alle verstummten.

Darcy stand in der Tür, gekleidet in ein schickes Seidenkleid, das ihre grauen Augen mit einem Leuchten erfüllte. Ihr braunes Haar war zu einem komplizierten Arrangement aus Zöpfen und Bändern hochgesteckt, und Perlenschmuck, der wahrscheinlich mehr wert war als sein Land, Haus und seine sonstigen Besitztümer zusammengenommen, lag um ihren Hals und ihre Handgelenke und schmückte ihre Ohren.

Gid hielt die Luft an. Gestern, als sie nach tagelanger Reise bei ihm erschienen war, hatte er sie für attraktiv gehalten. Doch nun, in ihrem Hochzeitsschmuck und mit glänzendem Haar, hüllte sie die Aura der Eleganz ein, die er schon zuvor wahrgenommen hatte, und sein Herz flatterte.

In diesem Moment wurde er sich seines alten, schlechtsitzenden Anzugs bewusst und musste sich zusammenreißen, um nicht seine Ärmel herunterzuziehen. Seit er ihn das letzte Mal getragen hatte, hatte er ein wenig zugenommen. Der große Blütenkopf des Bärengrases in dem Strauß, den Darcy trug, wirkte zwischen den Rosen so deplatziert wie er neben seiner Braut.

Jonah trat zu Darcy und bot ihr seinen Ellenbogen an. Leise sagte er etwas zu ihr.

Sie lächelte ihn an, bevor sie ihren Arm in seinen legte.

Zusammen legten sie die paar Schritte zu Gid zurück und blieben stehen. Die Zeit dehnte sich.

Gid wartete und spürte, dass er etwas tun sollte, war sich aber nicht sicher, was es war. Seine Ohrenspitzen brannten. Die wenigen Hochzeiten, denen er beigewohnt hatte, lagen weit in der Vergangenheit, und er hatte der Rolle des Bräutigams dabei definitiv keine Aufmerksamkeit geschenkt.

Jonah räusperte sich und deutete mit der freien Hand von Gid zu Darcy.

Panik breitete sich in seinem Bauch aus.

Reverend Norton rettete ihn. »Sie dürfen jetzt Darcys Hand nehmen, Gideon.«

Erleichtert, klare Anweisungen zu haben, streckte er seine Hand aus und hoffte, dass niemand sah, wie seine Finger zitterten. *Unsere zweite Berührung. Genauso unvergesslich wie die erste.*

Darcy nahm seine Hand, zuerst vorsichtig, dann verstärkte sich ihr Griff. Doch ihre Lippen zitterten.

Gerührt von der Erkenntnis, dass auch sie sich unwohl fühlte, zog Gid sie zu sich, so dass sie zusammen vor Reverend

Norton standen. In seinem Rücken prickelte es, und er war sich der Blicke aller Gäste nur zu bewusst. Er straffte seine Schultern unter dem Gewicht, dass darauf lastete.

Der Priester trug eine feierliche Miene zu Schau, doch als er die einander Versprochenen ansah, glomm Zustimmung in seinen blauen Augen. »Innig Geliebte«, begann er.

Gids Aufmerksamkeit richtete sich auf diese ersten beiden Worte. Darcy war nicht seine innig Geliebte oder er ihr innig Geliebter. Er starrte in ihre intelligenten grauen Augen, wiederholte das, was Reverend Norton von ihm verlangte, und fühlte intuitiv, dass diese Frau, die er in solcher Hast ehelichte, in der Tat seine innig Geliebte werden konnte. Dennoch war er überzeugt, dass eine feine Dame wie Darcy Russell für ihn – einen einfachen Einsiedler – nicht dasselbe würde empfinden können.

Dennoch gelobte Gid von ganzem Herzen, dass er ein guter und liebender Ehemann sein würde.

In ihrem Hochzeitskleid, den Blumenstrauß aus Pamelas Rosen und Gideons Bärengrasblume in der Hand, blieb Darcy für einen Augenblick stehen, um einen beruhigenden Atemzug zu nehmen, bevor sie aus dem Schlafzimmer in einen Raum voller Fremder trat – ausgenommen Lina und Trudy.

Sie konnte kaum glauben, dass ihre Hochzeitszeremonie jeden Moment beginnen und ihr Leben sich für immer ändern würde.

Als sie die Tür öffnete und in den Hauptraum glitt, drehte sich jeder nach ihr um. Das Wohlwollen, das von allen ausging, überraschte sie. Die meisten dieser Leute kannte sie nicht einmal, doch sie spürte, dass ihnen mehr an ihr lag als den Freunden im Osten, die sie seit Jahren kannte.

Darcy fühlte sich von Kopf bis Fuß klein, und ihr Herz schwoll an vor Dankbarkeit für die unerwartete Wendung, die ihr Leben genommen hatte. Sie dankte der göttlichen Vorsehung dafür, dass sie sie in diese Stadt geführt hatte, zu diesen Leuten und zu diesem Mann, den sie gleich heiraten würde.

Jonah hielt ihr seinen Arm hin. »Ich hoffe, dass du und Gid die Liebe und das Glück findet, so wie Lina und ich sie gefunden haben«, flüsterte er.

»Danke, Jonah, das hoffe ich auch.«

Sie blickte auf und sah ihren Bräutigam neben Reverend Norton stehen.

Gid trug einen altmodischen Anzug, der ihm nur schlecht passte. Wenigstens unterstrich dessen graue Farbe das Silber seiner Augen und seines Haares. Er sah sie an, schluckte, und seine Augen weiteten sich und spiegelten seine Emotionen wider, während er Darcy mit offensichtlicher Bewunderung anstarrte. Dann verzog sich sein Mund zu einem scheuen Lächeln, das sein kantiges Gesicht attraktiv machte.

Das erste Mal in ihrem Leben fühlte sich Darcy schön, und sie erlebte eine Welle weiblichen Selbstvertrauens. Sie versuchte, dieses Gefühl festzuhalten, da sie sicher war, dass sie nie wieder einen Moment wie diesen erleben würde.

Jonah führte Darcy den improvisierten Gang zwischen den stehenden Gästen hinunter zu Gid und wartete darauf, dass dieser ihre Hand nahm.

Gideon bewegte sich nicht – er verlagerte nur sein Gewicht, als sei ihm unbehaglich zu Mute.

Das Schweigen hielt an.

Jonah bedeutete Gideon, Darcy den letzten Schritt selbst zu führen.

Doch ihr zukünftiger Ehemann zögerte, während ein panischer Ausdruck in seinen Augen aufblitzte.

Dieser Blick brachte Darcys Selbstvertrauen ins Wanken.

Will er diese Ehe gar nicht? Scham machte sich in ihrem Magen breit. *Sollte ich die Hochzeit absagen?* Sie öffnete den Mund, um das zu tun.

Endlich bereitete Reverend Norton dem peinlichen Moment ein Ende, indem er Gideon sagte, er solle ihre Hand nehmen.

Sein panischer Gesichtsausdruck entspannte sich, und er griff nach ihr.

Darcys Lippen zitterten. *Soll ich der Zeremonie ihren Lauf lassen?* Sie versuchte, einen tiefen Atemzug zu nehmen, roch süßen Blumenduft und bemerkte die Kristallvase auf dem Kaminsims, die vor Bärengrasblumen überquoll. *Er muss alle Blumen auf der kompletten Lichtung gepflückt haben.*

Ermutigt von Gideons Zuvorkommenheit, ließ Darcy ihre Hand in die seine gleiten und spürte die rauen Schwielen an seiner Handfläche.

Mit einem erleichterten Ausdruck auf dem Gesicht trat Jonah vorsichtig zurück und zu seiner Frau, die Adam hielt.

Lina gab den Jungen seinem Vater, schniefte und zog ein Taschentuch aus ihrem Ärmel.

Gideon legte seine Finger um Darcys und drückte sie sanft.

Diese kleine Geste beruhigte Darcy. Sie trat an Gideons Seite und begegnete ruhig Reverend Nortons Blick.

Der Priester begann mit der Zeremonie.

Gideons Reaktionen wurden sicherer, als schöpfe er Stärke aus sich selbst.

Darcy sprach ihr Gelübde mit vor Gefühl belegter Stimme – ein Gelübde, das sie für den Rest ihres Lebens an diesen Mann binden würde. »Ich, Darcy Alexandria Russell, nehme dich, Gideon David Walker, zu meinem angetrauten Ehemann und gelobe, dich zu haben und zu halten, in guten wie in schlechten Zeiten, in Reichtum und Armut, in Krankheit und Gesundheit, dich zu lieben, zu ehren und dir zu gehorchen, bis dass der Tod uns scheidet, so wie Gott es verfügt hat; dies gelobe ich hiermit.«

Während der Zeremonie war Darcy sich ständig ihrer in Gideons liegender Hand bewusst sowie der Wärme, die aus seiner Handfläche in die ihre zu fließen schien – mehr als eine Berührung oder Unterstützung. *Können die Gefühle zwischen uns so schnell aufgeblüht sein?*

Die einfache Zeremonie dauerte nur ein paar Minuten. Reverend Norton verband sie in der Ehe vor Gott, und Darcy wurde Mrs. Gideon Walker. »Sie dürfen die Braut jetzt küssen«, sagte der Priester mit einem Lächeln.

Begreifen flammte in Gideons Augen auf und entzündeten eine Flamme in Darcys Bauch. Er beugte sich zu ihr und strich über ihre Lippen.

Der Kuss war sanft und süß und allzu kurz. Sie wollte sich enger an ihn pressen, ihre Arme um ihn legen und fühlen, wie er sie umarmte. Darcys körperliche Reaktion auf ihren Ehemann erstaunte und erfreute sie.

Gideon richtete sich auf und ließ ihre Hand los.

Die anderen traten vor, umringten sie und sprachen ihnen ihre Glückwünsche aus. Trudy und Lina umarmten sie und lachten. Die Männer schlugen Gideon auf die Schultern.

Ich bin verheiratet. Sicher würde sie sich nun, da sie eine Ehefrau war, anders fühlen als zuvor, doch alles, was Darcy empfand, war Erleichterung. Es war getan. *Ich kann mein Vermögen in Besitz nehmen … ich kann das Land meiner Großeltern retten.*

Doch selbst während sie daran dachte, dass sie die Kontrolle über ihr Erbe übernehmen konnte, beobachtete sie ihren Ehemann. Obwohl er von Gratulanten umgeben war, blickte er sie an und ihre Blicke blieben an einander hängen. Zu ihrem Schrecken wurde Darcy bewusst, dass irgendwann in den letzten vierundzwanzig Stunden diese Ehe eine ganz eigene Bedeutung gewonnen hatte.

Kapitel Elf

Während die Gäste sich unterhielten, konnte Darcy trotz der Freude und der Erleichterung, die sie am heutigen Tage empfand, die Gedanken an die Vergangenheit nicht vollständig verbannen. Es tat ihr leid, dass ihre Freunde die Last ihrer Sorgen wegen Holden mit ihr würden teilen müssen. Schon bald würde sie ihnen die Wahrheit eröffnen müssen, das hatten Gideon und sie beschlossen, als sie ein paar Minuten für sich alleine gehabt hatten.

Die ganze Hochzeitsgesellschaft saß an dem großen improvisierten Tisch und machte sich über Linas italienisches Essen und Mrs. Nortons Klöße in Hühnersauce her. Die Gäste bestrichen Trudys Brötchen mit ihrer Butter und Pamelas Saskatoonbeeren-Marmelade, und spülten sie mit Sonnentee hinunter, den Lina in Krügen gebraut und dann im Bach gekühlt hatte. Die Bäume spendeten den Gästen Schatten in der Sommersonne, und eine Brise hielt die größte Hitze fern und trug den Duft der Bärengrasblüten in der Vase, die Lina vom Kaminsims geholt hatte, zum Tisch hinüber.

Darcy und Gideon saßen Seite an Seite und benutzten Trudys bestes Porzellan. Freunde prosteten Braut und Bräutigam mit *Chianti* zu, denn jeder hatte ein klein wenig davon aus den beiden Flaschen vor sich, die Linas Eltern vor Kurzem aus St. Louis geschickt hatten. Darcy und Gid tranken aus Weingläsern, der Rest aus Marmeladengläsern oder Blechtassen. Die Unterhaltung, voller Scherze und Lachen und Wärme und Freundlichkeit, plätscherte fröhlich kreuz und quer über den Tisch. Die Kameradschaft unter den Gästen erstaunte Darcy.

Der kleine Mark und der kleine Adam waren, offensichtlich nach wie vor von einander fasziniert, herumgerannt, bis sie völlig erschöpft waren und auf einer auf dem Gras ausgebreiteten Decke eingeschlafen waren. Von Zeit zu Zeit sahen ihre Eltern nach ihnen, um sicherzugehen, dass sie immer noch dort lagen.

Darcy konnte nicht anders, als diese Szene mit den formellen Hochzeitsempfängen in holzgetäfelten Speisesalons zu vergleichen, die sie in der Vergangenheit besucht hatte – lange Tische, gedeckt mit exquisitem Leinen, Silberbesteck und vererbtem Porzellan, akzentuiert mit steifen Blumenarrangements in Vasen aus geschliffenem Glas. Genug Juwelen, um ganz Sweetwater Springs zu kaufen, schmückten Frauen in teuren Seiden- und Samtkleidern. Die Konversation wäre schicklich und jeder würde nur mit den Personen sprechen, die direkt neben ihm saßen – zumindest, bis eine Unmenge Wein konsumiert worden wäre. Die Männer in formellen schwarzen Anzügen beschwerten sich über die Politik – der Stadt, des Bundesstaates und des Landes – und die Frauen bekrittelten das Hochzeitskleid der Braut, die Küche, die Gäste und verbreiteten all den Tratsch, der gerade die Runde machte.

Wenn Mitglieder ihres gesellschaftlichen Kreises hier wären, würden sie diese Zusammenkunft mit ihrem herablassenden Urteil niedermachen und nie begreifen, welche Freude sie aus der Wärme und Einfachheit zog, die sie umgab.

Nein, Darcy tat es überhaupt nicht leid, dass sie nach Sweetwater Springs geheiratet hatte und damit begann, Freundschaft mit den Leuten zu schließen, die um diesen Tisch saßen. Wenn sie nur in ihre Ehe mit Gideon hineingehen könnte, ohne dabei Angst zu haben, von ihrem Halbbruder oder Menschen seines Kalibers verletzt zu werden.

Nachdem sie den Hochzeitskuchen und Mrs. Pendells Pfirsichauflauf aufgegessen hatten, warf Gideon Darcy einen *es-ist-Zeit*-Blick zu.

Da es ihr widerstrebte, die Stimmung des Empfangs zu verderben, stieß Darcy einen langen Seufzer aus. Doch Gideon hatte recht, was das Timing betraf. Diejenigen, die ihre Geschichte kennen sollten, waren alle hier versammelt.

Jeder musste die Augen nach Fremden aufhalten, die sich nach ihr erkundigten. Und es hatte keinen Sinn, Darcys Anwesenheit geheim zu halten. So wie es in kleinen Orten üblich war, hatte sich die Nachricht ihrer Ankunft bereits verbreitet, sogar bevor Lina in die Stadt gefahren war, um Reverend Norton und Sheriff Mather zu informieren.

Gideon räusperte sich und klopfte mit dem Messer gegen sein Weinglas. Auf dessen Klingeln hin wurde jeder leise. Er sah erst sie an, dann die Gäste. »Darcy und ich möchten uns dafür bedanken, dass Sie mit uns feiern ... besonders so kurzfristig. Wir schätzen uns glücklich, Sie alle hier zu haben. Und auch wenn es mir widerstrebt, die Stimmung unserer Feier zu dämpfen, weiß ich doch, dass meine Frau mit Ihnen etwas von größter Wichtigkeit zu teilen hat.«

Darcy tätschelte seinen Arm um ihn wortlos darauf hinzuweisen, dass es ihr gut ging, dann hob sie die Stimme, um sich verständlich zu machen. »Ich möchte jedem von Ihnen dafür danken, dass Sie mich so herzlich in Ihrer Gemeinschaft willkommen geheißen haben. Ich hätte es mir nie träumen lassen, dass ich mich so schnell im Territorium von Montana zu Hause fühlen könnte.« Sie machte eine kurze Pause. »Was ich nun erzähle, ist für meinen Mann oder Lina und Jonah nichts Neues, aber der Rest von Ihnen sollte wissen, dass die Gefahr besteht, dass mein Halbbruder mir etwas antun lässt.«

Schnell legte Darcy die Einzelheiten dar und hoffte, dass sie diese Geschichte nicht noch öfter würde erzählen müssen. Sie sah den Ausdruck von Besorgnis auf den Gesichtern, doch im Großen und Ganzen schienen ihre neuen Freunde nicht so bestürzt zu sein, wie sie gedacht hatte.

Reverend Norton neigte seinen Kopf in Darcys Richtung. »Wir werden für Ihre Sicherheit beten, dafür, dass Ihr Halbbruder sich eines anderen besinnt und für eine schnelle Lösung solch einer gefährlichen Situation.«

»Danke, Reverend Norton.«

Der junge Nick Sanders überraschte sie damit, dass er als nächster sprach. »Jeder Stadtmensch, der glaubt, Sie hier draußen finden oder gar verletzen zu können, sollte sich das besser zweimal überlegen.«

Ihr Mann hob sein Glas und prostete Nick schweigend zu.

Die Augen des jungen Mannes blitzten. »Sie hätten sich wahrscheinlich keinen sichereren Ort zum Leben aussuchen können als die Wildnis um Sweetwater Springs.«

»Hört, hört.« Harrison Dunn hämmerte zustimmend mit seiner Faust auf den Tisch. »Die meisten von uns sind bewaffnet, und nun werden wir das erst recht sein.« Sein Blick fiel auf seine Frau, und Addie nickte zustimmend.

John Carter hob seine Hand. »Und anders als in Newport oder New York, wo ein wohlhabender Mann vielleicht das Gesetz straflos brechen kann, haben wir hier in Sweetwater Springs einen kompetenten Sheriff – einen Mann von Ehre und Integrität.«

»Da stimme ich zu«, sagte Jonah. »Ich habe gestern mit

Sheriff Mather gesprochen. Er wird scharf nach Fremden Ausschau halten.«

John sah Gideon besorgt an. »Hier geht es nicht nur um Darcys Sicherheit. Sie sind ihr gesetzlicher Erbe und damit jetzt ebenfalls ein Ziel.«

Furcht und Schuld durchbohrten Darcy bei diesen Worten. Daran hatte sie gar nicht gedacht. Doch als sie ihren neuen Ehemann anblickte, sah sie, wie er nur ernst nickte, und begriff, dass er es gewusst haben musste. *Trotzdem hat er mich geheiratet und damit sein Leben aufs Spiel gesetzt.* Sein Opfer berührte sie bis ins tiefste Innere ihrer Seele.

»Wie wollen Sie in Ihrer Angelegenheit weiter vorgehen?«, fragte John Darcy.

»Als erstes gehe ich zur Bank und eröffne ein Konto.«

John stieß einen schweren Seufzer aus. »Ich fürchte, wir haben keine Bank in Sweetwater Springs.«

»Keine Bank?«, wiederholte Darcy bestürzt. *Wie kommen sie dann an ihr Geld?*

Mit einem Kopfschütteln runzelte John die Stirn. »Unglücklicherweise nein. Es gibt eine Bank in Crenshaw – das ist die größte Stadt hier in der Gegend.«

»Oh je«, murmelte sie.

Gideon berührte sie beruhigend am Arm. »Crenshaw ist nur zwei Bahnstationen von hier entfernt«, erklärte er.

John sah Harrison Dunn an und zog eine Augenbraue hoch. »Einige von uns bewahren ihr Geld hier auf.«

»Es ist umständlich«, stimmte der andere Rancher zu. »Die Leute hier in der Gegend neigen dazu, das Geld unter der Matratze oder an ähnlichen Orten zu verstecken.«

»Pamelas Vater, Thomas Burke-Smythe, plant hierher zu kommen, wenn das Baby geboren ist.« John sah seine Frau an, wie um Erlaubnis zu bitten. »Wahrscheinlich früh im nächsten Sommer.«

Pamela nickte, ein strahlendes Lächeln auf ihrem Gesicht. Darcy war nicht bewusst gewesen, dass Pamela schwanger war.

So war es auch den andern gegangen, denn alle Frauen blickten zu Pamela und ihre Mienen hellten sich auf.

Pamela blieb beim Thema. »Mein Vater hat gute Verbindungen zum Handel. Wenn er hier ist, werden wir mit ihm über dieses Problem sprechen.«

John legte eine Hand auf die seiner Frau. »Hoffentlich kann Thomas, wenn er nach Boston zurückkehrt, sich umhören und jemanden zu überzeugen versuchen, hierher zu ziehen und eine Bank zu eröffnen.«

Darcy dachte an die offiziellen Papiere, die sie ihrem Halbbruder zukommen lassen musste. »Wie sieht es mit einem Rechtsanwalt aus?«

John schüttelte betrübt den Kopf. »Auch kein Rechtsanwalt. Wir können niemanden finden, der sich in so einer kleinen Stadt niederlassen will. Es gibt da einen seriösen Mann in Crenshaw, den ich benutze. William Keniston. Er hat des Öfteren gute Arbeit für mich geleistet. Ich werde Ihnen sagen, wo Sie ihn finden. Unglücklicherweise bedeutet das, dass Sie mit dem Zug dorthin reisen, über Nacht in Crenshaw bleiben und dann am nächsten Tag zurückfahren müssen.«

Darcy sah zu ihrem Ehemann hinüber.

Gideon lauschte John mit zusammengebissenen Zähnen.

Wird er mich nach Crenshaw begleiten? Darcy versuchte, den Stich der Enttäuschung zu ignorieren. Sie hatte schließlich schon bevor sie ihn heiratete gewusst, dass er ein sehr zurückgezogen lebender Mann war.

Nach den Blicken, die am Tisch gewechselt wurden, dachten die anderen das Gleiche.

Harrison räusperte sich. »Ich sollte schon seit längerem ein Testament machen. Dieser Zeitpunkt ist so gut wie jeder andere. Addie und ich können Sie nach Crenshaw begleiten, Darcy.«

Erleichtert lächelte sie ihn an. »Wie überaus freundlich.«

Gideon lehnte sich mit erhobener Hand vor. »Ich bin Ihnen zu Dank verpflichtet, Harrison. Aber das wird nicht nötig sein. Ich werde mich um die Angelegenheiten meiner Frau kümmern. Wir werden morgen nach Crenshaw aufbrechen.«

Darcy versuchte, nicht wie ein Fisch nach Luft zu schnappen, doch irgendwie schien sie nicht in der Lage zu sein, ihren Kiefer soweit unter Kontrolle zu bringen, dass sie den Mund schließen konnte.

Sie war nicht die Einzige, die erstaunt war. Gideon hatte gerade jeden am Tisch mit seiner Erklärung geschockt.

Er sah zu ihr hinunter. Obwohl sein Gesichtsausdruck weiterhin ernst blieb, schien es in seinen silbernen Augen zu glitzern.

»Aber, aber …«, stammelte sie. »Ich dachte, du …«

»Reitest nicht in der Gegend herum?«

Sie nickte.

»Zuvor hatte ich ja auch noch keine Frau, die ich beschützen musste.«

Seine Worte trafen sie direkt ins Herz, und die Dankbarkeit gegenüber diesem Fremden, den sie geheiratet hatte – der in der Tat ein guter Mann war –, verursachte ihr einen Kloß im Hals. Alles, was sie tun konnte, war, seine kantigen Züge dankbar anzusehen.

Gideon schaute ihr tief in die Augen. »Ich sage nicht, dass es mir leicht fallen wird … Ich werde wahrscheinlich jeden einzelnen Schritt hassen, doch die Reise ist notwendig. Ich will nicht, dass du alleine fährst oder dass du dein Leben damit verbringst, ständig über deine Schulter schauen zu müssen.«

»Ich danke dir«, flüsterte sie und legte ihre Finger auf seinen Handrücken. Sie sah über den Tisch zu Lina und

Trudy, die beide mit Tränen in den Augen da saßen. Jede von ihnen schenkte ihr ein zitteriges Lächeln.

Darcy wusste, ohne dass man es ihr hätte sagen müssen, dass ihre beiden Freundinnen sich für sie und Gideon freuten – dass sie im Hinblick auf ihre Ehe beruhigt waren.

Das Thema wechselte zu Pferden und Heumachen, und Darcy ließ die Gespräche über sich hinweg waschen, zufrieden damit, diesen Augenblick zu genießen. Der nächste Tag würde seine eigenen Herausforderungen mit sich bringen, wenn ihr zurückgezogen lebender Ehemann das erste Mal seit … wer weiß wie lange … in die weite Welt aufbrach. Doch nun genoss sie zunächst einmal ihren Hochzeitstag.

Einige Stunden später saß Darcy auf einem Wallach, den sie von den Dunns geliehen hatte, und spürte, wie sie immer unsicherer und nervöser wurde, je näher sie und Gideon ihrem neuen Heim kamen. *Unsere ersten Stunden als Mann und Frau. Wie werde ich mich einleben? Werde ich ihn glücklich machen? Wird er weiterhin freundlich und beschützend sein?*

Sie ritten hintereinander durch den Wald – Darcy voraus –, denn der Pfad war nicht breit genug für zwei Pferde. Doch sie war angenehm überrascht, als sie feststellte, dass Gideon die Höhe eines Reiters im Kopf gehabt hatte, als er den Pfad durch das Gehölz angelegt hatte. Auch wenn es viele überhängende Äste gab, hing doch keiner so weit herunter, dass er die Federn auf ihrem Hut in Gefahr brachte, der mit grauen Seidenbändern und einigen dazu passend gefärbten geringelten Federn geschmückt war – eine gewagte Wahl, wenn man bedachte, dass sie Reitkleidung trug. Doch dies war immer noch ihr Hochzeitstag, und sie wollte sich – völlig uncharakteristisch für sie – ein wenig damenhaft herausputzen.

Sie kamen an der kleinen Lichtung vorbei, auf der das Bärengras wuchs, und sie sah, dass alle grasartigen Büschel ihrer Blüten beraubt waren. Darcy wandte sich im Sattel um und lächelte ihren Mann an. »Danke, dass du mir so viele Blumen mitgebracht hast. Sie waren eine wunderschöne Ergänzung der Dekoration und meines Brautschmucks.«

Sie erwähnte nicht, dass der Anblick der Blumen ihren schwankenden Glauben an die Richtigkeit einer Ehe mit ihm wiederhergestellt hatte. Auch sagte sie nicht, dass sie mehrere Blüten in *Walden* gepresst hatte, zusammen mit den Rosen aus ihrem Brautstrauß – lebenslange Erinnerungsstücke. Den Rest der Bärengrasblumen und Rosen hatte sie als Dankeschön für alles, was die Barretts für sie getan hatten, bei Lina gelassen, und Trudy hatte ihre Vase wieder mit nach Hause genommen.

Er lächelte und neigte leicht seinen Kopf. »Hier gibt es noch mehr davon.«

Sie erreichten das Ende des Pfades, und sie ritt unter dem mit Prunkwinden bewachsenen Bogen hindurch. Dieses Mal wusste Darcy, was sie zu erwarten hatte, als sie die Hütte sah, doch was sie nicht erwartet hatte, war das starke Gefühl der Zugehörigkeit, das sie durchströmte. So hatte sie noch nie bei einem Haus gefühlt, nicht einmal im Falle von Windover. *Unser Heim. Gideons und meines.*

Sie zügelte ihr Pferd, um die Einzelheiten in sich aufzunehmen. Das Haus schien immer noch dasselbe zu sein – entzückend, einladend, versponnen –, der perfekte Ort, um ihr Eheleben zu beginnen. Es gab viel mehr freien Platz, als man so tief im Wald erwarten würde, und er hatte die Umgebung gepflastert, was Staub und Matsch fernhalten musste und gleichzeitig zum Charme des Ortes beitrug. Es gefiel ihr, dass die Nebengebäude ein Stück vom Haus entfernt lagen – außer Sichtweite.

Ihr frischangetrauter Ehemann hielt neben ihr an. Ihre Tasche lag vor ihm auf dem Sattel. Die Dunns hatten die Reisetruhen hinter der Bank zurückgelassen, so dass Gideon sie später holen konnte.

»Ich habe mich in dein Haus verliebt.«

Er hob die Augenbrauen. »Du hast in einem Herrenhaus gelebt.«

»In mehreren. Aber es besteht ein Unterschied zwischen einem *Haus*, egal wie groß, und einem *Heim*. Und«, sie senkte die Stimme, »der Unterschied liegt auch in den Bewohnern – ob eine liebende Familie zwischen vier Wänden lebt oder Gleichgültigkeit zwischen vielen …«

»,Besser ein Gericht Kraut mit Liebe als ein gemästeter Ochse mit Hass'«, zitierte Gideon leise die Sprüche Salomos.

Zufrieden darüber, dass er verstand, lächelte Darcy ihn an. »Genau.« Sie blickte sich um, bemerkte das Vogelhäuschen, das aussah wie eine Miniaturausgabe des Haupthauses. Doch irgendetwas schien ihr an dieser Szenerie zu fehlen. Sie legte fragend den Kopf schief. »Hast du *Walden* gelesen?«

»Natürlich. Sehr oft. ,Die Mehrzahl der Menschheit führt ein Leben stiller Verzweiflung.'«

»Zu einfach.« Sie gab vor ihn zu verspotten. »Die meisten gebildeten Menschen kennen dieses Zitat.«

»,Der Nörgler wird sogar im Paradies allerlei Fehler finden. Liebe dein Leben, so arm es auch ist.'«

Sie tat so, als würde sie einen Moment nachdenken, bevor sie nickte. »Das akzeptiere ich.« Sie krauste die Nase. »Es überrascht mich, dass du keinen Teich hast.«

Lachen blitzte in seinen Augen auf und verzog seinen Mund zu einem Grinsen. »Da ist definitiv ein Teich.«

Neugier ließ sie aufhorchen, und sie richtete sich im Sattel auf. »Wo? Ist es weit?«

»Nicht weit.«

»Ich würde deinen Teich liebend gerne sehen.«

»Und das sollst du auch.«

»Lass uns gleich aufbrechen«, sagte Darcy impulsiv. Sie hatte davon geträumt, an einem Teich in den Wäldern zu leben.

Er schaute nach dem Stand der Sonne. »Nicht jetzt.«

Darcy schürzte verspielt die Lippen, überrascht davon, dass sie flirtete. *Ich habe noch nie in meinem Leben geflirtet!* »Bitte, Gideon.«

Das Lächeln spielte immer noch um seinen Mund. »‚Geduld ist eine Tugend.'«

Sie starrte ihn ungläubig an. »Du zitierst mir gegenüber *Chaucer*?«

»Magst du die *Canterbury Tales* nicht?«

Er ärgerte sie immer noch. Sie konnte das Lachen in seinen Augen sehen, obwohl sein Gesichtsausdruck neutral blieb.

»Das habe ich nicht gesagt«, schnaubte sie, wobei sie versuchte, ihren Gesichtsausdruck dem seinen anzupassen und ihr Lächeln zu verbergen. »Ich bin nur nicht daran gewöhnt, dass jemand mehr zitiert als ich. Normalerweise bin ich die Königin der Zitate – zum oft geäußerten Unwillen meiner Umgebung.« Sie senkte die Stimme zu einem falschen Murmeln. »Jetzt weiß ich warum.«

»Vertraue mir, Weib.«

»Ich hätte dich nicht geheiratet, wenn ich dir nicht trauen würde«, grummelte Darcy nur halb im Scherz. Irgendwie hatte sie die Idee im Kopf gehabt, dass Gideon ein formbarer Mann sein würde – abgesehen von seinem isolierten Leben, selbstverständlich. Sie war sich nicht sicher, ob die unerwartete Stärke, die er gerade zeigte, sie erschreckte oder erfreute. *Wahrscheinlich beides.*

Er schwang sich von Emerson, stellte die Tasche auf den

Boden und griff nach oben, um ihre Taille mit den Händen zu umfassen.

Überrascht von der Geste, die so natürlich war, als habe er das schon oft zuvor getan, legte Darcy die Hände auf seine Schultern und erlaubte ihm, ihr vom Pferd zu helfen.

Für einen Moment standen sie da, nur Zentimeter voneinander entfernt, sich immer noch berührend. Sie wandte ihr Gesicht nach oben, und er studierte ihre Züge. Sinnliche Energie pulsierte zwischen ihnen – stärker als alles, was sie bisher erlebt hatte. Sie wollte ihn wieder küssen.

Emerson bewegte sich, stieß Gideon an und zerstörte den Moment.

Sie traten auseinander.

Mit heißen Wangen wurde sich Darcy enttäuscht bewusst, dass der Augenblick zu Ende war, dass Gideon ihre Nähe nicht ausgenutzt hatte, um sie zu küssen. *Es wird andere Momente geben.*

Dann fiel Darcy ein, dass sie Gideon gebeten hatte, von ehelichen Beziehungen zwischen ihnen zunächst Abstand zu nehmen. *Aber ich meinte keine Küsse ...* Nun, um ehrlich zu sein, hatte sie zu dem Zeitpunkt nicht gewusst, was sie wollte, hatte nicht einmal weiter darüber nachgedacht.

Doch ihr Ehemann konnte ihre Gedanken nicht lesen. Obwohl Intimität ein unangenehmes, undamenhaftes Thema war, hatte sie doch mit dieser Ehe bereits so viele Konventionen versenkt – um einen alten Marineausdruck ihres Großonkels zu verwenden – und konnte darum genauso gut damit fortfahren.

Darcy machte sich einen mentalen Vermerk, ihre Haltung so bald wie möglich klarzustellen.

Küsse sind akzeptabel.

Kapitel Zwölf

Als sie auf den Hof ritten, konnte Gid nicht aufhören Darcy anzustarren, während sie mit leuchtenden Augen sein Haus ansah. Ihre Freunde über das bescheidene Heim zu sehen, das er mit seinen eigenen Händen erbaut hatte, ließ Hitze in die Mitte seines Körpers schießen.

Doch sogar, während er das Lächeln auf ihren Lippen betrachtete und sich danach sehnte, sie an sich zu ziehen und zu küssen, konnte Gid nicht anders, als sich um den morgigen Tag zu sorgen – darum, wie sie erbleichen würde, wenn sie es mit einem Ehemann zu tun bekam, der seit zehn Jahren keinen Fuß mehr in eine Stadt gesetzt hatte. Aber obwohl er wusste, was ihm bevorstand, bereute er es nicht, Darcy Alexandria Russell geheiratet zu haben. In Wahrheit hatte er seit dem Beginn der Hochzeitszeremonie – seit er sie in der Tür hatte stehen sehen – Gott dafür gedankt, dass er die Chance hatte, der Ehemann dieser besonderen Frau zu sein.

Gid hatte jedes Wort gemeint, das er heute gesagt hatte – darüber, dass er sie beschützen und nach Crenshaw begleiten würde –, und er meinte es immer noch so. Allerdings war er sich nicht sicher, dass er sich selbst dazu würde bringen können, das zu tun, was getan werden musste. *Was ist, wenn ich versage? Wenn ich sie im Stich lasse?*

Allein bei diesem Gedanken schämte Gid sich schon, und er brachte ihn dazu, sich in sich zurückzuziehen.

Doch dann erkundigte sich Darcy nach dem Teich, und im nachfolgenden Geplänkel zwischen ihnen verringerte sich Gid Besorgnis.

Als er ihr vom Pferd half, sie berührte, so nah bei ihr stand, dass er ihr zu Kopfe steigendes Parfüm roch, und die Verlockung in seinem Bauch rumoren spürte, benötigte Gid all seine Selbstkontrolle, um sie nicht zu küssen. *Ein Monat der Enthaltsamkeit*, erinnerte er sich selbst. *Ein langer Monat der Enthaltsamkeit.*

In dem Versuch, sich so sachlich wie möglich zu benehmen, streckte Gid die Hand nach den Zügeln des Wallachs aus. »Ich werde mich erstmal um das Pferd kümmern und Emerson dann vor den Wagen spannen, um deine Reisetruhen hierher zu schaffen.«

Ein Ausdruck der Schuld huschte über ihr Gesicht. »Oh je. So viele Umstände.«

»Kein bisschen«, flunkerte er, dann dachte er an den Inhalt ihrer Koffer. Gid hatte keine Ahnung von Frauenkleidung, doch er wusste, dass sein Haus keinen Schrank besaß. Er hängte seine Sachen auf Haken, und sein Anzug war auf dem Dachboden verstaut gewesen. Er zögerte, dachte nach.

»Was ist los?«

Seine Frau war sehr aufmerksam. *Es ist mehr los, als ich zugeben möchte.* »Ich versuche einen Plan zu machen, was ich tun soll.«

»Womit?«

»Deinen Überseekoffern. Ich weiß nicht, wie viele Kleider du hast oder wo wir sie unterbringen sollen. Da ist eine kleine Stellfläche ...«, er hielt seine Hände etwa sechzig Zentimeter auseinander, »... neben dem Bücherregal, und ich kann dir für dort einen Schrank bauen.«

»Oh je«, wiederholte Darcy, wobei sie ihre Hand an die Wange hob. »Ich hätte nie gedacht … Aber ich schätze, ich muss meine komplette Garderobe nicht immer griffbereit haben. Ich habe in St. Louis ein paar Arbeitskleider gekauft. Sie sind nicht so voluminös wie beispielsweise das Hochzeitskleid. Und es besteht wahrscheinlich kein Anlass, es noch einmal anzuziehen.«

Der Gedanke versetzte ihm einen Stich. Sie hatte so reizend in ihrem Kleid ausgesehen. Und der Umstand, dass sie nie wieder eine Gelegenheit haben würde, es anzuziehen, gefiel ihm gar nicht. Doch in Sweetwater Springs gab es keine Veranstaltungen, die nach Ballkleidern verlangten, selbst wenn es ihr nichts ausmachen würde, alleine zu einer zu gehen.

»In meiner Werkstatt ist etwas Platz, den du benutzen kannst, selbst wenn wir keinen Schrank im Haus unterbringen können. Ich habe letzten Herbst einen Lagerraum angebaut. Dort habe ich einen großen Kleiderschrank. Mehrere, um genau zu sein.«

»Die würde ich zu gerne sehen. Warum gehen wir nicht zuerst dorthin?«

Seite an Seite schlenderten sie den Pfad hinunter. Gid führte die Tiere, deren Hufe auf den Steinplatten klapperten.

Anders als beim ersten Mal, als sie diesen Pfad zusammen entlanggegangen waren, kommentierte Darcy sämtliche Schätze, die sie am Wegesrand erspähte – so wie die Vogelhäuschen, die eine Kopie der Scheune und der Werkstatt waren – und hatte dabei offenkundig Freude an ihren Entdeckungen. Er hielt, um das Maultier und den Wallach am Trog zu tränken, dann band er sie an einer Pferdestange vor der Scheune fest. Er führte Darcy zur Werkstatt und zögerte vor dem Eingang. *Was ist, wenn ihr nicht gefällt, was sie sieht?*

Sie schaute ihn an, die Augenbrauen in einem verwunderten Ausdruck zusammengezogen.

Gid brachte seine Füße dazu, sich zu bewegen. Während er die Tür für sie offen hielt, atmete er den sauberen Duft nach Sägespänen ein.

Um diese Tageszeit strömte das Sonnenlicht durch die Fenster. Der große Raum bot viel Platz zum Arbeiten, und bis er angebaut hatte, hatten seine Werke das Innere verstopft. Nun hatte er die fertiggestellten Möbel in das Hinterzimmer geschafft. An jeder Wand stand eine Arbeitsbank. Über ihnen hingen Regale mit Werkzeug. Ein kleiner Ofen spendete in den kälteren Monaten Wärme. Einige Stücke waren nur teilweise fertiggestellt – das Kopfteil eines Bettes, eine Zederntruhe und ein Beistelltisch. Er arbeitete immer gern an mehreren Projekten gleichzeitig, damit er sich auf die Arbeitsphase konzentrieren konnte, nach der ihm gerade der Sinn stand.

Darcy sah sich interessiert um.

Er winkte in Richtung einer Tür, die in den hinteren Teil seines Allerheiligsten führte; spürte deutlich, wie er sich für ihre Reaktion wappnete. Gid führte sie hinüber. Er öffnete die Tür, zog sie weit auf und versuchte dabei, seine Unruhe zu verbergen.

Als er diesen Raum gebaut hatte, hatte er auch Fenster an den drei äußeren Wänden angebracht, auch wenn diese nicht wirklich nötig waren, da er hier lediglich Möbel verstaute. Aber er wollte, dass das Licht seine Arbeit besonders gut präsentierte, auch wenn niemand außer ihm deren Ergebnis zu sehen bekam. Außerdem hasste er dunkle enge Räume. Heute war Gid froh über seine Entscheidung, die es ermöglichte, dass Darcy – zum Guten oder Schlechten – die Einzelheiten jedes Stückes sehen konnte.

Sie machte zwei Schritte in den Raum und blieb stehen,

warf ihm über die Schulter einen Blick zu. »Du hast hier drin einen Möbelladen.«

So hatte er an den Inhalt des Raumes noch nie gedacht.

Darcy machte ein paar weitere Schritte und blickte sich um. Sie berührte eine in ein Kopfbrett geschnitzte Rose, dann fuhr sie mit ihrer Hand über die glatte Oberfläche eines Tisches mit Queen-Anne-Beinen. Mit weit aufgerissenen Augen wandte sie sich zu ihm um. »Gideon, das ist wie Aladins Höhle!«

»Wohl kaum«, murmelte er, doch ihre Reaktion freute ihn.

»Oh, doch, das ist es.« Sie bewegte sich weiter, um die geschnitzten Ornamente auf einem Sekretär zu begutachten. »Das hier sind Juwelen, Gideon. Sie würden ohne Problem in jedes Herrenhaus an der Ostküste passen.«

Er wusste nicht, wie er auf solch ein Kompliment reagieren sollte.

Darcy drehte sich um und berührte seine Brust. »Du bist ein geheimnisvoller Mann, Gideon Walker. Ein Mann von unerwarteter Tiefgründigkeit. Lina schrieb mir schon, dass du wunderschöne Möbelstücke herstellst, aber ich hatte keine Ahnung, wie exquisit sie sind.« Sie ließ ihre Hand sinken und setzte ihre Erforschung des Raumes fort.

Er saugte ihr Lob auf wie ein trockener Schwamm die Feuchtigkeit. Ihre Fingerspitzen an seiner Brust konnte er noch immer spüren, und die Wärme an der Stelle, die sie berührt hatte, strahlte aus bis zu seinem Herzen.

Während Gid in der Tür stehen blieb und zusah, bewegte sich Darcy von Stück zu Stück und betrachtete jedes eingehend. »Wo hast du gelernt, die zu machen?«

»Als ich heranwuchs, hatten wir einen Nachbarn … genauer gesagt den Vater eines Nachbarn. Er hat es mir beigebracht. Ich habe sehr viel Zeit mit ihm verbracht.« *Um meiner Familie zu entkommen.* »Als der alte Mann starb, hinterließ er mir seine Werkzeuge.« *Und dann brach die Hölle los − der Grund für mich, fortzugehen.*

Darcy schlängelte sich durch die Möbel und sagte nichts mehr. Manchmal verschwand sie hinter einem größeren Stück, wie einem Schrank, und er musste ihr folgen, um sie im Auge zu behalten.

Schließlich kehrte sie zu ihm zurück und schloss mit einer weit ausholenden Geste den ganzen Raum ein. »Weiß irgendjemand hiervon?«

»Ich habe den Barretts ein paar Stücke geschenkt, aber sie sind die einzigen. Bis Jonah Lina geheiratet hat, ist außer Reverend Norton nie jemand hier vorbeigekommen.«

»Dieser Schrank und die Kommode in ihrem Schlafzimmer«, rief sie aus. »Ich erinnere mich daran, wie ich sie bewundert habe, habe aber nicht daran gedacht, Lina nach ihnen zu fragen. Ich habe einige ungewöhnliche, schmückende Symbole darauf gesehen.« Sie deutete auf den Raum. »Allerdings nichts, was hier drin auch zu sehen gewesen wäre.«

»Die habe ich für Jonahs erste Frau − Koko − gemacht. Als Grundlage habe ich Bilder genommen, die auf Tipis gemalt waren. Tipis sind die konischen Zelte, in denen ihr Indianerstamm lebte. Jonah hat mir davon erzählt und mir die Symbole aufgezeichnet, als ich ihn darum gebeten habe …« Seine Stimme verlor sich.

Sie sah ihn mitfühlend an. »Ist es schwer, Lina in Kokos Haus zu sehen?«

Er wusste nicht, was er ihr antworten sollte. »Ja, sehr schwer. Aber auch gut.«

Fragend legte Darcy ihren Kopf schief.

»Lina und Koko sind so unterschiedlich wie Tag und Nacht.« Er verstummte, versuchte herauszufinden, wie er die Aussage erklären sollte. »Jede Frau war … ist … auf ihre eigene Art besonders. Ich mag Lina, und … Jonah so glücklich zu sehen ...« Gid schüttelte den Kopf. »Er ist ein neuer Mann. Und doch hat er Koko nicht vergessen, betrauert sie immer noch – wir haben uns in der Scheune ein paar Minuten lang über sie unterhalten, als ich neulich dort war. Sie war meine Freundin ... und Freunde sind rar.« Er hielt zwei Finger in die Höhe. »Ich hatte nur Jonah und Koko.«

Darcy fing seine Finger in ihrer Hand. »Jetzt sind es hoffentlich mehr?«

»Viel mehr«, sagte Gid. Ihm gefiel das Gefühl ihrer weichen Hand, die sich um seine Finger schlang. »Und mit dir als meiner Frau, nehme ich an, dass die Zukunft noch mehr Freunde bereithält.« Er tat so, als würde er sie grimmig anschauen. »Egal, ob es mir passt oder nicht.«

Die Falten auf ihrer Stirn glätteten sich nicht, so wie er gehofft hatte.

Stattdessen starrte sie ihn unverwandt an. »Macht es dir etwas aus? Deine Einsamkeit auf diese Weise zu verlieren?«

Tut es das? Er überlegte. »Ja. Aber das war meine Entscheidung.«

»Ich bezweifle, dass du wusstest, worauf du dich einlässt.«

»Ja«, stimmt er ihr zu. »Aber das wusstest du auch nicht.«

»Es kann sein, dass wir die Antwort auf diese Frage noch eine ganze Zeitlang nicht erhalten. Warum fragst du mich nicht in einem Jahr nochmal?«

»An unserem Hochzeitstag?«

»Ja.« Gid legte seine Finger um die ihren und hob ihre Hand an seine Lippen, presste einen Kuss auf ihre Knöchel.

Ihr Atem stockte.

Gid zwang sich dazu, sich an ihre Bitte um bezüglich des Aufschiebens körperlicher Intimität zu erinnern. *Ich habe es versprochen.* Er senkte ihre miteinander vereinten Hände und ließ ihre Finger los. »Und nun, Weib ... Wenn du deine Reisetruhen haben möchtest, solange noch Tageslicht herrscht, muss ich mich an die Arbeit machen.«

Mit roten Wangen trat Darcy zurück. »Ja, natürlich.« Ihre Stimme klang höher als ihr normalerweise wohlmodulierter Ton. »Macht es dir etwas aus, wenn ich einen dieser Schränke benutze, um meine Kleidung unterzubringen?«

»Such dir einen aus und ich sorge dafür, dass der Weg dorthin freigeräumt ist.«

»Danke, Gideon.«

Die Wärme, mit der Darcy seinen Namen aussprach, ließ eine Gänsehaut seinen Rücken hinunterlaufen.

Ich sollte besser hier verschwinden, bevor ich mein Versprechen vergesse. Er berührte ihre Wange, dann trat er zur Seite.

Doch das heißt nicht, dass ich nicht auf meine Weise um sie werben kann. Er fragte sich, ob seine Art, ihr den Hof zu machen, das war, was sie sich wünschte, oder ob er mit seiner Werbung versagen und sie letztendlich verlieren würde.

Darcy beschäftigte sich damit, ihr neues Heim zu erkunden und sich darin einzuleben. Lina hatte ihr einen Korb mitgegeben, der die Geschenke der Hochzeitsgäste enthielt – Gläser voller Marmelade, Eingelegtem und gekochten Tomaten, sowie ein Zierdeckchen von Trudy, einen Brotlaib und Brötchen und einen kleinen Tontopf mit Butter.

Darcy begann damit, dass sie das Zierdeckchen auf dem Tisch ausbreitete. Die Butter und das restliche Essen, das Lina ihr mitgegeben hatte, tat sie in die Eisbox, wobei sie sich im Geiste eine Notiz machte, Gideon zu erinnern, dass der Eisblock ausgetauscht werden musste, der auf nur ein paar Zentimeter Dicke zusammengeschmolzen war. Dann trug sie die Pfanne nach draußen und schüttete das Wasser ins Blumenbeet.

Eine kaum erkennbare Falltür im Boden führte in den Keller. Hätte sie nicht nach dem Kellereingang gesucht, wäre sie ihr nie aufgefallen. Mit dem Korb mit Marmeladengläsern in der Hand, kletterte Darcy die stabile Leiter in die Tiefen des Kellers hinab, der überraschend groß war, und inhalierte den kühlen, feuchten Duft der Erde des festgestampften Bodens. Die Wände allerdings bestanden aus Holz. Die Öffnung war groß genug, um ausreichend Licht einzulassen, dass sie die Regale voller Gläser mit eingelegtem Gemüse, Honig und Marmelade sehen konnte. Sie fragte sich, ob Gideon die selber gemacht hatte. Als sie in ein paar Scheffelkörbe auf dem Boden blickte, stellte sie fest, dass diese Äpfel, Karotten, Rüben und Kartoffeln enthielten, wenn auch nicht allzu viel davon. Sie nahm an, dass sie nach der Ernte voller gewesen waren.

Als sie die neuen Gläser auf die Regalbretter stellte, arrangierte Darcy ein paar, so dass sie farblich zueinander passten. Das gab ihr ein hausfrauliches Gefühl, und sie raffte ihre Röcke und kletterte die Leiter wieder hinauf.

Gideon hatte einen Paravent am Kopf des Bettes aufgestellt. Gerührt von seiner Rücksicht auf ihre Intimsphäre, ließ Darcy ihre Finger über die Lilien gleiten, die auf eine der akkordeonartigen Seiten geschnitzt waren. *Eine wunderschöne Handarbeit.*

Nachdem sie ihre Tasche ausgepackt hatte, wandte sie sich der ersten Reisetruhe zu, legte dreckige Wäsche auf einen Stapel und die Kleidung, die sie auf ihrer Reise nach Crenshaw tragen wollte, aufs Bett. Sie würde den Tag damit beginnen, ihr Reitkostüm auf dem Weg nach Sweetwater Springs zu tragen. Wenn sie die Stadt erreichten, hatte Mrs. Norton sie eingeladen, im Pfarrhaus ihre Sachen zu wechseln, bevor sie den Zug bestiegen. Sie würde einfachen Schmuck tragen – vielleicht ihr goldenes Kreuz.

Gideon betrat das Haus. »Zeit, zum Teich zu gehen«, sagte er mit einem mysteriösen Lächeln auf seinen Lippen.

Im Auspacken unterbrochen, schaute Darcy auf den

Inhalt ihrer Truhe, der überall verstreut lag. »Jetzt?« Sie blickte aus dem Fenster und sah, dass die Schatten länger wurden. »Ich denke, wir sollten das ein andermal machen.«

»Vertrau mir einfach«, wiederholte Gideon die Worte, die er bereits früher gesagt hatte, und streckte seine Hand aus.

Überrascht von der Geste, nahm sie seine Hand. Ohne einen weiteren Blick auf das Durcheinander, das sie zurückließ, folgte ihm Darcy aus der Tür zu der aus Steinplatten bestehenden Terrasse und ein paar Steinstufen hinunter auf die Wiese.

Die Dämmerung zog herauf und verwandelte das zuvor herrschende Strahlen des Sonnenlichts in eine gedämpfte Stille. Das strahlende Blau des Himmels war verblasst, bedeckt von pink und golden gestreiften Wolken, die hier und dort bereits orange leuchteten.

Hand in Hand gingen sie über das Gras und hielten auf den Wald zu. Dabei kamen sie an Reihen von Obstbäumen vorbei, die Gideon ihr zeigte. »Äpfel, Birnen, Kirschen. Endlich sind sie reif genug, um Früchte zu tragen.«

Je weiter sie ging, umso mehr war Darcy in der Lage, sich gedanklich von den Aufgaben zu lösen, die im Haus auf sie warteten, und sich darüber zu freuen, mit ihrem Mann draußen in der Natur zu sein. Auch wenn sie nicht verstand, warum Gideon wollte, dass sie den Teich jetzt sah, da der Abend anbrach, war sie sich seiner Hand in ihrer bewusst und neugierig darauf, was er vorhatte.

Sie wunderte sich darüber, wie es kam, dass ihr scheuer Ehemann, der zunächst solche Angst vor ihr zu haben schien, plötzlich so ungezwungen damit umging, sie zu berühren. Er hatte sie heute überrascht, und sie begann zu glauben, dass sie vielleicht einen anderen Mann als Ehemann bekommen hatte, als sie zunächst angenommen hatte.

Unter den Bäumen wurde es dunkler. Der Pfad wand sich

durch den Wald und wirkte nicht so, als sei er von Menschen gemacht. »Wildwechsel«, sagte Gideon. »Wir folgen dem über Jahre entstandenen Weg der Tiere zum Wasser.«

Vor ihnen lichteten sich die Bäume. Gideon blieb stehen und sah sie an. »Schließe deine Augen. Ich werde dich den Rest des Weges führen.« Er griff auch mit der anderen Hand nach der ihren.

Sie gab ihm ihre Hand und machte die Augen zu. Während er sie führte – *er muss wohl rückwärts laufen* – machten sie etwa zwanzig Schritte. Mit jedem Schritt wuchs die Erwartung in ihr, und sie musste sich zwingen, die Augen geschlossen zu halten. Darcy hatte nie gewusst, wie sehr sie Überraschungen liebte.

Gideon blieb stehen. »Warte.« Er ließ ihre Hände los und trat an ihre Seite. »Jetzt kannst du gucken.«

Sie riss die Augen auf. Der Teich lag vor ihr, größer als der auf dem Land ihrer Großeltern – beinahe ein kleiner See. Doch statt grünem Wasser lag das Spiegelbild des Himmels auf der Oberfläche – silberblau mit rosa-goldenen Wolken, die wie auf Luft dahintrieben.

Darcy keuchte auf und drückte Gideons Hand, zu bewegt, um ein einziges Wort von sich zu geben. Alles was sie tun konnte, war dazustehen und die atemberaubende Schönheit in sich aufzunehmen. Das erste Mal in ihrem Erwachsenenleben teilte sie ihre Ehrfurcht vor der Natur mit einem anderen Menschen – ihrem Ehemann.

Es vergingen wohl fünf Minuten in schweigender Versunkenheit, in denen sie den Anblick, der viel beeindruckender war als alles, was Thoreau je geschrieben hatte, in sich aufnahm. »Jetzt verstehe ich, warum wir gewartet haben.«

»Der Anblick ist auch früher am Tag schön, aber …«

»Das ist spektakulär! Warum hast du das Haus nicht hier gebaut?«

»Weil ich dies hier nicht als selbstverständlich betrachten wollte.« Er schenkte ihr sein sanftes Lächeln und winkte mit der Hand, um auf den Teich zu weisen. »Ich wollte suchen und dann diesen Ort finden.«

»Das klingt sehr biblisch.« Sie erwiderte sein Lächeln. »Aber ich verstehe es.«

Gideon zog sie leicht an der Hand. »Komm.«

Sie riss sich vom Anblick des Teiches lange genug los, um ihn auf einen Seitenpfad weisen zu sehen. Keine zwanzig Fuß entfernt stand eine Schaukelbank – doch sie war anderes, als alle, die sie bisher gesehen hatte. Die Pfosten und das skelettartige Dach waren aus stacheligen Ästen gefertigt, die geglättet und rotbraun getönt worden waren.

Waldelfen müssen diese Schaukel hergestellt haben. Doch selbst als dieser verspielte Gedanke durch ihren Kopf schoss, wusste sie, dass die geschickten Hände ihres Mannes sie gefertigt hatten.

Darcy grinste. Ein kleines, Unfug treibendes Teufelchen ließ sie nach seinem Haar langen und es von den Ohren fortstreifen. »Ich sehe nur nach, ob du ein Elf bist – die Augen und das Haar passen – aber du hast keine spitzen Ohren.« Während sie ihn ansah, liefen seine Ohren rot an. Sie ließ sein Haar los. »Vielleicht war ja dein Vater ein Elf, der sich mit einer wunderschönen menschlichen Jungfrau vereint hat.«

»Ich wünschte, so wäre es.«

Hörte sie da einen bitteren Unterton in seiner Stimme? Sie wollte ihn danach fragen, doch als Gideon sich nicht weiter dazu äußerte, beschloss sie, nicht nachzuhaken. Es würde noch Zeit genug sein, seine Geschichte zu erfahren. Das Jetzt gehörte dem Glück der Neuvermählten, obwohl dies wahrscheinlich *nicht* von der Art war, welche die meisten Menschen im Kopf hatten, wenn sie den Ausdruck hörten.

Er zog eine Augenbraue hoch. »Schaukeln? Oder auspacken?«

Darcy lachte. »Oh du.« Sie stieß ihn mit der Schulter an. »Du kennst die Antwort.«

Daraufhin führte er sie zu der Schaukel und ließ ihre Hand los, damit sie Platz nehmen konnte.

Doch anstatt ihr zu folgen, trat Gideon ein paar Schritte zurück und schubste sie an.

Für einen Augenblick ließ sie das Schaukeln zu und erfreute sich an der Bewegung, dann jedoch stoppte sie sie mit ihren Füßen. »Komm.« Sie rutschte zur Seite und klopfte auf den Platz neben sich.

Mit einem kurz aufblitzenden Lächeln setzte er sich neben sie.

Es war genug Platz, dass ihre Schultern und Beine sich nicht berührten, und sie bedauerte diesen Abstand zwischen ihnen. Aufs Ganze gehend, griff Darcy nach seiner Hand und verwob ihre Finger mit den seinen. Zufrieden mit der Berührung, sah sie wieder auf den Teich hinaus. Es gab so viel, das sie besprechen mussten, doch diese Unterhaltung konnte warten. Nun war es Zeit dafür, still zu sein und diesen magischen Ort in ihr ganzes Wesen aufzunehmen.

Schweigend saßen sie beide da, fühlten die Harmonie zwischen sich und betrachteten das Wechselspiel der Wolken und die Veränderung der Farben am Himmel über Montana.

Kapitel Dreizehn

Am nächsten Morgen, mit einer Schürze über ihrem Reitkostüm, war Darcy stolz, ihr erstes Essen für ihren Ehemann zuzubereiten – Maisbrei mit Spiegeleiern und Schinken. Trudys Biskuits und Butter sowie Pamelas Marmelade vom Vortag würden das Frühstück vervollständigen. Sogar die Zubereitung des Essens machte sie dankbar, dass sie Freunde hatte – alte und neue. Sie musste darüber lachen, dass sie an eine viermonatige Freundschaft als *alt* dachte.

Gideons Herd war klein und hatte nur zwei Kochstellen – kein Problem, wenn es um Frühstück ging. Doch wenn sie ein ausgefalleneres Mahl zubereiten wollte, würde Darcy sich genau überlegen müssen, wie sie mit den Töpfen auf dem Herd jonglieren sollte. *Vielleicht sollte ich auch die Feuerstelle benutzen?* Sie zog die Augenbrauen zusammen und sah sich um, dachte an die riesige Küche in Windover. Hier gab es jedoch wirklich nicht mehr Platz für einen größeren Herd.

Darcy hatte den Tisch mit dem alten Porzellanservice gedeckt, das Gideons Großmutter gehört hatte, weil sie sich an die Freude in seinen Augen erinnerte, als sie ihm ein Kompliment wegen des Musters gemacht hatte. Sie fügte Besteck zu ihrer anwachsenden Liste dessen hinzu, was sie

155

kaufen würde, sobald sie die Kontrolle über ihr Vermögen erlangte, denn sie würden mehr brauchen, als die mitgenommenen Stücke, die ihr Ehemann besaß.

Sie aßen schweigend. Gideon schien einen Anfall von Scheu zu erleiden, denn selbst wenn er sie ansah, schaute er sofort wieder weg. Doch da er ihr weiterhin sein schüchternes Lächeln schenkte, konnte sie sich nicht beschweren. »Liest du normalerweise, wenn du isst?«, fragte sie.

Er nickte.

»Ich auch. Wann immer ich damit durchkomme.«

»Vielleicht können wir es ja manchmal auch so machen.«

Sie lachte und stimmte ihm zu.

Nachdem sie zu Ende gegessen hatten, reinigte Darcy die Küche, und Gideon ging fort, um den Wallach und das Maultier zu satteln. Er hatte sich bereits um das Vieh gekümmert, damit es den Vormittag überstand, und Jonah würde später und morgen vorbeikommen, um die Tiere zu melken und zu versorgen.

Als sie mit ihren Arbeiten fertig war, nahm Darcy die Schürze ab und hängte sie auf einen Haken neben dem Herd. Sie ergriff ihre Tasche, die ihre gute Kleidung, saubere Unterwäsche und ihre Toilettenartikel enthielt, und schloss die grüne Tür hinter sich.

Gideon, in seinem schrecklichen Anzug, erwartete sie bei den Reittieren.

Sie stellte die Tasche ab und erlaubte ihm, ihr in den Sattel des Wallachs zu helfen.

Er zog den Saum ihres Kleides herunter, um ihre Beine so weit wie möglich zu bedecken.

Darcy hoffte, dass sie niemanden, der sie sah, schockieren würde. Vielleicht wären noch nicht so viele Menschen auf den Straßen der Stadt unterwegs.

Gideon stieg auf Emerson, und sie ritten zunächst hintereinander, dann, als sie die Straße erreichten, nebeneinander. Von Zeit zu Zeit zeigte er ihr eine Pflanze oder einen Vogel oder eine Felsformation und verlor ein paar Worte darüber. Oder sein Blick oder ein Schieflegen seines Kopfes lenkte ihre Aufmerksamkeit auf einen Vogel, der auf einer Luftströmung dahinsegelte oder auf ein Eichhörnchen, das von einem Ast zum nächsten sprang.

Manchmal beobachtete er Dinge, die Darcy nicht einmal aufgefallen waren, und sie genoss es, die Welt durch seine Augen zu sehen.

Darcy wusste nicht, wie ihr Mann reagieren würde, wenn sie das erreichten, was in dieser Gegend als Zivilisation durchging – ob er überhaupt in der Lage sein würde, weiter als bis zum Stadtrand zu reiten. Die Erinnerung an sein Angebot, zu Reverend Norton zu reiten und sie nach Crenshaw zu begleiten, beruhigte sie. Als sie die ersten Gebäude passierten, verfiel Gideon in Schweigen – nicht, dass er zuvor redselig gewesen wäre – und sah sich nicht um, sondern starrte nur noch geradeaus.

Die ganze Zeit, die sie brauchten, um Sweetwater Springs zu durchqueren, behielt Darcy ihn besorgt im Auge.

Keiner von ihnen kannte den Weg zum Pfarrhaus, doch Mrs. Norton hatte ihnen den Weg beschrieben, und die weiße Kirche und ihr Turm waren gut zu sehen. Sie zügelten ihre Reittiere und stiegen ab.

Gideon führte die Tiere zum Mietstall, während Darcy ihre Tasche in das kleine Haus rechts hinter der Kirche trug.

Doch selbst als sie sich von ihrem Ehemann entfernte, konnte sie nicht verhindern, dass ihre besorgten Gedanken bei ihm verweilten.

Mit einem engen Gefühl in der Brust brachte Gid das Pferd und das Muli zum Mietstall und warf die Zügel um die

Pferdestange. Er trat durch die offenen Türen, inhalierte den bekannten Geruch nach Heu und Pferd. Es war zwar niemand da, aber die erste Pferdebox war ausgemistet, der Holzboden mit frischem Stroh bedeckt, was bedeutete, dass Mack Taylor sein Geschäft ordentlich führte.

Gid trat wieder nach draußen. Emerson warf den Kopf zurück, und Gid stoppte, um die Nase des Maultiers zu streicheln, dann tat er das Gleiche beim Wallach.

Ein Mann trat um die Ecke. Ergrauendes blondes Haar hing ihm bis auf die Schultern. Er warf einen fachmännischen Blick auf den Wallach, dann einen argwöhnischen auf Gid. »Sie ha'm da Dunns Pferd ...« Er sagte nicht *Fremder*. Trotzdem hing das Wort in der Luft zwischen ihnen.

»Ich bin Gideon Walker. Harrison hat mir das Pferd für meine Frau geliehen.«

Ein Lächeln erschien auf den Zügen des Mannes. »Nun, warum ha'm Sie das nicht gleich gesagt?« Er machte zwei Schritte auf ihn zu und legte Gid eine Hand auf die Schulter. »Ich bin Mack Taylor, der Besitzer dieses Hotels für Viecher.« Er grinste über seinen eigenen Witz. »Freut mich, Sie kennenzulernen.«

Gid versuchte, die allzu vertrauliche Berührung zu ignorieren, ebenso den Hauch nach Zwiebel riechenden Atem, der ihn anwehte.

Mack ließ Gid los und rieb seine Hände. »Was kann ich für Sie tun?«

»Muss diese zwei für die Nacht unterbringen. Hole sie morgen Nachmittag wieder ab.«

Mack band die Zügel des Wallachs los. »Dann bringen wir s'e mal nach hinten und lassen s'e in der Koppel los.«

Gid band Emerson los.

Das Muli stieß seine Nase gegen Gids Arm, als wüsste es, dass es zurückgelassen würde.

Während sie die Tiere um den Stall herumführten, wollte

Mack über den Ärger reden, den Darcy mit ihrem Bruder hatte. Er versicherte Gid, dass keine Fremden bei ihm Pferde oder Kutschen leihen würden. Er klopfte sich gegen die Hüfte, an der ein Revolver in einem Holster hing. »Sam, mein Stallbursche, ist auch bewaffnet.«

Sie ließen die Tiere in der Koppel frei. Neben dem Zaun auf der anderen Seite der Einfassung wuchsen Bäume, die dem Areal zum Teil Schatten spendeten.

Gid dankte Mack und lief zum Bahnhof. Dabei fühlte er, wie ihn neugierige Augen betrachteten. Er nickte einem Paar zu, das ihm entgegenkam, dankbar dafür, dass sie nicht stehenblieben und mit ihm zu reden versuchten. Er hatte auf der Hochzeit und mit Mack genug geredet, und dabei hatte er seine Reise noch nicht einmal begonnen. Entschlossen stieg er die Stufen zum Bahnsteig hinauf und betrat das Bahnhofsgebäude.

Der Mann hinter dem Tresen hob den Kopf. Er war klein, älter und hatte buschiges, graumeliertes Haar. Als er Gid sah, schenkte er ihm ein professionelles Willkommenslächeln.

Reverend Norton hatte ihn gewarnt, dass der Bahnhofsvorsteher einen Hang zum Tratsch hatte – in einer gutmütigen Weise. Doch der Priester hatte auch betont, dass der Mann wusste, wie man seine Zunge im Zaum hielt, wenn es darauf ankam.

Gid trat an den Tresen.

»Glaube nicht, dass ich Sie kenne, nein, Sir.« Die Aussage war eigentlich eine Frage. »Ich bin Jack Waite, Bahnhofsvorsteher und Postmeister in Personalunion.«

Gid hatte nicht vor, sich auf eine weitere Konversation über das einzulassen, was er vorhatte. »Zwei Fahrscheine nach Crenshaw, bitte.«

»Sie fahren nicht weit, was? Mit Ihrer Frau?« Er sah hinter Gid, als erwarte er, dort eine Frau zu sehen.

Mit einem entnervten Seufzer gab Gid die Vorstellung von Geheimhaltung auf. »Mein Name ist Gideon Walker. Meine Frau Darcy ...«

»Ah, der Sheriff war gestern schon hier und hat mir die Geschichte erzählt. Unangenehme Sache, das. Ich halte meine Augen auf, oh ja, das tue ich.« Er nickte nachdrücklich. »Sie brauchen keine Angst zu haben, dass ich was verrate, nein, Sir. Meine Lippen sind versiegelt.«

»Und wenn jemand eine Waffe auf Sie richten würde?«, sagte Gid etwas bissig.

Jack wurde blass, fing sich aber schnell wieder. »Dann wird das Siegel auf meinem Mund aufbrechen, aber nur, damit ich falsche Informationen weitergeben kann. John Carter war nach Ihrer Hochzeit hier, um seine Post abzuholen, und wir haben einen Plan ausgearbeitet.« Er lehnte sich über den Tresen. »Jawoll. Angeblich leben Sie und die Missus draußen auf diesem wilden Streifen Land hinter dem der Carters. Seine Männer bewachen den Pass ins Tal. Über diesen Weg kommt keiner, ohne dass Carter davon erfährt.«

Die Anspannung verließ Gid, und er fühlte sich zutiefst demütig. Er war ein Fremder, auch wenn er bereits ein Jahrzehnt hier gelebt hatte. Trotzdem taten die Bewohner von Sweetwater Springs alles, um ihn und Darcy zu beschützen. John Carter hatte sogar seinen Besitz als Köder eingesetzt, obwohl er Frau und Kind hatte. Der Sheriff passte auf, und dieser Mann, auch wenn er kein Riese war, hatte gerade bewiesen, was für ein großes Herz er besaß.

Gid bedankte sich mit zugezogener Kehle.

Mit einer verkrümmten Hand winkte Jack Gids Dankbarkeit ab. »Mrs. Walker ist nun eine von uns. Und wir beschützen die Unseren. Nicht, dass ich das nicht auch für jede andere Frau tun würde, aber Ihre Frau gehört jetzt hierher.« Er hieb auf den Tresen, dann sah er Gid geradeheraus an. »So wie Sie. Und ich hoffe, dass wir Sie, wenn dies alles vorbei ist, ab und zu in der Stadt sehen werden.«

Das schaffe ich. »Darauf haben Sie mein Wort.«

»Gut.« Jack reichte ihm die Fahrkarten. »Gute Reise.«

Gideon tippte sich an den Hut und verließ den Bahnhof, um zum Pfarrhaus zu gehen und seine Frau abzuholen, nicht im mindesten begierig darauf, die Reise nach Crenshaw anzutreten.

Mit ihrer Tasche in der Hand folgte Gid seiner modisch gekleideten Frau in den Zug. Der Waggon war beinahe leer, und er nickte dem älteren Paar in der ersten Reihe zu.

Darcy ging den Gang zur Hälfte hinunter, ließ sich auf einen Platz sinken und seufzte. »Ich hätte nie gedacht, dass ich so kurz nach meiner Ankunft schon wieder in einem Zug sitzen würde. Ich hätte noch mehrere Jahre ohne Reisen auskommen können.«

Nachdem sie ihre Röcke geordnet hatte, setzte sich Gid neben sie. Er war ins Territorium von Montana gekommen, bevor die Gleise gelegt worden waren, doch er war mit seinen Eltern in Zügen gereist und hatte auch einen genommen, als er seinem alten Leben entflohen war. Daher war dieser Teil der Reise nicht zu eigenartig.

Darcy legte eine behandschuhte Hand auf Gids Arm. »Und du, mein lieber Ehemann? Wie geht es dir?«

Ihre Worte erwärmten den Teil seiner selbst, der seit ihrem Aufbruch am Morgen zu Eis erstarrt gewesen war, woran auch die Hitze des Tages nichts hatte ändern können. Gid fragte sich, ob er wirklich ihr *lieber* Ehemann war, oder ob sie das lediglich als konventionellen Kosenamen benutzte. Mit einem kaum merklichen Lächeln sah er seine Frau an und versuchte abzuschätzen, wie er ihr antworten sollte.

Wesentlich besser, weil du hier bist, wollte Gid sagen. *Ich habe dem Kampf, meine friedlichen Wälder zu verlassen, ins Auge gesehen und das erste Gefecht bestanden – alles, weil ich ein Mann, dein Mann, sein und dich beschützen muss. Weil ich mich wie neu geboren fühle, wenn ich dir ins Gesicht sehe und die Welt durch deine Augen betrachte. Weil ich möchte, dass du gut von mir denkst, mich liebst. Weil …* »,Ich mühte mich, strebte voran, gewann dem Ganzen Boden ab'«, zitierte er Robert Browning.

Darcy drückte seinen Arm. »,Frohlocke, wir sind verbündet'«, gab sie ihm ein Browning-Zitat zurück.

Meine gebildete Frau; ich habe mich, seit wir geheiratet haben, jede Minute an dir erfreut. Doch das konnte Gid nicht sagen. Alles was er tun konnte, war zu nicken.

Sie befingerte ihren Ärmel. »Bevor wir in Mr. Kenistons Büro gehen, müssen wir bei einem Herrenausstatter vorbeischauen. Pamela Carter hat mir gesagt, wo einer ist. Zweifellos brauchst du einen neuen Anzug.«

Beschämt wandte Gid den Blick ab.

Sie zupfte an dem Material, als ob sie seine Aufmerksamkeit wieder auf sich ziehen wollte. »Wir haben noch nicht über Finanzen geredet, Gideon, und das müssen wir tun.«

Er nickte.

»Du hast die Fahrkarten gekauft, während ich mich bei den Nortons umgezogen habe, und das weiß ich wirklich zu schätzen.« Ihr Mund wurde zu einer geraden Linie. »Dennoch kann ich nicht zulassen, dass du weiter dein Geld ausgibst. Wahrscheinlich brauchst du gerade deine ganzen Ersparnisse auf.«

»,Ich beschenke dich mit all meinen irdischen Gütern.'«

Sie krauste die Nase. »Also dann *unsere* Ersparnisse. Ich habe Geld mitgebracht und werde bald Zugang zu mehr haben. Ich möchte dir einen neuen Anzug und ein paar andere Kleidungsstücke kaufen. Und vielleicht kann ich nach unserem Treffen mit dem Anwalt und der Eröffnung eines Kontos einen geteilten Reitrock für mich kaufen. Mehr von dem, was auf meiner Liste steht, wird warten müssen, bis ich mein Erbe erhalten habe.«

Gid gefiel es gar nicht, dass sie Recht hatte. Er hatte immer genügsam gelebt. Er hatte das Land beansprucht und besiedelt, wenn auch nicht gekauft, und nun gehörte es rechtmäßig ihm. Der Kauf von Emerson, dem Herd sowie von Fenstern für das Haus und die Außengebäude waren seine größten Ausgaben gewesen. Er hatte ein wenig Geld zur Seite gelegt, aber das würde nicht lange reichen, wenn er weiterhin törichterweise darauf bestand zu zahlen, nur weil er das Geld seiner Frau nicht antasten wollte.

»Ich habe vor, heute ein neues Testament aufsetzen zu lassen, in dem du als Erbe eingesetzt wirst.«

In instinktivem Protest presste Gid seine Kiefer aufeinander, auch wenn er wusste, dass Darcy Recht hatte. »Kinder sollten Erben sein«, war alles, was er hervorbringen konnte.

Darcy hob gebieterisch die Hand, als wolle sie ihn daran hindern, sich in eine leidenschaftliche Rede zu stürzen. »Ich habe mir über meinen Besitz sehr viele Gedanken gemacht. Habe mir letzte Nacht Notizen gemacht. Natürlich werden meine Kinder irgendwann meine Erben sein.« Während sie sprach, wurde ihr Tonfall höher und die Worte sprudelten nur so hervor. »Aber für den Moment muss Holden wissen, dass für ihn keine Chance besteht, mich zu beerben. Darum möchte ich auch Regelungen bezüglich einiger früherer Bediensteter treffen und auch im Hinblick auf Lina und Trudy … und wenn ich schon Mal dabei bin, auch noch für meine Freundin Kathryn Ford in Y Knot, für den Fall unseres … Ablebens.«

Er hob die Augenbrauen.

»Kathryn ist eine andere Versandbraut, die mir eine sehr,

sehr enge Freundin geworden ist.« Mit gekrauster Stirn sah Darcy ihn gespannt an. »Wenn Holden erst einmal über das Testament und darüber Bescheid weiß, dass er nicht erben kann, wird er gezwungen sein, die Idee aufzugeben, mir ... uns ... etwas wegen des Landes, das er bebauen will, anzutun.«

Er konnte sehen, wie schwer ihr die Situation zu schaffen machte. Um Darcy zu beruhigen, sagte er in stichelndem Ton: »Wenigstens kannst du mir nicht vorwerfen, hinter deinem Vermögen her zu sein.«

Erleichterung machte sich auf ihrem Gesicht breit.

Hatte sie befürchtet, dass sie streiten würden?

»Wohl kaum.« Sie passte ihren Ton dem seinen an. »Nicht, wenn ich dich aus heiterem Himmel mit einem Antrag überfallen habe.«

Die Enge in seiner Brust verschwand, und plötzlich traf ihn eine Erkenntnis, die ihn aus ihrer Diskussion und in seine Kindheit katapultierte. In diesem Moment begriff Gid, dass er sich immer nutzlos gefühlt hatte. Er dachte zurück an die Kritik, die Prügel, die Stunden oder sogar Tage, die er in einen dunklen Keller gesperrt verbracht hatte, damit ihn diese Erfahrung abhärtete. Er hatte sich jedoch lieber in sich selbst zurückgezogen anstatt einer Welt ins Auge zu blicken, die ihn nicht verstand und immer weiter verletzte. Doch Darcy hatte ihn von Anfang an akzeptiert – eine seltene Erfahrung, die er bisher nur bei ein paar Lehrern und dem Nachbarn gemacht hatte, der ihm die Holzbearbeitung beigebracht hatte.

»Was ist, Gideon?« Die besorgten Linien gruben sich wieder in ihre Stirn.

Soll ich meine Gedanken mit ihr teilen? Er zuckte die Achseln. »Ich erwarte immer, dass du anders reagierst.«

»Wie denn?«

»Schlecht. Mich kritisierend.«

»Warum denkst du, dass ich das tun würde?«

»Nicht *du* im Speziellen … Aber so bin ich aufgewachsen. Ich konnte meine Eltern nie zufriedenstellen, besonders nicht meine Mutter. Meine ältere Schwester wurde genau wie sie.«

Scharfzüngig, dazu tendierend, mit Dingen nach mir zu werfen …

»Also überraschst du mich immer wieder angenehm.«

»Dann bin ich froh.« Sie atmete langsam aus. »Ich meine, ich bin nicht froh, dass deine Mutter … aber ich konnte meine Eltern auch nie zufriedenstellen.« Widerstrebend gab Darcy diese Information preis. »Nun, meine Mutter. Mein Vater hat mich kaum wahrgenommen. Doch meine Mutter wünschte sich eine weiblichere Tochter. Wir hatten nicht viel gemeinsam.«

»Auf mich wirkst du sehr weiblich.«

Darcy tat sein Kompliment mit einem Achselzucken ab. »Ehrlich gesagt, habe ich nicht viel gemein mit irgendjemandem, den ich kenne. Kathryn war die erste Frau, bei der ich das Gefühl hatte, dass unsere Seelen verwandt sind, obwohl wir unterschiedliche Interessen hatten. Aber wir *verstanden* einander. Ich kann dir gar nicht sagen, was für ein Glück es war, sie kennenzulernen und sich mit ihr anzufreunden.« Sie seufzte und sah aus dem Zugfenster. »Ich frage mich, wie es ihr wohl geht. Sie sollte ebenfalls einen Farmer in Territorium von Montana heiraten – in Y Knot. Kathryn ist ungefähr so gut dazu geeignet, auf einer Farm zu leben wie ich.«

Er konnte nicht anders, er musste lachen.

Sich zu ihm drehend, lächelte Darcy ihn an. »Für dieses Leben wird sie sich ganz schön umstellen müssen.«

Genau wie du in unserer Ehe.

»Ich fühle mich ein wenig schuldig. Seit meiner Ankunft in Sweetwater Springs war so viel los, dass ich kaum an Kathryns Situation gedacht habe. Ich frage mich, wie lange es wohl dauern wird, bis ich einen Brief von ihr erhalte.

Hoffentlich bald. Vielleicht werde ich heute Abend Zeit haben, ihr zu schreiben.«

Gid überlegte angestrengt, ob er ihr noch mehr aus seinem vergangenen Leben erzählen sollte. Er wollte nicht nur diese alten Schmerzen nicht erneut durchleben, sondern Darcy auch nicht mit dem Wissen belasten. Er spürte, dass es sie belasten würde. Aber vielleicht würde der Umstand, dass sie mehr über ihn wusste, ihr helfen, ihn besser zu verstehen. Diese Wahl stellte ihn vor ein Dilemma, von dem er nicht wusste, wie er es lösen sollte.

Kapitel Vierzehn

Als sie in Crenshaw ankamen, verlangte alleine der Weg vom Bahnhof zum Hotel und von dort zum *Longley's Men's Emporium* – dem Herrenausstatter, den der freundliche Empfangschef empfohlen hatte – Gideon eine Menge ab. Der Lärm, die zwei- oder dreistöckigen Gebäude, die ihn zu erdrücken schienen, all die Menschen, die vorbeiströmten, machten ihn so unruhig, wie Flöhe auf einem Hund. Doch er gab sein Äußerstes, den Drang zu unterdrücken, seine feuchten Handflächen an der Hose abzuwischen, seine zuckenden Muskeln zu verbergen und seinen Gesichtsausdruck neutral zu halten.

Als sie das Geschäft erreichten, holte Gideon tief Luft und riss sich zusammen, bevor er die Tür öffnete und sie offenhielt.

Darcy segelte vor ihm in den Laden, und das Gefühl der Erwartung leuchtete auf ihrem Gesicht.

Ich wünschte, ich wäre so selbstsicher wie sie. Noch mehr als der Ritt nach Sweetwater Springs, mehr als die Zugfahrt, mehr als das Aussteigen in der fremden Stadt Crenshaw fühlte sich das Betreten des Kaufladens für Gid so an, als beträte er die Höhle des Löwen. Seine Vorliebe für einfache, bequeme Kleidung war stets ein Streitpunkt zwischen ihm und seiner

Mutter gewesen. Und das Kaufen von Kleidung – etwas, wozu sie ihn des Öfteren gezwungen hatte –, gefolgt davon, ihre dauernden Demütigungen vor den Verkäufern und Kunden zu ertragen, war quälender als vom König der Tiere zerfleischt zu werden.

Die großen Fenster zur Straße ließen viel Licht in das Geschäft fallen. Auf der einen Seite des Ladens standen ein paar in dreiteilige Anzüge gekleidete Schaufensterpuppen. Einer der Anzüge sah so aus, als wäre er in seiner Größe, ein Anblick, der seine Anspannung etwas lockerte. An der gegenüberliegenden Wand lagen sauber gefaltete Konfektionshemden und -hosen. Ein ovaler Spiegel in einer Ecke reflektierte das Licht. Im hinteren Teil führte eine offene Tür in einen weiteren Raum, in dem eine dunkelhaarige Frau über eine Nähmaschine gebeugt saß.

Ein Mann, der dabei war, die Regale aufzuräumen, schaute von seiner Arbeit auf. Er war untersetzt, hatte lockiges braunes Haar und eine Adlernase. Auch wenn er Darcy zunickte, heftete er doch seinen Blick auf Gideon. Ein Ausdruck von Verachtung glitt über seine Züge, als sei er gerade in einen Haufen Pferdemist getreten. Er betrachtete Gid von oben bis unten. »Nun«, näselte er, wobei er das um seine Schultern hängende Maßband befingerte. »Sie sind eindeutig am richtigen Ort gelandet.«

Der Blick, der Ton ließen schmerzhafte Erinnerungen aufflackern. Alte Scham stieg in ihm auf und brachte Gid dazu, auf dem Absatz kehrt zu machen. Er hielt auf die Tür zu.

»Wie können Sie es wagen, so mit einem Kunden zu sprechen?« Darcys kultivierte Stimme schnitt scharf wie ein Messer durch die Luft.

Gid schloss die Tür des Ladens hinter sich und eilte zur Seite des Gebäudes, bis er durch die Fenster nicht mehr gesehen werden konnte. Nach Luft schnappend, holte er tief Atem und versuchte, die Enge in seiner Brust wegzumassieren.

»Gidcon!« Darcy kam herbeistürzt und warf die Arme um ihn. »Dieser schreckliche Mann! Wir gehen woanders hin, um dir Sachen zu kaufen. Sicher gibt es in einer Stadt dieser Größenordnung ein weiteres Geschäft.«

Die Erniedrigung hüllte ihn förmlich ein. Alles, was Gid wollte, war, nach Hause zu fahren, auf der Schaukel am See zu sitzen und zu schaukeln, bis er sich wieder ruhig und zufrieden fühlte. Doch sein Zufluchtsort war meilenweit entfernt.

»Oder wir lassen es ganz sein.« Darcy macht einen Schritt zurück, so dass sie in sein Gesicht sehen konnte. »Mir ist es egal, was du trägst.« Ihr Blick wanderte über sein Jackett, und sie tätschelte seinen Arm. »Dieser Anzug wird absolut ausreichen.«

Doch Gid wusste, dass sie in dem Versuch flunkerte, ihn sich wieder besser fühlen zu lassen, was genau dazu führte, dass es ihm schlechter ging. Er holte tief Atem, riss sich zusammen und ruckte mit seinem Kopf in Richtung der Tür. *Jetzt bin ich dran zu flunkern.* »Es geht mir wieder gut. Wir können wieder reingehen.«

Darcy hob ihr Kinn und schaute stur drein. »Das kommt absolut nicht in Frage.« Sie legte die Hand um seinen Arm. »Lass uns ins Hotel zurückgehen. Wir können den Empfangschef fragen, ob er uns ein anderes Geschäft empfehlen kann.« Sie zog ihn am Arm und macht einen Schritt vorwärts.

Auch wenn es sich immer noch so anfühlte, als habe er einen Stein im Bauch, ging er neben ihr her.

»Es ist nett, Gehwege zu haben«, stellte Darcy im besten Konversationston fest, als wären sie auf einem normalen Spaziergang. »Die könnten wir in Sweetwater Springs auch gebrauchen. Ich nehme an, dass diese ungepflasterte Straße bei schlechtem Wetter nur höllisch schwer begehbar ist.«

Zu seiner eigenen Überraschung, stieg in seinem Inneren Belustigung auf, und Gid stieß ein Lachen aus.

Darcy warf ihm von unten einen schiefen, aber wissenden Blick zu.

»Warten Sie!«, rief eine drängende weibliche Stimme hinter ihnen.

Sie blieben stehen und drehten sich um.

Eine kleine pummelige Frau mit verrutschten Locken eilte ihnen hinterher, wobei sie den Kleidungsverkäufer am Arm hinter sich herzog. »Bitte warten Sie!« Die beiden kamen taumelnd zum Stehen. Sie sah den Mann scharf an, stieß ihn nach vorne und drängte ihn, etwas zu sagen.

Von der überheblichen Art des Verkäufers war keine Spur übriggeblieben. »Ich wollte Sie nicht vertreiben.«

Der verärgerte Blick der Frau verschwand nicht. Sie verschränkte die Arme und funkelte den Verkäufer an.

Gid tat der Mann, offensichtlich ihr Ehemann, beinahe leid. *Beinahe.*

»Bitte erlauben Sie mir, mich zu entschuldigen«, sagte er unterwürfig und mit gesenktem Kopf.

Dass sich jemand bei ihm entschuldigte, war etwas Neues für Gid. *Eigentlich nicht so sehr, dass sich jemand entschuldigt, sondern dass er zu Kreuze kriecht.* Er nickte zum Zeichen, dass er die Entschuldigung annahm, fühlte sich allerdings nicht danach zurückzugehen und etwas in dem Laden zu kaufen.

Der Verkäufer warf seiner Frau einen nervösen Blick zu. »Bitte gewähren Sie dem *Longley Emporium* noch eine Chance.«

»Ich bin mir sicher, dass Sie unsere Preise *angemessen* finden werden.« Die Frau betonte das Wort, um anzudeuten, dass sie als Entschuldigung einen Nachlass erhalten würden.

Darcy schaute Gid an, offensichtlich nach einer Reaktion Ausschau haltend, presste aber ihre Lippen fest aufeinander. Sie schien bereit zu sein, ihm die Entscheidung zu überlassen.

Gid entschied sich für die zweckmäßige Lösung. Letztendlich hatten die Löwen ja ihre Zähne verloren. Er und Darcy mussten ihre Ersparnisse zusammenhalten. Außerdem standen seiner Frau heute noch reichlich andere Dingen bevor, auch ohne dass sie einen anderen Ort suchen musste, an dem man Kleidung kaufen konnte. »Nun gut.«

Eine Stunde später flanierten Darcy und Gideon Arm in Arm die Straße hinunter, wobei sie in dieser ländlichen Stadt im Territorium von Montana ganz schön etwas hermachten. Gideon trug seinen neuen Anzug, der von einem ähnlichen Grau war wie der alte, doch in wesentlich flotterem Stil geschnitten war. Auch wenn der Anzug nicht maßgeschneidert war, hatte die Schneiderin doch einen außergewöhnlich guten Job bei den leichten Änderungsarbeiten gemacht, die nötig gewesen waren, damit er passte. Darcy hatte auch Hemden und einige Arbeitshosen, Strümpfe und Unterwäsche für Gideon gekauft. Vom Warenhaus waren sie zum Schuster gegangen und hatte neue Stiefel für ihn besorgt. Dann waren sie gezwungen gewesen, eine Stofftasche in einem weiteren Laden zu kaufen, da nicht alles in ihre Umhängetasche passte.

Das Büro des Rechtsanwalts lag in der unteren Etage eines zweistöckigen Backsteinbaus. *Rechtsanwaltskanzlei Keniston und Keniston* stand auf einem Messingschild an der Mauer.

Gideon öffnete die Tür für Darcy, und sie traten ein.

Ein Mann schaute von einem Tisch auf, der mit Ordnern und Papieren bedeckt war. Sein Stift schwebte über den Papieren. Er legte den Stift nieder, erhob sich und kam mit einem respektvollen Ausdruck auf dem Gesicht auf sie zu. »Kann ich Ihnen behilflich sein?« Sein Blick richtete sich auf Gideon.

»John Carter aus Sweetwater Springs hat Sie uns empfohlen.« Darcy sprach mit Autorität in der Stimme, um die Aufmerksamkeit des Mannes auf sich zurück zu lenken.

»Ah ja, Mr. Carter.«

»Ich bin Mrs. Gideon Walker.« Erfreut, sich das erste Mal mit ihrem neuen Familiennamen vorstellen zu können, deutete Darcy auf Gideon. »Und dies ist mein Ehemann. Wir würden gerne Mr. Keniston sprechen.«

»Ich bin Alfred Keniston. Mein Vater kümmert sich um die Angelegenheiten der Carters, daher nehme ich an, Sie möchten zu ihm.«

Darcy senkte das Kinn.

»Sie haben Glück. Ich glaube, er hat gerade Zeit für Sie.« Er deutete auf die Stühle am Fenster. »Wenn Sie bitte einen Moment Platz nehmen würden?« Der junge Mr. Keniston verschwand im Allerheiligsten, kehrte ein paar Minuten später wieder zurück und deutete auf die Tür. »Er wird Sie jetzt empfangen.«

Der ältere Rechtsanwalt war groß und dünn, etwa in den Fünfzigern, hatte einen sauber getrimmten Schnurr- und Vollbart und buschige schwarze Augenbrauen.

Ein weiteres Mal erzählte Darcy ihre Geschichte. Dieses Mal fügte sie aus Rechtsgründen weitere Einzelheiten zu ihrer Familie hinzu sowie das, was sie über die Regelungen bezüglich des Vermögens wusste.

Mr. Keniston hörte ihr mit ernster Miene zu, wobei er sich ab und zu Notizen machte. Als sie geendet hatte, starrte er sie eine ganze Weile lang an, als würde er auf mehr warten, dann fragte er: »Haben Sie den Eindruck, dass Ihr Familienrechtsbeistand mit Ihrem Halbbruder konspiriert?«

Darcy überlegte für einen Moment. »Nein. Jedenfalls nicht *absichtlich*. Unsere Großväter waren Freunde. Mr. Atwell, nun, der *ältere* Mr. Atwell, der mittlerweile verstorben ist, war jeden Sommer Hausgast im Landhaus meiner Großeltern. Wie auch bei Ihnen hatten Vater und Sohn eine gemeinsame Anwaltskanzlei. Der jüngere Mr. Atwell war mit meinem Vater befreundet und kennt mich seit meiner Geburt.«

Mr. Keniston nickte und machte sich ein paar weitere Notizen.

Darcy gefiel es, wie der Anwalt sie ernst zu nehmen schien, was sie dazu brachte, weitere Details hinzuzufügen. »Mr. Atwell hat die üblichen enervierenden Ansichten über die Überlegenheit des Mannes und die Unfähigkeit von Frauen, etwas von Geschäften zu verstehen. Darum hat er sich vielleicht auf Holdens Erklärung von lassen-Sie-uns-Darcy-nicht-mit-Details-belasten-die-sie-unmöglich-begreifen-kann eingelassen.«

Mr. Keniston hob die Brauen. »Umso *dümmer* von ihm. Aber es besteht ein Unterschied dazwischen, sich von einem Gauner hereinlegen zu lassen und selbst einer zu sein.«

»Wie wahr. Was werden wir tun?«

»Angesichts des Ernstes der Lage – besonders im Hinblick auf die mögliche Bedrohung Ihres Lebens – glaube ich, dass es nicht zu Ihrem und dem Schutz Ihrer Finanzen ausreichen wird, zu korrespondieren.«

Darcy umfasste die Bänder ihres Pompadours fester.

»Keine Sorge. Ich werde nach New York City reisen, um die Situation zu klären.« Er wedelte mit der Hand in Richtung des äußeren Büros. »Mein Sohn ist qualifiziert, die Geschäfte hier zu führen. Ich glaube, es ist Zeit, dass er sich daran versucht, ohne dass ich ihm über die Schulter schaue.«

Darcy atmete erleichtert aus.

»Ich werde natürlich voraustelegrafieren. Aber jeder Rechtsanwalt, der sein Geld wert ist, wird die entsprechenden Dokumente sehen wollen. Ich werde mich mit Mr. Atwell treffen, ihm Ihre Heiratsurkunde vorlegen sowie eine Kopie

Ihres neuen Testaments, und die entsprechenden Papiere beim örtlichen Gericht hinterlegen.«

Darcy spielte mit ihrem Goldkreuz. »Das wäre wunderbar, Mr. Keniston. Ich kann Ihnen gar nicht genug danken.«

»Es werden natürlich einige Gebühren zu entrichten sein.«

»Ja, ja, selbstverständlich.«

»Aber darüber machen wir uns Gedanken, wenn Sie Ihre Erbschaft erhalten.« Er zog das Hauptbuch näher zu sich heran, ergriff die Feder und tauchte sie in die Tinte. »In der Zwischenzeit werde ich das Testament für Sie aufsetzen. Sie habe Ihre Freunde und Bediensteten erwähnt. Ich werde eine Liste ihrer Namen und Adressen benötigen sowie die Beträge, die Sie Ihnen zu vererben gedenken.«

Darcy zog das Papier, das sie vorbereitet hatte, aus ihrem Pompadour. Sie faltete das Blatt auseinander und reichte es Mr. Keniston über den Schreibtisch. Sie hatte letzte Nacht, während Gid las, mehrere Stunden gebraucht, um das zu formulieren, was sie brauchte – auch wenn sie ihre Gedanken bis zum heutigen Tag nicht mit ihrem Mann geteilt hatte. Dann war sie ins Bett gegangen, und er hatte sich auf die Bärenfelle gelegt. *Nicht die übliche Art, seine Hochzeitsnacht zu verbringen.*

Mit hochgezogenen, Krähennestern gleichen Augenbrauen akzeptierte Mr. Keniston das Papier und las, was sie geschrieben hatte, wobei er mehrmals nickte. Endlich blickte er mit einem leisen Lächeln auf. »Ich denke, das ist mehr als ausreichend, Mrs. Walker. Sie haben mir alles gegeben, was ich von Ihnen brauche.« Er legte das Blatt auf seinen Schreibtisch. »Wo kann ich Sie finden, wenn ich noch Fragen haben sollte?«

»Im Regency Hotel.«

»Eine exzellente Unterkunft. Ich werde mich jetzt um Ihre Angelegenheit kümmern und alles um, sagen wir, zehn

Uhr morgen früh zur Unterschrift für Sie bereit haben. Wir werden alles so früh erledigt haben, dass Sie den Zug zurück nach Sweetwater Springs noch erreichen können.«

»Vielen Dank, Mr. Keniston.«

»Ich fürchte, ich werde einen weiteren Tag brauchen, um meine Angelegenheiten so weit erledigt zu haben, dass ich Crenshaw verlassen kann.« Er lehnte sich in seinem Stuhl zurück und sein Blick glitt zwischen Darcy und Gideon hin und her. »Ich weiß nicht, wie lange ich weg sein werde. Ich nehme an, mein Aufenthalt in New York hängt davon ab, wie hilfsbereit Mr. Atwell sein wird und ob ich Ihren Bruder wegen eines Treffens aufspüren muss.«

»Holden hat sich vielleicht schon an meine Fersen geheftet.« Der Gedanke verursachte Darcy Übelkeit.

»Wenn das der Fall ist, werde ich Ihnen sofort ein Telegramm schicken, um Sie zu informieren. Wenn ich aus dem Osten zurück bin, benachrichtige ich Sie per Brief, so dass Sie hierher kommen können, wann immer es Ihnen am besten passt. Dann werden wir uns eingehender mit Ihren Angelegenheiten befassen. Nachdem ich von Mr. Atwell mehr Informationen über Ihren Besitz erhalten habe, werden ich eventuell Ihr Testament erweitern oder ein neues aufsetzen müssen. Sie werden ebenfalls Regelungen bezüglich Ihrer Geschäfte und Vermögenswerte hinzufügen wollen. Ich werde auch für alle Probleme, die ich erwarte, Lösungsvorschläge unterbreiten ...« Er lächelte sie ernst an. »Doch eins nach dem anderen.«

Obwohl sie von den Versicherungen des Rechtsanwalts und seiner anscheinenden Kompetenz ermutigt war, fühlte sich Darcy nur zum Teil beruhigt.

Mr. Kenistons Besuch kommt vielleicht nicht früh genug, um die Pläne, die Holden und Mr. Brockman haben könnten, noch aufzuhalten.

Nachdem sie das Gebäude verlassen hatten, berührte Gid den Arm seiner Frau, als diese ihren Kopf in Richtung des Hotels drehte. »Wie wär's, wenn du diesen Reitrock kaufst, den du haben wolltest? Ich treffe dich später im Hotel. Und dann können wir zur Bank gehen, wenn du willst.«

Darcy sah ihn einen Moment aufmerksam an.

Nach dem verständnisvollen Ausdruck in ihren Augen zu schließen, dachte sie wahrscheinlich, dass er sich zurückziehen und ein wenig Einsamkeit finden wollte, was auch den Tatsachen entsprach. Aber zunächst musste Gid etwas kaufen, von dem er nicht wollte, dass sie davon wusste – zumindest jetzt noch nicht.

Darcy nickte und berührte zögernd seinen Arm.

»Mit mir ist alles in Ordnung«, beantwortete er ihre unausgesprochene Frage. »Geh ruhig.«

Ein zärtliches Lächeln ließ ihre Züge weicher werden. »Ich weiß.« Darcy drehte sich um, um die Straße hinaufzugehen.

Auch wenn er sich nicht sicher war, dass er ihr die Wahrheit gesagt hatte, folgte ihr Gid eine Weile mit den Augen. Er bewunderte die Ausstrahlung von Eleganz in ihrer Art sich zu halten und den sanften Schwung ihrer Tournüre. Doch er bemerkte auch, wie eine Reihe von Männern den Kopf wandten, als sie an ihnen vorbeischritt.

Für einen Augenblick zog sich sein Magen zusammen, und Gid fragte sich, ob er sie aus den Augen lassen sollte. Doch als er einmal tief durchatmete, um sich zu beruhigen, war er sich keines intuitiven, ihn warnenden Gefühls bewusst. Davon abgesehen konnte Holden nicht wissen, dass Darcy sich in Crenshaw aufhielt. Jack Waite und jeder, der bei der Hochzeit gewesen war, hatten versprochen, diesen unerwarteten Ausflug geheim zu halten.

Doch das hieß nicht, dass man in der nötigen Wachsamkeit nachlassen durfte. Andere Gefahren lauerten in den Städten des Westens. Er blickte um sich auf die ordentlichen Reihen von Geschäften, die gepflasterten Straßen. Aber alles sah friedlich genug aus. Von dort, wo er stand, war nicht einmal ein einziger Saloon zu sehen.

Er trat zurück in das Büro des Rechtsanwalts, seine Hand noch auf dem Türknauf.

Der jüngere Mr. Keniston schaute auf, die Augenbrauen gehoben. »Mr. Walker?«

»Ich wollte nicht, dass meine Frau meine Bitte mitbekommt, daher habe ich gewartet, bis sie fort war. Können Sie mir sagen, wo ich eine Waffe kaufen kann? Ich brauche einen .45er Colt.«

Kapitel Fünfzehn

Gideon und Darcy saßen sich an einem Tisch im Speisesaal des Regency Hotels gegenüber und aßen zu Abend. Eine angenehme Spannung vibrierte zwischen ihnen, ausgelöst von der romantischen Umgebung und dem Wissen, dass sie heute Nacht ein Bett teilen würden – denn als sie eingecheckt hatten, hatte der Empfangschef ihnen mitgeteilt, dass nur noch ein Zimmer frei war.

Hell strahlende Birnen in spindeldürren Messingkronleuchtern warfen ein oranges Licht über die mit schneeweißen Tüchern gedeckten Tische. Auf jedem der Tische stand eine Vase mit Rosen, die die Luft mit ihrem Duft erfüllten. Auch wenn nur wenige Gäste anwesend waren, hatten Gideon und Darcy einen Ecktisch gewählt, um mehr Privatsphäre zu haben.

Den ersten Teil ihres Mahls nahmen sie schweigend ein. Das Roastbeef war zart und die Kartoffeln weich gestampft. Der gebutterte Mais schmeckte süß, genau wie die Karotten. Anders als beim Frühstück – *hatte es wirklich erst an diesem Morgen stattgefunden?* – nahm Gideon Augenkontakt mit ihr auf, und sein häufiges Lächeln hatte jeden Hauch von Scheu verloren. Doch es war die Musik, die sie dazu brachte zuzuhören, anstatt zu sich zu unterhalten.

In der gegenüberliegenden Ecke spielte ein junger Geiger – von vielleicht zehn Jahren – ein abgenutztes Instrument. Die lyrische Musik schwebte in der Luft, klang üppig und romantisch. Darcy erkannte ein paar bekannte Stücke, doch andere klangen fast wie Zigeunerklagelieder. Vielleicht waren sie das ja auch, denn der Junge war dunkel wie ein Zigeuner, mit dickem lockigem Haar und funkelnden dunklen Augen. Er war dünn, so als äße er nicht genug, um seinen jugendliche Körper zu füllen, und trug abgetragene, aber saubere Kleidung.

Von Zeit zu Zeit schaute Darcy zu dem Jungen hinüber, bewunderte sein Können, dass er bereits in solch jungen Jahren zeigte. Seine Darbietung wäre selbst in einem Orchester in New York nicht fehl am Platze gewesen. Sie fragte sich, wo er so zu spielen gelernt hatte und ob er vorhatte, seine Ausbildung fortzusetzen.

Doch nur ein Teil ihrer Aufmerksamkeit richtete sich auf den Geigenspieler, denn ihr Hauptaugenmerk lag auf ihrem Ehemann. Er wirkte verändert, vielleicht wegen seines gut passenden Anzugs. Aber das war nur eine äußerliche Veränderung. Gideon schien auch neues Selbstvertrauen gefunden zu habe, ein Umstand, den sie sehr attraktiv fand.

Die Musik wirbelte durch den Raum und schaffte eine intime Verbindung zwischen ihnen.

Nach dem Dessert – Kirschkuchen mit Eiscreme – saßen sie beisammen und unterhielten sich. Darcy brachte Gid dazu, mehr aus seiner Kindheit zu erzählen, dann wünschte sie sich beinahe, sie hätte es nicht getan. Die Geschichte seines Missbrauchs – die Art, in der seine Mutter mit grausamen Worten förmlich nach ihm schlug; die Prügel, die er wegen der kleinsten Kleinigkeiten wie einem verschütteten Glas Milch erhielt – zerrissen ihr das Herz, halfen ihr aber auch zu verstehen, warum er sich für ein Leben in Einsamkeit entschieden hatte. Sie hätte sich auch von der

Welt zurückgezogen, wenn sie wie er all das von denen erlitten hätte, die ihn eigentlich hätten lieben sollen.

Als ob sie die Schwärze von Gideons Geschichten spüren könne, wurde die Musik des Jungen immer trauriger. Sie sah zu dem jungen Geigenspieler hinüber und fragte sich, ob jemand sein Talent wohl unterstützte. *Wenn wir wieder nach Crenshaw kommen, werde ich bei ihm nach dem Rechten sehen und ihn mit Leuten in Verbindung bringen, die seine Ausbildung voranbringen könnten.*

Abgesehen von der Hautfarbe des Kindes, dachte Darcy, hatte Gideon vielleicht im gleichen Alter genauso gewirkt – ein einfühlsamer, künstlerischer, an Bildung interessierter Junge – aufgezogen in einem Haushalt, der solche besonderen Qualitäten nicht nur nicht zu schätzen wusste, sondern ihn auch noch für sie bestrafte. Eine unerwartete Welle mütterlichen Beschützerinstinkts ergriff sie. »Wenn wir ein Kind mit deiner Persönlichkeit und deinen Talenten haben«, sage sie sanft zu ihm, »werde ich ihm all die Fürsorge geben, die es braucht.«

Gideon lächelte und hob seine Augenbrauen. »Vielleicht bekommen wir ja eine Tochter.«

»Das hoffe ich«, sagte sie heftig, denn sie dachte immer noch an die Notwendigkeit, ihre zukünftigen Kinder zu beschützen.

Gideon langte über den Tisch und nahm ihre Hand. »Ich danke dir.«

»Wofür?«

»Dafür, dass du meine leidenschaftliche Verteidigerin bist. Dafür, dass du du bist.«

Seine Worte ließen ihre Gefühle bis in ihren Hals schießen, der sich zusammenzog, und Darcy schenkte ihm ein verschleiertes Lächeln. Ihr Herz schlug schneller.

»Ich hoffe doch, dass wir dieses Kind, von dem wir reden, bekommen werden.« Gideon strich mit seinem Daumen über ihren Handrücken. »Aber noch nicht jetzt. Du und ich befinden uns gerade auf einer Forschungsreise, und ich möchte nicht, dass wir irgendeinen Teil davon überstürzen. Wir sollten jeden Moment genießen.«

Er ist so ein seltenes Exemplar von Mann, mein Ehemann. Darcy seufzte glücklich. »Ja, da stimme ich dir zu.«

Die Musik kam zum Ende. Nachdem er sein Instrument in einen abgetragenen Koffer gesteckt hatte, verschwand der Junge unauffällig.

Sein Aufbruch brachte ihr zu Bewusstsein, wie spät es war. Darcy sah aus den Fenstern und bemerkte, dass es dunkel geworden war.

Gideon erhob sich und kam um den Tisch, um ihren Stuhl zurückzuziehen.

Sie stand auf und legte die Hand um seinen Ellenbogen. *Wir haben nur ein Einzelzimmer,* dachte Darcy, als ihr Mann sie aus dem Speisesaal, durch die Lobby und dann die Stufen hinaufbegleitete. *Wie werden wir damit klarkommen?*

In ihrem Hotelzimmer befand ein riesiges eisernes Bettgestell. Ein Paravent, der nicht annähernd so schön war wie der, den Gideon gemacht hatte, stand in einer Ecke und diente dazu, einen Teil des Zimmers als Umkleidemöglichkeit abzutrennen. Darcy schaute zum Bett und schluckte schwer.

Ihr Ehemann musste ihre Gedanken gelesen haben. »Ich … äh … werde hier schlafen.« Er deutete auf den Teppich zwischen dem Bett und der Wand, in der sich die Tür befand.

Sie hatten keine Bärenfelle, und sie konnte den armen Gideon nicht dazu verdammen, auf dem harten Boden zu schlafen. »Nein, wir teilen das Bett.«

Er sah sie aufmerksam an und nickte. »Vertrau mir.«

»Das sagst du immer wieder, Gideon.« *Und ich glaube dir immer wieder.*

Er lächelte sie schief an und zuckte die Achseln. »Immer unter anderen Umständen.«

Darcy legte ihre Hand auf seinen Arm. »Wie wäre es damit? Ich möchte, dass du mir glaubst, dass ich dir traue, und du wirst *mir* dahingehend *vertrauen*, dass ich dir sage, wenn mich etwas beunruhigt. Dann musst du nicht jedes Mal nachfragen.«

In seinen Augen glitzerte ein Lachen. »Ich werde einen kleinen Spaziergang machen und dir Zeit geben, dich zu …« Er winkte in Richtung des Bettes.

Darcy hatte früher am Tag zu ihrer Freude festgestellt, dass sich am Ende des Ganges ein Bad befand. Nach nur wenigen Tagen in Sweetwater Springs hatte sie eine neue Wertschätzung für Bäder und Toiletten entwickelt, die sich in Häusern befanden. »Ich werde nicht lange brauchen. Ich muss nicht baden. Obwohl ich es vielleicht ausnutzen sollte, dass sich hier eine Badewanne befindet …«

»Ich habe eine Wanne.«

»Wo? Ich habe keine gesehen.«

Er grinste, und in der Haut um seine Augen erschienen ein paar Fältchen. »Das liegt daran, dass s'e sich am Bach befindet«, sagte er gedehnt.

»Oh, du.« Lachend schlug sie nach seinem Arm. »Lina und Jonah haben auch solch eine Art von *Wanne*. Das meinte ich *nicht*.«

»Oh, das glaube ich kaum«, entgegnete er mit einem Kopfschütteln. »Meine ist definitiv ganz anders als die der Barretts, das versichere ich dir.«

Sein geheimnisvoller Ton weckte ihr Interesse. »Nun, dann werde ich mit dem Bad warten, bis wir wieder zu Hause sind.«

»Sie werden nicht enttäuscht sein, Mrs. Walker«, sagte er, lächelte und schlenderte zur Tür.

Hinter dem Rücken ihres sich zurückziehenden Mannes rollte Darcy mit den Augen, doch ein Lächeln umspielte ihren Mund. Eilends wusch sie sich im Bad, dann kehrte sie auf ihr Zimmer zurück und quälte sich so schnell sie konnte aus ihrem Kleid und ihrer Unterwäsche, wobei sie wünschte, Betty wäre hier, um ihr zu helfen. *Wenn Kathryn da wäre, wäre es noch besser.* Während sie sich in der Agentur ein Zimmer geteilt hatten, hatten die beiden Freundinnen sich immer mit den Knöpfen und Bändern geholfen.

Nicht das erste Mal fragte sich Darcy, welcher Idiot die Tournüre erfunden hatte, und wie blind vor Dummheit Frauen sein mussten, jede Mode mitzumachen, egal wie albern sie war. *Umso dümmer von mir.*

Eine der guten Sachen, in der Mitte des Nichts zu leben, war, dass man sich bequem und nicht modisch anziehen konnte. Darcy legte ein mit Spitze besetztes Baumwollnachthemd an und zog ihre Haarnadeln aus der Frisur. Der schwere Zopf fiel auf ihre Schulter. Sie machte sich nicht die Mühe, die Flechten aufzumachen und ihr Haar einhundert Mal zu bürsten. Nach all diesem Aufwand würde sie die Masse an Haar sowieso bloß wieder flechten müssen.

Als sie mit ihren Vorbereitungen fertig war, löschte sie die hellen Lichter. Auf dem Nachttisch neben Gideons Seite des Bettes brannte eine Kerze, die einen warmen gelben Glanz verstrahlte.

Sie kroch unter die Bettdecken und seufzte. *Das fühlt sich so gut an.*

Obwohl Darcy noch ein wenig über die Geschehnisse des heutigen Tages nachdenken wollte, besonders über ihre Zusammenkunft mit Mr. Keniston, wanderten all ihre Gedanken zu Gideon. Ein angenehmes Gefühl der Erwartung vermischte sich mit der Nervosität, die sie empfand, weil er gleich wiederkommen würde.

Es klopfte sanft an der Tür.

»Herein«, rief sie, während ihr Puls sich beschleunigte.

Gideon schielte ins Zimmer und lächelte sie an. »Fertig?«

»Ja.«

Er trat ein, schloss die Tür und drehte den Schlüssel im Schloss. Dann trat er hinter den Paravent.

Sie hörte das Rascheln seiner Kleidung und fragte sich, wann sie sich wohl daran gewöhnen würden, sich voreinander auszuziehen.

Gekleidet in ein Nachthemd, trat Gideon hinter dem Schirm hervor und ging auf die leere Seite des Bettes zu. Er blies die Kerze aus und im Raum wurde es dunkel, abgesehen von dem schwachen Mondlicht, das durch die Spitzenvorhänge an den Fenstern schimmerte. Als er sich auf das Bett setzte, senkte sich die Matratze und bewegte sich, während er sich richtig hinlegte.

Zunächst lagen sie steif nebeneinander und vermieden es, sich zu berühren. Das Federkissen war härter, als sie es gewohnt war, wenn auch weicher als das auf Gideons Bett. In einem plötzlichen Anflug von Nostalgie fragte sich Darcy, ob sie sich wohl jemals ohne Gefahr Dinge von zu Hause schicken lassen konnte. *Sei dankbar. Ich habe einen feinen, mich schützenden Mann und eine ganze Stadt, die auf mich achtet. Ich brauche mein Lieblingskissen nicht.*

Als sich ihre Augen an die Dunkelheit gewöhnt hatten, drehte sich Darcy herum, um ihren Mann anzusehen. »Das ist peinlich.«

»Ja«, sagte er und drehte den Kopf zu ihr.

»Was ist, wenn sich einer von uns heute Nacht bewegt?«

»Dann schätze ich, werden wir wohl näher beieinander liegen, als wir es jetzt tun«, scherzte er.

»Hast du jemals neben jemandem geschlafen? Wahrscheinlich nicht«, antwortete Darcy. »Ihr wart nicht so arm, dass du das Bett mit deinen Geschwistern teilen musstest, als du herangewachsen bist.«

»Ich nehme an, bei dir sieht es genauso aus.«

»Nein. Wir hatten immer reichlich Gästezimmer. Wir

werden wohl einige Zeit brauchen, um uns an das hier …«, sie klopfte auf die Matratze, »… zu gewöhnen.«

»Ist wahrscheinlich sehr nett im Winter, wenn es draußen friert.«

»Wahrscheinlich«, stimmte sie zu und stellte sich vor, wie sie sich aneinander kuschelten, um sich gegenseitig zu wärmen. »Glaubst du, dass wir uns bis dahin aneinander gewöhnt haben werden?«

»Das hoffe ich doch sehr.« Seine leisen Worte klangen leidenschaftlich.

»Ich auch.«

»Wie sieht es aus? Wollen wir einen Schritt in Richtung des Aneinandergewöhnens machen?«

Erregung durchzuckte sie. »An was hast du gedacht?«

»Komm näher.« Die Bettdecken raschelten, als er sich bewegte. Seine Hand glitt unter ihren Kopf, und er zog sie näher an sich heran.

Darcy rutschte an Gideons Seite und legte ihre Wange an seine Schulter, spürte seine männlichen Muskeln und seine Kraft zum ersten Mal. *Das ist definitiv härter als mein Kissen.* Sie unterdrückte ein Kichern. Zwischen ihren Körpern schien kein Platz für ihren freien Arm zu sein, daher legte sie ihre Hand auf seine Brust.

Sein Arm schlängelte sich um ihren Rücken und zog sie näher.

Zufrieden atmete sie seinen Geruch ein, hörte das regelmäßige Schlagen seines Herzens.

»Gut so?«

»Sehr gut«, sagte sie schläfrig. »Ich genieße den Augenblick.«

»So wie ich«, murmelte er, seine Stimme tief und rau.

Sie schwiegen.

Darcys Lider wurden schwer. Zu dem Geräusch von Gideons schlagendem Herzen schlummerte sie ein.

Gideons Herz sehnte sich nach dem Frieden des Waldes, in den er sich zurückziehen und der Welt fernbleiben konnte. Unter Menschen zu sein hatte ihn so erschöpft, dass er sich fühlte, als ob ihm all sein Blut ausgesaugt worden wäre. Die Reise von Crenshaw nach Hause erschien ihm unendlich.

Sobald sie ausstiegen, kam Jack Waite mit der Nachricht zu ihnen, dass keine Fremden in der Stadt aufgetaucht waren und dass alle weiterhin aufmerksam und auf der Hut sein würden. Diese Information gab Gid den bitter benötigten Auftrieb. *Darcy ist in Sicherheit, zumindest für heute. Vielleicht auch für morgen.*

Ein Sommerschauer durchnässte sie auf dem Weg vom Bahnhof zum Mietstall – und verwandelte die staubige Straße in Matsch. Gid hätte ebenso gut seine alten Kleider tragen können, denn der neue Anzug saugte genau die gleiche Menge an Wasser auf, und nun bedeckte Matsch seine Stiefel und bespritzte den Saum seiner Hose. Die Reisetasche, die er trug, wurde von der Feuchtigkeit immer schwerer, während Regentropfen sich auf der Umhängetasche sammelten und an deren Seiten herabrannen. Doch selbst das schlechte Wetter verdarb Gid nicht das Gefühl des Wohlbefindens, obwohl er wusste, dass Darcys Sicherheit nicht für lange garantiert war.

Auf halbem Weg zum Mietstall, gerade als Gideon vorschlagen wollte, das Weiterziehen des Sturms bei den Nortons abzuwarten, hörte es auf zu regnen. Erleichtert führte er seine Frau um eine Pfütze herum, begierig, die letzte Etappe ihrer Heimreise anzutreten.

Darcy schenkte ihm ein schnelles Lächeln. »Ich gehe zu den Nortons und ziehe mein Reitkostüm an.«

Er reichte ihr die Umhängetasche. »Ich werde Mack bezahlen und dich mit unseren Reittieren abholen.«

Sie winkte ihm zum Abschied zu. Ihr Kleid raffend, damit

der Saum nicht über die Straße schleifte, eilte Darcy davon.

Gid trat durch die offene Tür des Mietstalles, wo er Mack mit einem Mann reden sah, der ihm unbekannt war – nicht dass er allzu viele der Leute aus der Gegend gekannt hätte.

Der Mann – nach den Chaps, die er trug, zu schließen, ein Cowboy – war ungefähr in Gids Alter, blond, mit einem Gesicht, das Frauen wahrscheinlich gutaussehend fanden. »Nun, Mack, wenn meine Freunde nicht in drei Tagen auftauchen«, teilte er dem Stallbesitzer mit, »komme ich vorbei und zahle Ihnen mehr. Wir behalten die Pferde hier, bis sie auftauchen, hoffentlich in wenigen Tagen.« Er schloss sein Geschäft ab, indem er Mack ein paar Münzen gab.

Mack nickte, nahm das Geld und stopfte die Münzen in seine Tasche. Er deutete auf Gideon. »Frank McCurdy, das hier ist Gideon Walker.«

Bei der Erwähnung von Gids Namen warf McCurdy ihm einen scharfen Blick zu. Etwas raubtierhaftes lauerte in seinen goldenen Augen.

Das Lächeln, das die Lippen des Mannes kräuselte, ließ Gid die Nackenhaare zu Berge stehen. Er versteifte sich, verengte die Augen und nickte.

»Frank hat einen Besitz in der Nähe der Flanigans.« Mack bemerkte den feindlichen Austausch von Blicken zwischen den beiden Männern offenbar nicht, denn sein Ton war freundlich.

»Walker.« McCurdy nickte und schob sich an Gid vorbei, seine Körperhaltung arrogant. Er verließ den Stall durch die Tür, ohne einen einzigen Blick zurückzuwerfen.

Gid starrte dem Mann hinterher. Jonah hatte etwas von bösem Blut zwischen Seth Flanigan und seinem Nachbarn Frank McCurdy erwähnt – irgendetwas, das mit einem Saloonmädchen zu tun hatte. Er versuchte, sich an die Einzelheiten zu erinnern, dann tat er sein Unbehagen mit einem Achselzucken ab. Er hatte sich den Kopf über wichtigere Dinge zu zerbrechen als über den Stadthalunken.

Mack folgte seinem Blick. »Wird diesen Pferden gut tun, ein paar Tage hier zu sein. Frank behandelt s'e nicht gut. Man kann keinen Mann respektieren, der sich nicht ordentlich um seine Pferde kümmert.«

Gid stimmte ihm zu und nickte kurz.

Mack bedeutete Gid, ihm zu folgen. »Ihre beiden sind in der Koppel. Sie haben da ein verteufelt gutmütiges Muli. Hatte gestern ein paar Boxen frei und habe ihn in einer untergestellt, den Wallach in einer anderen. Meine Stallkatze hat einen richtigen Narren an ihm gefressen, sprang auf die Abtrennung zwischen den Boxen, und rieb sich an Emersons Gesicht als wäre er ein Mensch, der eine Schüssel Milch in der Hand hält. Hat letzte Nacht in seiner Box geschlafen. Ihr Emerson schien die Katze auch zu mögen.«

Gid lächelte. Ihm gefiel das Bild. Vielleicht sollte er sich eine Katze zulegen. Darcy würde das gefallen »Sie haben nicht zufällig ein Kätzchen, das Sie erübrigen könnten.«

»Ein halbes Dutzend von den Viechern laufen einem hier zwischen den Beinen rum. Sind fast soweit, ihre Mutter zu verlassen. Kommen s'e nächste Woche und holen s'e sich eine ab.«

»Das werde ich tun.«

Draußen auf der Koppel sah Gid vier Pferde und zwei Mulis, die sich unter den Bäumen drängten. Er pfiff so, wie er es immer tat, um Emerson zu rufen. Der Kopf des Mulis ruckte hoch, und er zockelte zu ihm herüber, stieß die Nüstern über den Zaun und schnüffelte.

»Hey, alter Junge.« Gid rieb Emersons Nase und Kopf, froh, einen kleinen Teil seiner gewohnten Welt wieder zurückzuhaben. »Habe gehört, du magst Katzen.«

Mack kam mit Emersons Zaumzeug, Decke und Sattel nach draußen, gefolgt von Sam, dem Stallburschen, der die Sachen des Wallachs schleppte.

Während Gid ein paar Münzen hervorzog, um Mack zu bezahlen, sattelten die beiden Männer die Reittiere.

Anstatt den kurzen Weg zum Pfarrhaus zu reiten, entschloss sich Gid dazu, zu Fuß zu gehen und Muli und Pferd zu führen. Er war nur ein paar Minuten von seiner Frau getrennt gewesen, und er war überrascht, wie sehr er sie bereits vermisste.

Er erspähte McCurdy, der gerade den Saloon betrat, und das Gefühl der Unruhe beschlich ihn aufs Neue, auch wenn er nicht wusste warum. Er hatte den Mann nie zuvor gesehen und würde ihn wahrscheinlich auch nie wieder sehen – zumindest nicht für eine ganze Weile.

Trotzdem wollte Gid dringend zu Darcy. Er musste sie sicher nach Hause bringen.

Kapitel Sechzehn

Am nächsten Morgen, nachdem sie ein Frühstück aus Maisbrei und Spiegeleiern beendet hatten, warf Darcy Gid einen neugierigen Blick zu. »Bisher war unser gemeinsames Leben der reinste Wirbelwind. Aber nun hat uns das normale Leben wieder. Oder zumindest *dein* normales Leben. Ich muss mir erst eine Routine aufbauen. Was würdest du üblicherweise heute tun, wenn ich nicht hier wäre?«

Er sah aus dem Fenster, als läge dort die Antwort. »Ich würde schwarze Heidelbeeren pflücken. Für die ist gerade Erntezeit.«

»Nun, dann lass uns schwarze Heidelbeeren pflücken, was immer das ist.«

»Du wirst sie mögen. Sie sehen aus wie Heidelbeeren, haben eine ganz dunkelblaue, manchmal fast schwarze glatte Haut und schmecken etwas kräftiger als Heidelbeeren. Aber …« Er zögerte. »Die Büsche halten sich ganz dicht am Boden, und die Beeren wachsen oft zwischen den Blättern. Das Pflücken von schwarzen Heidelbeeren ist eine dreckige, schweißtreibende, stachelige und Rückenschmerz verursachende Angelegenheit.«

Sie atmete langsam aus. »Nun, du hast mich gewarnt.«

»Wir werden aber frühestens in einer Stunde aufbrechen.«

»Warum das?«

»Jonah, mächtiger Jäger, der er ist, hat so ziemlich alle Bären hier in der Gegend erlegt, aber ein paar sind noch übrig und die haben große Reviere. Und sie sind früh unterwegs, um Futter zu suchen. Wir werden warten, bis sie weitergezogen sind. Dann können wir zwar immer noch auf einen treffen, aber das Risiko ist nicht ganz so groß.«

Bären! Darcys Entsetzen musste sich auf ihrem Gesicht gespiegelt haben. »Wir können sicher etwas anderes finden, das wir heute tun können.«

Gid lehnt sich zu ihr, um beruhigend ihren Arm zu berühren. »Ich werde in deiner Nähe bleiben. Wenn einer da draußen ist, interessiert er sich mehr für die Beeren als für uns. Wenn du einen siehst, lass einfach deinen Eimer fallen und ziehe dich langsam zurück.«

Sie schüttelte den Kopf.

Er schenkte ihr ein sanftes Lächeln. »Du kannst zu Hause bleiben.« Sein Gesichtsausdruck wechselte, wurde härter. Er hob die Hand in einer Halt gebietenden Geste. »Ich vergesse deinen Bruder. Ich lasse dich hier nicht allein. Wir werden dieses Jahr auch ohne schwarze Heidelbeeren auskommen.«

Ich habe sein Leben schon genug durcheinander gebracht. »Nein, nein. Das ist schon in Ordnung«, sagte Darcy, ihre Bedenken verbergend. »Ich möchte Beeren pflücken.«

Er lehnte sich in seinem Stuhl zurück und betrachtete sie skeptisch. »Zieh dein ältestes Kleid an.«

»Gid, ich habe keine alten Kleider. Ich habe neue Arbeitskleider.« Mit einem halben Lachen wies sie auf das graue geblümte Baumwollkleid, das sie trug. »Und neue Schürzen.«

»Nun«, sagte er gedehnt. »Bei dieser Art von Arbeit werden sie schon bald alt sein. Dann zieh das an, das dir am wenigsten gefällt, und ich stelle uns ein Picknick zusammen.«

»Ich kann das Essen vorbereiten. Dieses Kleid ist schon in Ordnung.«

Er lächelte und schüttelte den Kopf. »Beerenpflücken verlangt nach einer bestimmten Art Essen. Wir werden den Laib Brot mitnehmen, den Lina uns mitgegeben hat, und mehr verrate ich nicht.«

»Du magst, weiß Gott, Überraschungen.«

Ihr Lächeln musste die Freude verraten haben, die sie empfand, denn seine Augen funkelten. »Nein. Aber ich mag es sehr, *dich* zu überraschen.«

Die Wärme dieser Aussage begleitete Darcy während der ganzen Zeit, in der sie ihre Vorbereitungen traf. Sie musste in die Werkstatt gehen und die Reisetruhen nach der Schachtel durchsuchen, die den breitkrempigen Strohhut enthielt, und versprach sich selbst, dass sie bald all ihre Besitztümer auspacken und organisieren würde.

Als sie zum Haus zurückkehrte, war Gideon bereit aufzubrechen. Er reichte ihr zwei Metalleimer und behielt selber zwei; einer enthielt ihr Essen, eingeschlagen in saubere Tücher. Er hatte sich eine alte Decke über die Schulter geworfen und trug sein Gewehr an einem Schulterriemen über der Decke.

Sie gingen in den Wald. Er führte sie unter die Bäume, in eine andere Richtung als die, in der der Teich lag. Dennoch war der Weg nicht weniger schön. Sie waren noch nicht weit gelaufen, als Gideon neben einem über Felsen sprudelnden Bach anhielt.

Sonnenlicht schien durch die Äste der Bäume und beleuchtete einen Busch mit kleinen hellgrünen Blättern und leuchtend blauen Beeren. Gid zeigte darauf. »Da sind wir. In der Natur gewachsenes Essen. Man kann es einfach pflücken.«

Er lehnte sich vor und pflückte ein paar Beeren, die er ihr anbot.

Sie nahm eine von seiner Handfläche und warf sie in ihren Mund. Die Haut war warm von der Sonne, und der Geschmack explodierte auf ihrer Zunge. »Ein Gottesgeschenk, in der Tat.«

Gideon deutete auf andere Ansammlungen von Büschen. »Wenn du mich brauchst, ruf einfach.« Er hängte den Eimer, der ihr Picknick enthielt, an einen Ast, und ließ die Decke darunter zu Boden fallen.

Sich an die Bären erinnernd, beschloss Darcy, ihn nicht aus den Augen zu lassen. Sie beugte sich vor, hob die Blätter an und zog die Beeren ab, dann ließ sie sie in den Eimer fallen, wo sie mit einem Plink-Plink auf dem Boden landeten. Als der Eimer voller wurde, änderte sich das Geräusch zu dunklen Plops.

Ab und zu konnte sie nicht widerstehen, eine besonders saftige Beere zu essen. Manche schmeckten säuerlich. Ihr Mund verzog sich, als die erste würzige Beere sie überraschte. *Genieße den Augenblick. Genieße den Geschmack.* Der Tag war schön, und gemeinsam mit ihrem Mann sammelte sie Vorräte in einem atemberaubenden Teil des Waldes im Territorium von Montana – eine Erfahrung, die sie mehr erfüllte als all ihre Tagträume von einem einfachen Leben.

Ihr Rücken begann zu schmerzen, und sie hockte sich hin, doch schon bald protestierten ihre Beinmuskeln, und sie kniete sich auf getrocknete Blätter und Kiefernnadeln, wechselte ihre Stellung, als eine sie piekte. Der Boden war noch feucht vom gestrigen Regen, und die Feuchtigkeit zog in ihre Schürze und ihr Kleid.

Gid war außer Sicht- und Hörweite, aber sie wusste, dass er sich nicht weit entfernt hatte. Dennoch bedrückte sie das Schweigen des Waldes, und plötzlich fühlte sich Darcy allein.

Gid streckte sich gerade vornübergebeugt nach einem Haufen tiefhängender schwarzer Heidelbeeren, als er Darcys abrupten Schrei hörte.

Ein Bär! Das Herz schlug ihm bis zum Hals, und er richtete sich so schnell auf, dass sein Rückgrat knackte. Den Eimer fallenlassend, griff er nach seinem Gewehr und stürmte zu ihr. »Darcy!«, rief er, als er krachend durch die Büsche an ihre Seite eilte. Wild sah er sich nach der Gefahr um, doch weder erblickte er ein Zeichen von einem Bären oder einer anderen Kreatur, noch vernahm er ein Rascheln in den Büschen, das verriet, dass ein Tier floh.

Darcy stand wie eingefroren da, die grauen Augen aufgerissen, den Eimer an die Brust gepresst.

»Was ist los?«

Sie deutete auf eine Spinne, die in der Mitte ihres Netzes saß.

Schwach vor Erleichterung, konnte Gid nicht anders, als sie in seine Arme zu ziehen. Er musste am eigenen Leib spüren, dass sie in Sicherheit war.

Der Hut rutschte ihr vom Kopf, und sie schmolz in seine Umarmung, legte ihre Wange an seine Schulter und vergrub das Gesicht in seinem Hals.

Schweigend standen sie beieinander. Langsam schlug sein Herz wieder normal.

Darcy zog sich nur so weit zurück, dass sie sein Gesicht sehen konnte. »Das ist mir so peinlich. Ich habe noch nie im Leben geschrien. Aber ich habe aufgeschaut und da hockte diese Spinne direkt vor meinem Gesicht, fett und braun und haarig.« Sie schauderte dramatisch. »So groß sind sie im Osten nicht!«

Seine Arme umschlangen sie fester. »Du bist in Sicherheit. Ich werde es nicht zulassen, dass die große böse Spinne dich anfällt«, ärgerte er sie.

Sie sah zu ihm auf und krauste die Nase. »Sie hat mich überrascht.« Ihr Mund war blau verschmiert.

Gid konnte nicht widerstehen, ihr einen Kuss auf die süßen Lippen zu drücken. »*Du* hast mich überrascht – das hat mich zehn Jahre meines Lebens gekostet. Wegen dir ist mein Haar grau geworden.«

Mit einem gespielt verärgerten Blick sah sie ihn an. »Das war es schon.«

Er war froh, den Humor in ihrer Stimme zu hören.

»So ist es in Erwartung deiner Ankunft geworden«, gab er zurück und berührte ihre Nase mit seinem Finger. »Kein Geschrei mehr wegen Spinnen, verstanden?«

Sie lächelte ihn belämmert an. »Versprochen. Normalerweise bin ich überhaupt nicht ängstlich.«

»Komm.« Gid zog sie am Arm zur Spinne hinüber.

Darcy wehrte sich, bevor sie kapitulierte und ihm folgte.

»Siehst du das?« Er deutete auf das Netz. »Hast du dir schon je ein Spinnennetz richtig angeschaut – die Kunstfertigkeit, mit der es gewebt ist, studiert?« Ohne die zarten seidenen Fäden zu berühren, folgte er dem Muster mit seinem Finger. »Eine Spinne ist ein Wunder von Gottes Schöpfung. Kein Mensch könnte spinnen, wie es diese kleine Kreatur kann.«

»Und dann frisst die *Spinne* jeden kleinen Käfer, der das Pech hat, in ihre Falle zu gehen«, gab Darcy zurück.

»*Käfer* ist hier das Schlüsselwort, meine Liebe.« Das Kosewort entschlüpfte ihm einfach. »Keine Menschen.«

»Ich weiß. Ich weiß, wie dumm ich war«, sagte sie leichthin.

Er klopfte ihr auf die Schulter. »Bereit, wieder an die Arbeit zu gehen, Weib?«

Darcy warf ihm ein keckes Lächeln zu und schlenderte in sichere Entfernung von der Spinne. Sie kniete nieder und durchsuchte die Blätter nach weiteren Beeren.

Gid zwang sich dazu, seine Gedanken von ihr zu lösen, und ging dahin zurück, wo er seinen Eimer hatte fallen lassen, dann zwang er sich dazu, sich aufs Beerenpflücken zu konzentrieren – was nicht einfach war. Doch wenigstens erlaubte er es seinen Händen nicht, untätig zu sein, und der Eimer füllte sich nach und nach.

Eine Stunde später entschied Gid, dass sie eine Mittagspause brauchten. »Komm, wir säubern uns und essen«, rief er Darcy zu, die ungefähr sechs Meter von ihm entfernt arbeitete. Er ging zu ihr und kippte den größten Teil seiner Beeren in ihren Eimer, den er damit bis zum Rand füllte, wodurch nur ein paar Zentimeter in seinem zurückblieben. Er nickte zum Bach hinüber und hielt seinen Eimer hoch. »Ich werde die hier waschen.«

Am Bach hockte sich Gid hin, wusch seine Hände und spritzte sich Wasser ins erhitzte Gesicht. Danach tauchte er so vorsichtig den Rand des Eimers in den Bach, dass gerade genug Wasser hineinfloss. Er wirbelte die Beeren mit seinen Fingern herum. Dann kippte er den Eimer, damit das Wasser abfloss, wobei er seine Hand benutzte, um die Beeren im Inneren zu halten.

Er stand auf.

Ein wenig stromaufwärts stand seine Frau über das Wasser gebeugt und ließ ihre Hände darin herumwirbeln.

Der Anblick ihres gerundeten Pos verursachte ein Ziehen in seinen Lenden. Er wollte zu ihr gehen, seine Hände über ihren Körper gleiten lassen.

Damit er nicht mit einem lüsternen Blick auf seinem Gesicht ertappt wurde, sah Gid fort. Um sich abzulenken, trug er den Eimer mit den sauberen Beeren in den Schatten, stellte ihn ab, breitete eine Decke auf dem Gras aus, bevor er den Eimer mit dem Essen vom Ast nahm und hineingriff.

Gid setzte das Paket auf dem Boden ab und wickelte es aus dem Tuch. Zu Hause hatte er Sandwiches mit Butter gemacht, auf die er Zucker gestreut hatte. Nun nahm er die Scheiben auseinander, ließ eine Handvoll Beeren darauf fallen und verteilte sie gleichmäßig, bevor er die Hälften wieder zusammenlegte und sie auf den sauberen Tüchern ablegte, die sie als Teller benutzen würden.

Er trug den Essenseimer zum Bach, um Trinkwasser zu schöpfen. Zurück bei der Decke angekommen, wartete er darauf, dass Darcy fertig wurde.

Ohne Hut kam sie auf ihn zu, ihre Wangen rosig und die feuchte Schürze mit Beerensaft befleckt. Gras- und Erdflecken ließen erkennen, dass sie gekniet hatte.

Ihn überfiel ein plötzliches Verlangen, sie zu küssen.

»Das sieht köstlich aus«, sagte sie und streckte sich, um ihren verdrehten Rücken aufzulockern. »Dürfen wir danach ein Nickerchen machen?«

Du schon. Ich werde Wache halten. »Ja.«

Darcy sank auf den Boden und breitete ihre Röcke aus. »Ich war schon ewig nicht mehr auf einem Picknick. Als ich noch zu welchen gegangen bin, waren wir immer faul – saßen herum und redeten oder spielten Krocket. Aßen Berge von Essen aus riesigen Weidenkörben. Aber niemals nachdem wir *gearbeitet* hatten«, sagte sie, dem Wort eine scherzhafte Betonung gebend.

Er reichte ihr ein Sandwich, das in ein sauberes Tuch eingeschlagen war. »Eine Tradition, mit der ich vor Jahren begonnen habe.«

Darcy nahm das Sandwich entgegen, hob ein Stück des Brotes an und spähte darunter. Mit gehobenen Augenbrauen sah sie ihn an. »Mehr Beeren?«

Er lachte über ihren erstaunten Gesichtsausdruck. »Probier mal.«

Sie nahm einen Bissen. Während sie kaute, weiteten sich ihre Augen. Schluckend sagte sie: »Das ist phantastisch. Süß und gleichzeitig würzig.« Sie leckte einen violetten Tropfen von ihren Fingern. »Entschuldige meine schlechten Manieren.«

»Beerenpflücker-Manieren. Keine schlechten Manieren.«

»Wie gut, dass das Brot das Meiste des Saftes aufsaugt.« Sie strahlte ihn an. »Deine Beerenpflück*tradition* gefällt mir, Gideon.«

Sie aßen in geselligem Schweigen, teilten sich das Trinkwasser aus dem Eimer.

Anschließend rollte sich Darcy, eine Hand unter ihre Wange geschoben, mit einem zufriedenen Seufzer zusammen.

Auch wenn er wusste, dass er zurück an die Arbeit gehen sollte, verweilte Gid ein wenig länger und betrachtete diese Frau, die seine Ehefrau geworden war. Er hatte gedacht, dass Darcy durch ihre Gegenwart seine Isolation aufheben würde, und das hatte sie in der Tat getan. Doch nun begriff er, dass Einsamkeit nicht bedeutete, dass man allein sein musste und dass Kameradschaft – mit der richtigen Person – nur das Einssein mit der Natur und dem Göttlichen verstärkte.

Kapitel Siebzehn

Am selben Nachmittag schaute Jack Waite mit noch mehr Interesse als gewöhnlich aus dem Bahnhofsfenster dem ankommenden Zug entgegen. Er saß bevorzugt am Fenster, bevor er hinausging, um die Postsäcke abzusenden und entgegenzunehmen oder den eintreffenden und abfahrenden Fahrgästen zu helfen. Aufmerksam hielt er Ausschau nach den Strolchen, die darauf aus waren, Darcy Walker etwas anzutun.

Er hatte stets ein wachsames Auge auf die Leute, die aus dem Zug stiegen, nicht nur, weil das sein Job war, sondern auch, weil Sheriff Mather ihn darum gebeten hatte. Wenn ihm jemand verdächtig vorkam, wollte der Sheriff das erfahren, und trat des Öfteren an diejenigen, auf die Jack ihn aufmerksam gemacht hatte, heran.

Die Art, wie beide zusammenarbeiten, hatte eine Menge potenziellen Ärger verhindert. Jack betrachtete sich gerne als Deputy Sheriff – ohne Stern selbstverständlich –, der dabei half, dass Sweetwater Springs eine friedliche Stadt blieb. Zwei Jobbezeichnungen waren ihm allerdings genug. Er musste nicht eine weitere hinzufügen. Wenn man es genau betrachtete, würde ein dritter Titel dazu führen, dass er mindestens eine Minute brauchte, um sich jemandem vorzustellen.

Drei Männer stiegen aus dem Zug.

Ein Schauer rann Jacks Rückgrat herunter, und er wusste ohne jeden Zweifel, dass gerade eine Bedrohung in Sweetwater Springs angekommen war.

Der Mann im schicken Anzug mit Bowler, der als erster ausgestiegen war, hatte genug Ähnlichkeit mit der neuen Mrs. Walker, um Jack in Alarmbereitschaft zu versetzen. Doch die beiden Männer, die ihn begleiteten, bedeuteten definitiv Ärger – das hätte er selbst bemerkt, wenn er nicht nach den Verfolgern von Mrs. Walker Ausschau gehalten hätte.

Sie sahen aus wie gekaufte Schläger, auch wenn sie mit ihren dreiteiligen Anzügen wie Männer aus der Stadt gekleidet waren. Sie hatten dunkle Haut und dunkles Haar und große, fleischige Körper. Jack nahm an, dass sie dazu tendierten, andere mit ihren schinkengroßen Fäusten oder mit Totschlägern zusammenzuschlagen, als eine Waffe zu ziehen und zu schießen. Doch er hatte keinen Zweifel daran, dass sie auch Waffen bei sich trugen.

Der Wind offenbarte ihm, dass er Recht hatte, denn ein Windstoß ließ den Schoß der Jacke eines der Schläger hochwirbeln und legte dabei einen in einem Holster an seiner Hüfte steckenden Revolver frei.

Jack krallte seine Hände in das Fensterbrett, seine Finger gruben sich ins Holz, doch er nahm den Schmerz in seinen arthritischen Knöcheln kaum wahr. Er bereitete sich auf seine Aufgabe vor, sie freundlich in die Irre zu leiten, und warf sich förmlich in diese Rolle. *Gib vor, dass du ein Schauspieler bist und dass dieser Bahnsteig deine Bühne ist.*

Sein Herz hämmerte so laut, dass Jack sich fragte, ob das Geräusch ihn verraten würde. Er holte tief Atem, kleisterte ein Lächeln auf sein Gesicht, und schickte sich an, sich vom Fenster wegzudrehen.

Den Blick immer noch auf die Männer gerichtet, die stehengeblieben waren, um die Stadt aus zusammengekniffenen

Augen zu begutachten, bemerkte Jack nicht, wie sich ihm schnelle Schritte von hinten näherten, bis es zu spät war. Er begann sich umzudrehen, doch bevor er seinen Angreifer sehen konnte, traf ihn etwas Schweres am Hinterkopf.

Schmerz schoss durch seinen Schädel, dann wurde alles schwarz.

Später am selben Tag, als die Schatten länger wurden, kehrten Darcy und Gideon auf dem gleichen Weg nach Hause zurück, auf dem sie es verlassen hatten, doch diesmal waren ihre Eimer voller schwarzer Heidelbeeren und ihre Bäuche leer. Als sie diesmal durch den Wald gingen, war Darcy zu müde, um die Schönheiten ihrer Umgebung zu bewundern. Jeder ihrer Muskel schmerzte, und ihre Kleidung und ihre Haut waren klebrig von getrocknetem Saft und mit Schmutz bedeckt. Sie sehnte sich nach einem Bad, und trotz Gideons Versicherung, dass sie seine Wanne genießen würde, wünschte sie sich ein Bad mit einer auf Klauenfüßen stehenden Badewanne und einer Menge heißem Wasser herbei.

Darcy stieg über ein kleines Stück Holz, bedacht darauf, ihre Eimer – die immer schwerer wurden, je weiter sie lief – nicht zu schwenken und dabei Beeren zu verschütten. Sie hatte zu hart für diesen Ertrag gearbeitet. Ungeachtet ihrer Erschöpfung war sie auch nie so zufrieden gewesen, eine Arbeit gut erledigt zu haben.

Aus ihren Gesprächen mit Gideon wusste sie, dass dieser Tag erst den Beginn der Beerenernte markierte. Sie mussten noch viele pflücken. Dann mussten sie eingelegt, zu Marmelade verarbeitet oder getrocknet werden … *Ich werde alle Arten kennenlernen, wie man schwarze Heidelbeeren konserviert,* versprach sie sich selbst. *Nur nicht heute Nacht.*

Dankbar dachte Darcy an das übriggebliebene Essen von ihrer Hochzeit, das sich noch in der Eisbox befand. *Gott segne Lina.* Wenigstens würde sie nach diesem harten Arbeitstag kein Abendessen kochen müssen. *Wie schaffen es Frauen, die Ernte aus Wald oder Garten einzubringen, Essen zu kochen, abzuwaschen und all die anderen unzähligen Aufgaben zu erledigen?* Sie dachte an den kleinen Adam. *Wie schaffen sie das alle, wenn sie Kinder haben?*

Weil sie es müssen. Weil sie keine Wahl haben.

Während sie sich dahinschleppte, begann Darcy zu begreifen, was Lina gemeint hatte, als sie über die nie enden wollende Arbeit einer Frau gesprochen hatte. *Ich werde mich sicher daran gewöhnen.*

Doch Darcy hatte ihre Zweifel.

Sie schaute zu Gideon. *Ich bin verheiratet. Ich habe mich selbst diesem Mann versprochen.*

Sobald sie aus den Bäumen traten, ging er an ihrer Seite und schenkte ihr ein aufmunterndes Lächeln.

Die Rückseite der Hütte erschien in ihrem Blickfeld – ein willkommener Anblick, denn ihre Hände begannen vom Griff um die Bügel der schwer beladenen Eimer zu verkrampfen. Dieser Blick auf das Haus mit seiner breiten Veranda und der darunter gelegenen Terrasse war genauso schön wie der von vorne. Sie konnte es kaum erwarten, sich in einen Stuhl fallen zu lassen und ihre Füße hochzulegen.

Sie gingen über die Wiese und einen leichten Anstieg hinauf. Rechts von sich sah sie etwas, das wie eine Reihe von Kisten aussah. »Was ist das?«

»Bienenstöcke.« Gideon scherte leicht in ihre Richtung aus.

Darcy hatte schon Bienenstöcke gesehen, wenn natürlich auch nicht aus allzu großer Nähe. Doch bei näherem Hinsehen erkannte sie, dass diese Bienen in Miniaturhäusern lebten, die auch Puppenhäuser hätten sein können. Sie lachte und etwas von ihrer Erschöpfung verschwand. »Wie überaus hübsch.«

Er zwinkerte ihr zu. »Glückliche Bienen machen süßen Honig.«

»Dann muss dein Honig etwas ganz Besonderes sein.«

»Wir haben noch ein paar von Trudys Brötchen übrig. Du kannst ihn beim Abendessen probieren.«

Darcy gefiel die Idee, bis ihr klar wurde, dass sie diejenige sein würde, die neue machen musste, wenn die Brötchen aufgebraucht waren. Sie seufzte bei dem Gedanken, selbst zu müde, um sich an der Herausforderung, in ihrer eigenen Küche zu backen, zu erfreuen.

Sie erreichten die Terrasse, stiegen die Steinstufen hinauf auf die offene Fläche, und überquerten die Veranda. Mit einem Stöhnen sank Darcy in den Schaukelstuhl und stellte die Eimer auf dem Boden ab. Sie bewegte ihre Finger, um die Krämpfe loszuwerden. »Ich bin so erschöpft, dass ich nicht glaube, dass ich mich noch weiter bewegen kann.«

»Mach's dir nicht zu gemütlich«, warnte Gideon sie.

Darcy glaubte, einen witzelnden Unterton in der Stimme ihres Mannes zu vernehmen, und sah ihn argwöhnisch an. »Warum nicht?«

»Weil ich dir ein Wannenbad versprochen habe.« Er stellte einen Eimer ab und streckte seine Hand nach ihr aus. »Jetzt komm schon. Steh auf.«

»Mit heißem Wasser?«

» Mit heißem Wasser«, versprach er.

Allein der Gedanke an Wasser hätte schon ausgereicht, sie dazu zu motivieren aufzustehen. Sie packte seine Hand und erlaubte es ihm, sie auf die Füße zu ziehen.

»Geh und such dir zusammen, was du brauchst. Ich stelle die Beeren in die Eisbox, dann zeige ich dir, wo du baden kannst.«

Darcy konnte es kaum erwarten, ihre schmerzenden

Muskeln einweichen zu lassen. Sie öffnete die Tür, eilte ins Haus und sammelte saubere Kleidung zusammen, ein Handtuch, einen Waschlappen und Fliederseife.

Gideon zeigte zur Tür.

Diesmal nahmen sie die Treppe auf der rechten Seite der Terrasse, folgten einem Weg aus Steinplatten, der bis zu einem Bach führte, der von Büschen und Bäumen verdeckt wurde. Sie umrundeten einen der Bäume, und Darcy erblickte eine Pergola, die sich über den Bach spannte. Hier befand sich kein kleines natürliches Becken wie bei den Barretts, sondern eine von Menschenhand in den Felsen gemeißelte Wanne auf der einen Seite des fließenden Wassers. Nach dem Gefälle der Wanne zu schließen, nahm sie an, dass deren Fußende stromaufwärts zeigte.

Darcy keuchte. »Wie schön. Daran musst du sehr lange gearbeitet haben!«

Gideon zuckte die Achseln, doch ein Lächeln spielte um seinen Mund. »Mutter Natur hat mir von vorneherein ziemlich viel Hilfestellung bei diesem Felsen gegeben.« Er hielt einen Finger in die Höhe. »Schau mal.« Er schritt zu der Wanne und hob ein kleines Brett an, das passgenau in eine Öffnung an der Seite in der Nähe des Fußendes eingefügt war. Wasser strömte in die Wanne.

»Aber wie machst du es heiß? Gibt es hier heiße Quellen wie bei Lina und Jonah?«

»Ja. Obwohl ich das heiße und kalte Wasser für eine angenehme Temperatur eher wie die Dunns kombiniere. Jonah hat mir mal beschrieben, wie die Dunns es machen, und ich musste ausprobieren, ob ich etwas ähnliches machen konnte.« Er ging ein Stück stromaufwärts, wo ein weiteres Holzbrett einen kleinen Kanal blockierte. Gideon räumte ein paar Felsbrocken aus dem Weg, dann zog er das Holzbrett nach oben. »Hier kommt das heiße Wasser.«

»Ah, wie schlau.«

Er veränderte seine Position und tippte gegen ein weiteres Brett, das sich an der Seite nahe des Kopfendes der Wanne befand. »Wenn du das Wasser aus irgendeinem Grund ablassen willst, oder weil du fertig bist, musst du nur das hier anheben.«

Fasziniert beobachtete Darcy, wie das Wasser stieg.

Gideon lächelte ihr zu. »Ich gehe jetzt. Mach dir nicht die Mühe, alles wieder in den ursprünglichen Zustand zurückzuversetzen. Ich stelle alles wieder richtig ein, wenn ich an der Reihe bin. Komm einfach zum Haus zurück, wenn du fertig bist.«

Darcy wartete ein paar Minuten, bis sie sicher war, dass er fort war, dann entledigte sie sich schnell ihrer Kleidung. Vielleicht hätte sie einfach in ihrem Kleid, ihrer Schürze und allem anderen ins Wasser waten sollen, denn dann hätte sie ihre dreckigen Sachen gemeinsam mit ihrem Körper reinigen können. Aber sie war zu müde, um sich um die Wäsche zu scheren und ließ ihre Oberbekleidung in einem unordentlichen Haufen auf einem Felsen liegen.

Sie warf die Seife in die Wanne, legte Handtuch und Waschlappen daneben, und stieg aus ihrer Unterwäsche. Sich ihrer Nacktheit nur allzu bewusst, ließ sich Darcy ins Wasser gleiten. Es war heiß, aber nicht zu heiß. Perfekt, um sich darin einweichen zu lassen.

Mit einem genüsslichen Seufzer saß Darcy da, dann lehnte sie sich zurück. Sie schloss für ein paar Minuten die Augen, genoss die Wärme des Wassers auf ihren schmerzenden Muskeln, dann öffnete sie die Augen, nahm das Stück Seife und atmete den Geruch nach Flieder ein.

Sich einseifend, studierte sie ihre Umgebung. So wie sie Gideon kannte, musste es noch mehr Besonderheiten an diesem Ort geben, als sie zunächst wahrgenommen hatte. Dieses Mal sah sie ein paar Wildblumen, die in der Nähe gepflanzt worden waren, und eine Gruppe geschnitzter

Giftpilze. War das da auf dem Ast ein echter Vogel? Als die Gestalt sich nicht bewegte, schloss Darcy, dass dem nicht so war.

Er hat ein Händchen für so etwas, sogar bei reinen Gebrauchsgegenständen.

Darcy dachte an das Frühstück, das sie gestern Morgen gemacht hatte – ihre Freude, als sie die Schnitzereien an den Griffen der hölzernen Löffel und Pfannenwender entdeckt hatte. *Wie lange werde ich brauchen, bis ich alle von Gideons versteckten Schätzen gefunden habe?*

Und doch spürte sie, dass ihr Ehemann, selbst wenn sie alles entdecken würde, ihr mit seinen Geheimnissen wahrscheinlich immer einen Schritt voraus sein würde. Mit einem Lächeln legte sie den Kopf zurück. *Ein Leben voller Magie bewirkt vielleicht einen großen Unterschied in einem Leben voller harter Arbeit.*

Kapitel Achtzehn

»Darcy!«

Gideon Schrei und ein hämmerndes Geräusch rissen sie aus dem Schlaf. Sie setzte sich auf und sah ihren Mann, der, nur in Hosen gekleidet, durch den Raum auf die Haustür zustürzte.

Was macht er denn da? Ihre Nasenlöcher prickelten von dem Geruch nach Rauch. *Hat er das Frühstück anbrennen lassen?* Sie öffnete den Mund, um ihn zu fragen, doch der Rauch, den sie roch, war dichter und stärker als der, der von einem Herd aufstieg.

»Steh auf!«, befahl er. »Das Haus brennt.«

Was? Darcy schüttelte den Kopf und versuchte, den Sinn hinter seinen Worten zu verstehen. Sie atmete ein weiteres Mal Rauch ein, was sie husten und die Realität zu ihr durchdringen ließ. Mit pochendem Herzen kletterte sie aus dem Bett.

Vorsichtig öffnete er die Tür. Flammen schossen in die Höhe.

Darcy schrie.

Gid sprang zurück, knallte die Tür zu, hustete. Er eilte zur Hintertür, öffnete sie zentimeterweise, und stieß sie wieder zu.

Wir sitzen in der Falle!

Der Rauch wurde dichter, und Darcy legte sich einen Arm über die Nase.

Gid ergriff ein paar Geschirrtücher und tunkte sie in einen Wassereimer.

Darcy rannte zum vorderen Fenster und krümmte ihre Finger um das Holz, um den oberen Rahmen hochzuschieben.

»Nein!«, schrie Gideon, ließ die Handtücher und den Eimer fallen, stürzte durch den Raum auf sie zu und riss sie vom Fenster weg. »Vor den Türen sind Holz und Gestrüpp aufgetürmt, und ich habe Terpentin gerochen. Das Feuer ist gelegt worden. Sie sind da draußen und warten auf uns Darcy. Haben wahrscheinlich ihre Waffen auf die Fenster gerichtet.«

Gütiger Gott! Die Vorstellung ließ ihr das Blut in den Adern gefrieren. »Was sollen wir tun?«

Gideon ließ sie los. »Der Keller.« Er rannte zur Falltür, um sie aufzureißen. »Runter da!« Er schaufelte die nassen Geschirrtücher zurück in den Eimer.

Mit tränenden Augen und bemüht, flach zu atmen, schnappte sich Darcy ihr Kleid vom Haken.

Gideons Arbeitshemd hing neben ihrem Kleidungsstück, und sie packte es ebenfalls. Ihre Stiefel, in denen noch die Socken steckten, standen an der Wand. Sie hob sie auf und warf sie in Richtung der Öffnung.

»Guter Gedanke!« Ein Stiefel ging daneben, und Gideon trat ihn in das Loch. »Los jetzt. Beeil dich!«

Der Rauch wurde dichter, vernebelte den Raum.

Heftig blinzelnd griff sie nach zwei weiteren Dingen – nach dem Beutel mit ihrem Schmuck, der auf dem Regal lag, und nach *Walden* neben ihrem Bett – und eilte zu ihrem Mann.

Er fing sie seinen Armen auf und bedeutete ihr, *nach unten* zu gehen, bevor er zuerst zur Tür rannte und sein Gewehr packte, und danach zu den Bücherregalen, von denen er eine hölzerne Kiste hob.

Darcy hustete und spürte ein Brennen tief im Hals. Sie bedeckte ihre Nase und ihren Mund mit einem Stück Stoff. Allerdings musste sie ihren Arm senken, um die Leiter in den Keller hinabzusteigen. Sie kletterte in die Dunkelheit, wo sie gnädigerweise von den schlimmsten Auswirkungen des Rauchs verschont wurde. *Aber für wie lange?* Sie schob den Beutel hinter ein Glas mit Eingemachtem und legte das Buch auf eine freie Stelle auf dem Regal.

»Nimm das hier.« Gid reichte ihr den Wassereimer hinunter.

Darcy nahm ihm den Eimer ab und stellte ihn auf den Boden. Nachdem sie ihr Stück Stoff hineingetaucht hatte, griff sie nach der Kiste, die er ihr herunterreichte. Sie trat zur Seite.

Gid eilte die Leiter hinab und schloss die Falltür über seinem Kopf, wodurch er sie in Dunkelheit tauchte und den Rauch fernhielt. Er zog sie in seine Arme, hielt sie fest und küsste sie auf den Kopf.

Sie hielt sich an ihm fest, fühlte sich kalt vor Angst und Schuldgefühlen. »Es tut mir leid. Es tut mir leid. Es tut mir leid!«

Er drückte sie an sich, bevor er sie von sich fortschob, um in ihr Gesicht zu sehen. »Das hier ist das Werk deines Bruders, nicht deines.«

»Aber dein schönes Haus!«, klagte sie. »Ich habe dir den Ärger eingebrockt.«

»Du hast mir Freude gebracht.« Unsicher griff er in der Dunkelheit nach ihrem Gesicht, legte eine Hand auf ihre Wange und drückte ihr einen ungeschickten Kuss auf die Lippen. »Häuser kann man wieder aufbauen. Du bist unersetzbar.«

Sein Kompliment verlieh ihr ein Gefühl der Wärme,

allerdings nur für ein paar Sekunden. »Sind wir hier unten in Sicherheit?«

»Nein. Irgendwann wird auch der Boden anfangen zu brennen. Ich nehme an, dass dein Bruder oder wer auch immer von ihm angeheuert wurde, lange genug draußen warten wird, um sicherzugehen, dass wir tot sind.«

Sobald er zu reden aufhörte, drang die Dunkelheit auf Gid ein und nahm ihm die Luft weit mehr als der Rauch, den er eingeatmet hatte. Seine Lungen brannten, und er schnappte nach Luft. Das Blut rauschte in seinen Ohren. Er spürte, wie Darcys schlanker Körper zitterte.

Allein das Gefühl, sie in den Armen zu spüren, reichte schon aus, um das Grauen von ihm fernzuhalten. Er fragte sich, ob sie wohl spüren konnte, dass in ihm ein panisch brabbelndes Kind steckte – der Junge, der damit bestraft worden war, dass man ihn in den dunklen Keller sperrte, der nie gewusst hatte, wann er wieder herausgelassen würde oder welche weiteren *disziplinarischen Maßnahmen* ihn erwarteten, wenn das geschehen war. Egal wie inbrünstig er auch gebetet hatte, Gid war nie wie durch ein Wunder aus seiner Gefangenschaft befreit worden. Daher hatte er das Beten schon vor langer Zeit aufgegeben.

Aber Gott hat mir Darcy als mein eigenes kleines Wunder geschenkt. Bitte, Herr, beschütze sie.

Er drückte einen letzten Kuss auf den Kopf seiner Frau und ließ sie los, wobei er sich wünschte, eine Laterne hier unten gelassen zu haben. Aber vor dem heutigen Tag war er nur bei vollem Tageslicht in den Keller geklettert oder hatte zu den seltenen Gelegenheiten, zu denen er hier heruntergestiegen war, wenn es zu dunkel gewesen war, um etwas sehen zu können, eine Laterne mitgenommen. Gid atmete langsam und tief, um seine Gedanken im Zaum zu halten und sein rasendes Herz zu beruhigen. Wenigstens hatte er den Boden so solide gebaut, dass er die Flammen für ein paar weitere Minuten von ihnen fernhalten würde.

»Was sollen wir tun, Gideon?« Darcys Stimme klang schwach und verängstigt.

»Wir fliehen. Es gibt einen Weg hier raus. Aber zieh dich erst an. Wir werden den Extraschutz unserer Kleidung und Schuhe brauchen. Nur beeil dich. Wir müssen verschwinden, bevor sich das Feuer durch den Boden frisst.«

Wie ein Blinder kniete sich Gid hin und tastete nach seiner Kleidung. Er konnte hören, dass sie das Gleiche tat. Zusammen fummelten sie herum, um herauszufinden, wem welche Stiefel gehörten, und reichten dem anderen Sachen, die diesem gehörten.

Sie saßen auf dem Erdboden und zogen ihre Socken und Stiefel an. »Gut, dass du gestern Abend unsere Stiefel bereitgestellt hast.«

»Äh, ja. Es ist immer praktisch, saubere Socken und Schuhe in Reichweite zu haben.« Obwohl sie versuchte, leichthin zu sprechen, zitterte ihre Stimme.

Er bewunderte ihren Mut. *Viele Frauen wären mittlerweile in Hysterie verfallen.* Immer noch im Sitzen zog er sein Hemd an, knöpfte es eilig zu und half dann Darcy auf die Beine.

Das Geräusch knisternden Stoffes verriet ihm, dass sie gerade ihr Kleid anzog.

Gid tastete nach dem Eimer und langte hinein, um die Geschirrtücher an Ort und Stelle zu halten. Er berührte Darcys Schulter, um sich zu orientieren. »Mach die Augen zu.« Er kippte ihr den Inhalt des Eimers über den Kopf.

»Gid, uah!« Sie prustete, atmete tief durch und ergriff seinen Arm. »Hast du etwas für dich aufgehoben?«

Er antwortete nicht. Stattdessen bückte er sich nach der Kiste, die den Revolver enthielt, und sprach ein stummes

Dankgebet dafür, dass er seinen Instinkten gefolgt war und ihn gekauft hatte. *Statt Beeren zu pflücken, hätten wir schießen üben sollen.* Doch sogar jetzt, da ihre Leben in Gefahr waren, empfand er kein Bedauern darüber, wie sie den gestrigen Tag verbracht hatten – ihr einziger Tag, an dem sie ein normales Leben als Verheiratete in ihrem eigenen Haus hatten führen können.

Er entrollte den Revolvergürtel und legte ihn sich um die Hüften, ließ den Colt ins Holster gleiten – er hatte die Waffe bereits in dem Geschäft, in dem er sie gekauft hatte, geladen – und steckte etwas Ersatzmunition in seine Taschen. Dann tastete er auf dem Boden nach seinem Gewehr.

Sich wieder aufrichtend, berührte Gid die Leiter, um seinen Standort zu bestimmen, und quetschte sich dahinter. Er ließ seine Hände über die Holzpaneele an der Wand gleiten, bis er den kaum fühlbaren Riegel spürte. Dann schob er die Tür zur Seite. Die Luft in dem natürlichen Höhlensystem war nasskalt, aber frei von Rauch.

»Was machst du da?« Darcys Stimme zitterte.

»Das Haus ist über einem System schmaler Tunnel erbaut. Dessen Decke war hier, wo sich der Keller befindet, eingestürzt.«

»Wie klug von dir.«

»Damals war es bloß einfacher, als selbst einen Keller zu graben«, sagte Gid nüchtern. »Wir müssen ein Stück laufen, aber letztendlich werden wir im Wald herauskommen, hoffentlich an einer Stelle, an der sie uns nicht erwarten.«

»Wir werden ihre Flanke angreifen!«

Sogar unter den gegebenen Umständen musste er über ihren blutrünstigen Ton lachen. Auch wenn er eigentlich ein friedfertiger Mann war, so konnte er doch nicht anders, als ähnlich feindselige Gefühle zu hegen. »Leg deine Hand auf die Leiter und quetsche dich dahinter. Ich habe die Tür zu den Tunneln geöffnet.«

Gid trat durch den Ausgang und lehnte das Gewehr an die Wand. Er war diesem Tunnel nur einmal gefolgt – mit einer Laterne – und hatte das andere Ende blockiert, damit keine Tiere eindrangen. Das bedeutete, dass in der Ferne kein kleines Licht leuchtete, das ihnen den Weg in die Freiheit weisen würde.

Kapitel Neunzehn

Während Lina Barrett bei dem halben Fass an der Pumpe stand und einen Krug mit Waschwasser füllte, summte sie ein munteres Lied. Ihr Körper vibrierte immer noch von den frühmorgendlichen Vergnügungen mit ihrem Ehemann, und sie konnte nicht anders, als über all das Glück nachzudenken, das ihr Leben nun erfüllte. Mit jedem Tag, der verging, empfand sie mehr Liebe für Jonah, für Adam ... und hoffentlich würde bald ein weiteres Baby auf dem Weg sein, um ihre Familie zu vergrößern. Wieder einmal dankte sie der *Madonna* dafür, dass sie sie hierher nach Sweetwater Springs geführt hatte.

Sie schaute in Richtung der Bäume und von Gideons Haus und fragte sich, wie es ihm und Darcy ging und ob sie schon aus Crenshaw zurückgekehrt waren. *Das werden wir in zwei Tagen wissen, wenn wir Darcy zur Kirche abholen*, erinnerte sie sich selbst, und überlegte, ob Gideon seinen zehnjährigen Winterschlaf abbrechen und den Gottesdienst mit seiner Frau besuchen würde.

Vielleicht kann ich Jonah überreden, sie heute zu besuchen. Ich würde gerne Darcys neues Heim sehen und hören, was sie zu erzählen hat. Wenn ihr Mann keine Zeit hatte, konnte sie eventuell Adam nehmen und alleine gehen. Sie hörte auf zu pumpen, als sie sich daran erinnerte, in welcher Gefahr Darcy sich befand, und begriff, dass Jonah ihr nicht erlauben würde, die Farm ohne seinen Schutz zu verlassen.

Während sie ihren Blick über den Wald schweifen ließ, entdeckte Lina, dass sich ein Kringel Rauch an der Stelle erhob, an der Gids Haus stehen musste. *Ah, sie sind zu Hause.* Sie seufzte erleichtert in dem Wissen auf, dass ihre Freundin wieder in ihrer Nähe war. *Sie müssen gestern zurückgekommen sein. Darcy hat den Herd befeuert und bereitet ein Frühstück vor. Ich frage mich, ob sie wohl Maisbrei kocht?*

Lina lächelte bei dem Gedanken daran, wie ihre Freundin das Essen zubereitete, das sie ihr gezeigt hatte, und pumpte weiter, um den Krug zu Ende zu füllen. Wieder sah sie zu den Walkers hinüber und bemerkte, dass der Rauch dicker und dunkler geworden war – eine unheilvolle Wolke, die in den klaren blauen Himmel hinauf waberte.

Linas Herz schlug wild gegen ihre Rippen. *Madonna, sie hat den Herd in Brand gesetzt!* Ein Gefühl der Schuld versetzte ihr einen Stich. *Darcy ist so unerfahren. Ich hätte ihr bessere Anweisungen geben sollen, wie man Feuer macht und überwacht! Ich hätte mit ihr gehen und an ihrem eigenen Herd üben sollen!*

Sie ließ den Krug in das halbierte Fass fallen und rief nach Jonah. Dann raffte sie ihre Röcke, wirbelte herum und raste zur Scheune hinüber.

Jonah stürzte aus der Tür auf sie zu. Angst verzerrte sein Gesicht. Er riss sie an sich. »Adam?«

Sie schüttelte den Kopf, mit dem Finger deutend.

Die Hände fest um ihre Arme geklammert, schaute er in die Richtung, in die sie zeigte. Seine Augen weiteten sich. »Lieber Gott!«

»Wir müssen sie retten!« Das Herz hämmerte in ihrer Brust.

Er sah zu ihr hinunter. »Ich gehe. Du bleibst hier.«

»Ich komme mit dir.«

»Nein.« Er schüttelte sie kurz, um seine Worte zu unterstreichen. »Nimm Adam und reite zu den Dunns, um Hilfe zu holen. Benutze die Abkürzung. Schaffst du das alleine?«

Jonah hatte begonnen, ihr das Reiten beizubringen, aber sie hatte erst ein paar Reitstunden gehabt und war ungefähr so fähig im Sattel wie ein Sack Bohnen. Aber um ihre Freunde zu retten, würde sie sich an das Pferd klammern, komme, was da wolle. »Ja!«

»Ich sattele die Pferd, du holst Adam. Beeil dich!« Er ließ sie los und rannte zur Scheune.

Lina zog ihre Röcke bis zu den Knien, eilte zum Haus, polterte die Stufen hinauf und ins Innere. Sie hatte damit begonnen, Maismehl zu kochen, bevor sie Wasser holen gegangen war, um Adam zu waschen. Nun stieß sie den Topf in die Ecke der Herdoberfläche, fort von der Hitze. Dann hetzte sie ins Schlafzimmer.

Adam schlief immer noch in seinem Beistellbett.

Lina beugte sich vor und hob ihn hoch. Dann griff sie nach dem Hasenfell und dem Moos, die sie auf den Nachttisch gelegt hatte, und stopfte beides in ihre Schürzentasche. Sie würde Adam wickeln, wenn sie bei den Dunns war.

Verschlafen protestierte ihr Sohn.

»Ich weiß, *Carissimo*. Ich weiß.« Sie legte sich den Jungen auf die Schulter und tätschelte ihm den Rücken.

Jonah stürzte ins Schlafzimmer, eilte um sie herum und riss die Schranktüren auf. Er griff nach seinem Revolvergürtel, den er auf dem oberen Regal aufbewahrte, und schnallte ihn sich um die Hüften.

»Was tust du? Wozu brauchst du Waffen?« Sie verstärkte den Griff um ihren Sohn. Ihr Mund fühlte sich plötzlich trocken an.

»Dieses Feuer könnte bewusst gelegt worden sein, Lina.

Diese hinterhältigen Nichtsnutze könnten versuchen, Darcy und Gid umzubringen.«

Gentile Signore! Sie wollte ihre Arme um ihren Mann schlingen und ihn nicht loslassen, während sie ihn gleichzeitig davon galoppieren sehen wollte, um Darcy und Gid zu retten.

Mit einem Revolver an jeder Hüfte drehte er sich um, legte den Arm um sie und führte sie aus dem Schlafzimmer.

Adam protestierte gegen diese unsanfte Behandlung, doch Lina machte keine Anstalten, ihn zu trösten.

Er stieß ein Heulen aus.

Einmal im Hauptraum, packte Jonah einen Stapel Geschirrtücher und warf einige davon in einen halbvollen Eimer Wasser auf dem Waschtisch. Mit dem Eimer in der Hand kam er zu ihr zurück und ruckte in einem wortlosen Befehl aufzubrechen mit seinem Kopf zur Tür.

Sie rannte nach draußen, ihren Sohn auf den Armen.

Jonah folgte, das Gewehr in der einen und den Eimer in der anderen Hand.

Beide Pferde waren gesattelt, ihre Zügel um das Verandageländer geschlungen.

Jonah schob das Gewehr in den Sattelschuh, goss das Wasser aus dem Eimer und hängte den Griff über sein Sattelhorn. Er nahm Lina das schreiende Kind ab und küsste sie hart auf den Mund, bevor er ihr mit einer Hand in den Sattel half.

In ihrem Kleid – die Röcke bis zu den Schenkeln angehoben und die Unterröcke freigelegt – war es ein umständliches Unterfangen für Lina, in den Sattel zu klettern.

Jonah küsste seinen Sohn auf den Kopf, bevor er Adam vor ihr in den Sattel setzte, wo der Junge schrie und seinen Rücken protestierend krümmte. Sie presste das Kind mit einem Arm an sich und nahm die Zügel von ihrem Mann entgegen. »Gott sei mit dir, *amore mio*.«

»Und mit dir, Geliebte.«

Er schwang sich in den Sattel, trieb Scout mit den Knien an, und der Wallach fiel in Galopp.

Lina sah, wie er davonritt. Das Herz schlug ihr bis zum Hals. Dann, inniger betend als jemals zuvor, trieb sie ihr Pferd die Straße hinab und in die Richtung, in der sie Hilfe finden würde.

Lange bevor er die Abzweigung erreichte, die zu Gids Haus führte, ließ Jonah Scout langsamer gehen. Wenn die Angreifer noch da waren und die Hütte beobachteten, würde er, wenn er den Pfad durch den Wald entlang donnerte, nur direkt in sie hinein galoppieren, und sie würden ihn ohne Zweifel aus dem Sattel schießen. Er würde Lina nicht zur Witwe und Adam zum Halbwaisen machen. Er hielt Ausschau nach einem Wildwechsel, der zu Gids Hof führte.

Der Weg machte einen Bogen, aber Jonah hatte noch nicht gefunden, wonach er suchte, als er das Donnern von Hufen hinter sich vernahm. Mit einem Fluch wendete er das Pferd und zog seinen Colt. Aber er wagte nicht zu schießen, weil er keinen Nachbarn, der sich wie er auf einer Rettungsmission befand, niederschießen wollte.

Mit einem Seufzer der Erleichterung erkannte er Tyler Dunns gescheckten Pinto. Der Cowboy trug ein schickes rotes Hemd.

Jonah senkte den Arm und steckte den Colt ein.

Tyler sah ihn und zügelte sein Pferd. »Bin zufällig auf Lina getroffen«, keuchte er. »Habe sie zum Haus geschickt. Und dann bin ich, so schnell ich konnte, hierher, um dich einzuholen.«

Unglaublich erleichtert, lehnte Jonah sich impulsiv vor und streckte dem jungen Mann seine Hand entgegen.

Die Männer umfassten kurz den Arm des anderen und richteten sich wieder auf.

Jonah ruckte mit dem Kopf. »Ich suche einen Wildwechsel, aber wenn wir keinen finden, werden wir uns zwischen den Bäumen nähern müssen. Wir müssen uns an sie anschleichen.«

»Du glaubst, dass das kein Zufall ist? Versehentlich verstreute glühende Kohlen oder etwas in der Art?«

Jonah schüttelte den Kopf. »Gid ist einer von der vorsichtigen Sorte.«

»Ihr Bruder könnte das Haus angezündet haben und geflohen sein.«

»Vielleicht. Wahrscheinlicher aber ist, dass er bleibt, um sicherzustellen, dass sie tot sind. Wenn er in Erfahrung gebracht hat, wo Darcy wohnt, wird er auch wissen, dass keine Nachbarn in unmittelbarer Nähe leben. Wenn Lina nicht zufällig den Rauch gesehen hätte …«

Tyler wurde bleich unter seiner Bräune. »Wenn es vor zwei Tagen nicht geregnet hätte, hätte der ganze Wald in Flammen aufgehen können.«

»Das könnte immer noch passieren.« Jonah hatte gerade keine Zeit, sich darüber Sorgen zu machen. Er schaute zu der Rauchwolke auf, die noch dichter geworden war. »Los!« Er schnappte sich seine Zügel und lenkte Scout durch eine Lücke zwischen den Bäumen.

Kapitel Zwanzig

Nachdem Darcy durch das Paneel getreten war, das vom Keller in den Tunnel führte, und Gid sie um sich herum manövriert hatte, ließ er die Tür hinter ihr zu gleiten. Auch wenn er bezweifelte, dass ihre Verfolger warten würden, bis die Ruine soweit abgekühlt war, dass man sie durchsuchen und nach ihren Leichen Ausschau halten konnte, wollte er es nicht zu offensichtlich machen, dass … und wie … er und Darcy geflohen waren.

Die Tür glitt mit einem Klicken ins Schloss und ein Schwindelgefühl traf ihn wie eine Welle. Die Enge der Wände drängte auf ihn ein, und plötzlich war er wieder ein kleiner Junge, der in die Dunkelheit des Kellers gestoßen wurde – eingeschlossen in einen Schrank in einer feuchten Ecke, der für den alleinigen Zweck dort stand, ihn für die von seiner Mutter vorgebrachten, erfundenen Missetaten zu bestrafen.

Die Stimme seiner Mutter schnitt durch seinen Geist und warf ihn Jahre in der Zeit zurück – zurück in Angst und Schrecken. *Du bist böse! Ein schrecklicher Junge!*

Ein Schrei riss sich in seinem Inneren los – oder zumindest schrie das Kind in ihm, doch was tatsächlich aus Gideons Mund drang, klang mehr wie das Stöhnen eines Tieres in größter Pein. Mit steifen Muskeln hämmerte er seine Faust gegen die Tür, kämpft um Kontrolle, damit er in der Gegenwart blieb und nicht in die Vergangenheit rutschte. *Die Prügel, die Tage in Dunkelheit, sein sich vor Hunger zusammenkrampfender, leerer Bauch.*

»Gideon?«

Gefangen in der Erinnerung an seine grausige Angst, konnte er Darcy nicht antworten.

Kälte machte sich in Gids Körper breit, bis er wie erfroren an seinem Platz stand, die Kiefer aufeinander gepresst. Seine Brust war wie eingeschnürt, seine Knie schwach und zitterig. Obwohl ein Teil von ihm wusste, dass sie in Gefahr waren, in Bewegung bleiben mussten, hatte der zutiefst verletzte Junge von seinem Geist und Körper Besitz ergriffen.

Er fühlte eine sanfte Berührung an seiner Schulter und zuckte zurück.

»Gideon, was ist los? Sag es mir!«

Er konnte nicht atmen und erst recht nicht antworten.

»Sprich mit mir!« Darcy strich in kreisförmigen Bewegungen über seinen Rücken.

Obwohl er zusammenzuckte, erlaubte er es ihr diesmal, ihn zu berühren.

Wie aus weiter Ferne hörte er, wie ihr Eimer zu Boden fiel, und spürte, dass Darcy ihre andere Hand auf seine Schulter legte. Mit starken Fingern knetete sie seine Muskeln. »Etwas stimmt nicht, Gideon. Das merke ich doch.«

Die Wärme ihrer Hände strahlte in seinen Körper aus. Dank ihrer liebevollen Fürsorge gelang es seinen Muskeln, sich zu entspannen. Sie verankerte ihn in diesem Augenblick der Gegenwart. Der Druck in seiner Brust nahm ab und seine Kiefer lockerten sich. Er schnappte nach Luft.

»So ist es besser«, sagte sie sanft. »Jetzt nimm einen neuen Atemzug.«

Ihn schauderte, aber er gehorchte ihr, zwang Luft in seine Lungen. Von seiner Lähmung befreit, bewegte sich Gid, um sie in den Arm zu nehmen. »Danke«, flüsterte er. Ein Zittern peinigte seinen Körper.

Darcy schlang die Arme um seinen Nacken und drängte sich an ihn. »Was ist passiert?«

Er atmete einige weitere Male, bis sich seine Kehle soweit gelockert hatte, dass er sprechen konnte, auch wenn sich sein Körper immer noch zu schwer anfühlte, als dass er sich bewegen konnte. »Meine Mutter ... hat mich bestraft ... indem sie mich in den Keller sperrte.«

Sie sog scharf die Luft ein. »Wie alt warst du?«

Gid schüttelte den Kopf, dann wurde ihm klar, dass sie ihn nicht sehen konnte. »Sehr klein ... beim ersten Mal.«

Darcy stieß einen kleinen Schmerzensschrei aus und streckte sich dann, um ihn zu küssen. »Es tut mir so leid«, flüsterte sie. »So eine schreckliche, schreckliche Frau!«

Die Berührung ihrer Lippen brach den Bann des Bösen, der auf ihm lag. Er erschauerte, als würde er die Lähmung abschütteln. Die Dunkelheit war noch ebenso schwarz wie zuvor, die Wände genauso nah beieinander. Doch Darcy war sein Licht, seine Wärme. *Wenn ich durch diesen Tunnel kriechen oder jeden, der dort draußen ist und uns umzubringen versucht, töten muss, werde ich es tun.*

Gid aktivierte seine Reserven. Er nahm ihr Gesicht zwischen seine Hände und küsste sie, in der Hoffnung, dass diese Geste seine Dankbarkeit für ihre Hilfe widerspiegelte. »Lass uns gehen.« Er ließ sie los, tastete nach seinem Gewehr und hörte, wie sie sich nach dem Eimer bückte. »Es gibt keine Spalten, in die man stürzen kann, aber sei vorsichtig. Der Boden ist nicht besonders eben.« *Das Letzte, was wir jetzt brauchen, ist eine Verletzung.* »Halte dich hinter mir und taste dich beim Gehen an den Wänden entlang.«

Der albtraumhafte Weg durch den stockdunklen Tunnel schien unendlich. Bei jedem Schritt kämpfte Gid mit seinen Dämonen. Während er und Darcy sich, eine Hand an der rechten Wand und mit den Füßen nach Halt tastend, vorwärts schoben, hielt er das Gewehr in seiner Linken und den erhobenen Arm am Ellenbogen angewinkelt, um vor einem Zusammenstoß mit der Decke oder eventuell vorstehenden Felsen geschützt zu sein.

Er zerriss Spinnweben und versuchte sie soweit aus dem Weg zu schaffen, dass ihre Fäden Darcy nicht berührten. Ein kleines Tier rannte vor ihnen davon, und er hörte, wie sie immer rascher einatmete.

Nachdem sie scheinbar mehrere grausame Stunden gelaufen waren – in Wahrheit aber wahrscheinlich bloß zehn Minuten – erblickte Gid winzige helle Punkte vor ihnen, wo das Licht durch die Felsen schien, die er vor dem Eingang aufgehäuft hatte. Die schummrigen Strahlen zeigten ihm, dass der Tunnel sich zu einer Höhle erweitert hatte. »Wir haben es geschafft.« Erleichterung durchlief ihn, und er stieß geräuschvoll die Luft aus. Er beugte sich vor, um sein Gewehr abzulegen, bevor er seine Frau erneut umarmte. »Bleib trotzdem wachsam. Wir sind noch nicht in Sicherheit«, warnte er.

»Ich nehme eher an, wir sind *im Wald* «, sagte Darcy mit einer Spur Humor in ihrer Stimme. »Oder jedenfalls hoffe ich das. Und dass die Bäume um uns herum nicht niederbrennen.«

Meine unbeugsame Darcy. »Offensichtlich nicht. In der Höhle ist kein Rauch.«

Gideon begab sich zu der Wand aus Steinen, die den Eingang blockierte, dankbar dafür, dass er sie nur so dick gemacht hatte, dass große Tiere ferngehalten wurden. Er hatte für eine eventuelle Flucht geplant – vor Indianern, hatte er damals gedacht –, aber vielleicht hatte er tatsächlich auch nur sicher sein wollen, dass er nie wieder in einem Keller eingeschlossen sein würde.

Er besah sich die Wand genau, wählte einen Felsen und

drückte dagegen. Der Brocken rollte davon und schlug laut auf dem Boden draußen auf.

Wohltuendes Licht strömte durch das Loch.

»Warum ziehen wir sie nicht von dieser Seite heraus?«, fragte Darcy.

»Ich will sie von draußen wieder aufstapeln können.«

»Ist es denn wirklich nötig, den Tunnel wieder zu verbergen, wenn das Haus doch mittlerweile zerstört ist?«

»Du bliebst hier, während ich mich draußen auf den Weg mache.«

»Gideon, das werde ich nicht tun!«

»Ich muss herausfinden, womit wir es zu tun haben«, erklärte Gid und versuchte, nicht ungeduldig zu klingen. Jetzt, da er sich endlich wieder bewegen konnte, musste er sich auf den Kriegspfad begeben. »Ich werde die Umgebung erkunden, nachsehen, was vorgeht.«

»Nein!« Darcy ergriff seinen Arm. »Das ist nicht sicher.«

»Ich lasse dir das Gewehr hier.«

Ihr Griff wurde stärker. »Es ist nicht sicher für *dich*.«

Er sah seine Frau an, wusste, dass er einen harten Ausdruck auf dem Gesicht hatte. »Sie werden das Haus beobachten und nicht erwarten, dass jemand in ihrem Rücken auftaucht. Mittlerweile ist das Haus so weit abgebrannt, dass sie sich wahrscheinlich nicht einmal mehr verstecken.«

»Warum warten wir nicht einfach, bis sie verschwinden?«

»Sie werden nicht aufhören, dich zu verfolgen, Darcy. Irgendwann werden sie mitbekommen, dass du noch lebst. Wir werden für den Rest unseres Lebens immer über unsere Schultern sehen müssen.« Er sah ihr an, dass sie verstand. »Wir beenden es jetzt.«

Nick Sanders zügelte Cinnamon am Eisenbahndepot. Er war beim ersten Morgenlicht von der Ranch aufgebrochen, um für die Carters einen Brief in die Stadt zu bringen und ein paar Nägel im Laden abzuholen. Der freie Tag, den alle genommen hatten, um der Hochzeit der Walkers beizuwohnen, hatte sie in ihrer Arbeit zurückfallen lassen, und sie hatten seitdem die ganze Zeit versucht, wieder aufzuholen. Nicht, dass Rancharbeit jemals soweit erledigt wäre, dass man mehr als eine kurze Pause machen konnte, doch Nick hätte kein anderes Leben führen wollen. Er träumte davon, sein eigenes Land zu besitzen. Hatte sein Auge auf ein Stück Land in einem kleinen Tal in der Nähe der Carter Ranch geworfen und sparte den Lohn, den John ihm seit seinem sechzehnten Geburtstag zahlte.

Vor ein paar Wochen hatte Nick angefangen, ein Appaloosa-Fohlen, das ihm die Carters zu Weihnachten geschenkt hatten, zu trainieren, und heute wollte er mit Freckles arbeiten, bevor er mit ein paar anderen Cowboys aufbrach, um in der südöstlichen Ecke der Ranch nach dem Rechten zu sehen. Sie hatten vor, die Zäune in diesem Bereich abzureiten und ein paar Nächte in der kleinen Schlafbaracke zu verbringen, die zu diesem Zweck errichtet worden war.

Er war mit den Gedanken bei Freckles, als er die Zügel festband und zum Bahnsteig hinaufeilte. Er warf ein Auge auf die Sonne, deren flammende Strahlen den Morgen immer mehr erwärmten. Trotzdem würde es, Gott sei Dank, kein unerträglich heißer Tag werden. Das Gewitter vor zwei Tagen hatte für diesen August für ein wenig Abkühlung gesorgt.

Im Depot klapperten seine Absätze über den Holzboden, ein Geräusch, das Jack Waite normalerweise zur Theke eilen ließ. Nick lugte in den Postraum, sah den Mann aber nicht. »Jack?«, rief er.

Als er keine Antwort erhielt, zuckte Nick mit den Achseln, ließ den Brief in die Kiste für ausgehende Post fallen und wandte sich um, um zu gehen. Ein dumpfer Schlag und ein Kratzen aus dem angrenzenden Raum stoppten ihn. Mit einer bösen Vorahnung legte er seine Hand auf den Griff des Colts an seiner Hüfte und lehnte sich über die Theke, um in den Raum zu blicken. Als er nichts Ungewöhnliches feststellen konnte, zog er sich zurück und schlich um das Ende des Tresens. Er trat durch die Tür und warf einen schnellen Blick in die Runde.

Auf den ersten Blick erschien alles normal – ein Tisch, Regalbretter voller Post, Jacks Stuhl am Ofen. Dann begriff Nick, dass der Ofen aus war, obwohl das Feuer hätte an sein sollen. Jack hatte den Ofen fast das ganze Jahr an, da die Hitze die Schmerzen seines Rheumatismus linderte. Er trat weiter in den Raum hinein und entdeckte in einer Ecke am Boden den auf der Seite liegenden Bahnhofsvorsteher. »Jack!« Er rannte zu dem Mann hinüber.

Jacks Arme und Beine waren gefesselt und dann zusammengebunden worden. Seinen Mund hatte man mit einem Halstuch geknebelt.

Nick kniete sich hin und griff um Jacks Kopf, der von geronnenem Blut verklebt war, um das Halstuch loszubinden, dann packte er das Ende des Knebels, den man in Jacks Mund gestopft hatte, und zog das Stück Stoff heraus. Er putzte sich die Finger an der Hose ab.

Der Mund des Mannes bewegte sich, aber es kamen keine Worte, sondern nur ein leises Stöhnen, heraus.

»Ich besorge Ihnen etwas Wasser.«

Ein Eimer und eine Kelle standen nahe des Tisches, und Nick schöpfte etwas Wasser und trug es hinüber. Vorsichtig führte er den Rand der Kelle an den Mund des Mannes und gab ihm ein wenig Flüssigkeit zu trinken. Dann wartete er, dass Jack schluckte, bevor er ihm etwas mehr gab.

Nach ein paar Schlucken schüttelte Jack den Kopf, bewegte seine Kiefer und stieß einen Schwall Flüche aus.

Normalerweise war der Bahnhofsvorsteher ein friedfertiger Mann, doch der Umstand, dass er die Energie aufbrachte, zu fluchen, beruhigte Nick. Und er konnte ihm keinen Vorwurf daraus machen. Wenn er sich sicher gewesen wäre, dass seine verstorbene Mutter nicht als ihn scheltende Erscheinung auftauchen würde, die ihm mit einem Stück Seife den Mund auswusch, hätte er Jack bei seiner Schimpfkanonade Gesellschaft geleistet.

Er erhob sich und ließ die Kelle mit einem Platschen in den Eimer fallen, dann ging er zurück und es gelang ihm, die Fesseln aus Seil loszubinden. Doch als Nick sich an den Knoten zu schaffen machte, musste er sie mit seinem Messer aufschneiden. »Wer hat Ihnen das angetan?«

»Ich habe dieses Geschmeiß nicht gesehen.« Jacks Stimme klang immer noch rau. »Er hat mich k.o. geschlagen. Ich kam erst zu mir, als es dunkel wurde. War zu benebelt … der Kopf schmerzte zu sehr … um mich viel bewegen zu können.«

Erleichtert, dass der Mann so klang, als habe er seine fünf Sinne immer noch beisammen, schnitt Nick Jacks Beine los und steckte sein Klappmesser wieder ein. »Doc Cameron wird Sie wieder auf die Beine kriegen.«

»Kümmere dich nicht um mich. Hol den Sheriff. Habe Miz Walkers Bruder aus dem Zug steigen sehen. Sieht ihr verdammt ähnlich, außer, dass er kürzere Haare hat. Hatte zwei Schläger dabei.«

Furcht raste durch Nick. Er hatte noch nie einen Zusammenstoß mit Gesetzlosen gehabt, aber er hatte eine Menge Geschichten darüber gehört. »Die waren das?«

»Nein. Sie können es nicht gewesen sein.« Jack schüttelte den Kopf und zuckte zusammen. »Habe sie die ganze Zeit beobachtet. Sah, wie sie ausstiegen, und hatte auch den Rest der Passagierwaggons im Blick. Sie waren noch auf dem Bahnsteig, als ich niedergeschlagen wurde.«

Nick wippte auf den Absätzen, nicht sicher, was er denken sollte. »Vielleicht ist Ihr Angreifer aus einem der Gepäck- oder Viehwaggons gestiegen.«

»Könnte sein.« Jack klang skeptisch. »Glaube aber nicht, dass dafür genug Zeit war. Dafür hätten sie verteufelt schnell sein müssen.« Er machte eine Pause, seine Stirn nachdenklich gekraust. »Nee. Russell und seine Leute hätten jemandem, der vorbeigelaufen wäre, wenigstens kurz hinterher geschaut, aber sie hatten die ganze Zeit die Stadt im Auge.«

Nick wollte sich die Alternativen gar nicht vorstellen – dass jemand aus Sweetwater Springs Jack attackiert hatte und als Komplize bei einem Mord mitwirkte. Er trug den Bahnhofsvorsteher förmlich zu dessen Stuhl – denn Jacks Beine waren noch zu gefühllos, um auf ihnen zu laufen –, gab ihm noch etwas zu trinken, dann hockte er sich hin, so dass sie sich in die Augen sehen konnten. »Ich reite zu Doc Cameron.«

»Nein!« Jack packte seinen Arm, doch seine Finger konnten sich nicht festkrallen und verloren den Griff. »Reite zum Sheriff!«

»Na gut.« Nick erhob sich, begierig darauf, die Nachricht über das, was passiert war, loszuwerden. »Aber ich schicke Ihnen jemanden.«

Jack brachte ein Lächeln zustande, doch Nick konnte sehen, welche Anstrengung ihn das kostete.

Er rannte aus der Tür und zu Cinnamon. Noch im Aufsteigen trieb er das Pferd in den Galopp. Am Mietstall wurde er langsamer und rief nach Mack.

Der Mann kam aus dem Stalltor geeilt, in der Hand ein Pferdegeschirr. »Was zum Henker …?«

Nick lehnte sich im Sattel vor. »Jack Waite ist gestern im

Bahnhof überfallen worden. Hat einen Schlag auf den Kopf bekommen und ist gefesselt worden. Ich habe ihn gerade gefunden. Er braucht Hilfe, um zum Doc zu kommen.«

Macks Gesichtszüge wurden hart.

Nick konnte in den Augen des Mannes sehen, dass er genau verstand, was vorging und keine weitere Erklärung benötigte.

»Ich schicke Sam zu ihm und komme dann auch zum Sheriff. Sam kann hier nach dem Rechten sehen, während ich weg bin.«

Nick nickte. Mit einem Tritt trieb er Cinnamon in einem leichten Galopp den Block hinunter zum Büro des Sheriffs und zügelte das Pferd. Er stieß einen lauten Ruf aus und schwang sich vom Pferd. Doch bevor er die Stufen zur Tür hinaufeilen konnte, war der Sheriff schon draußen. Seine rechte Hand schwebte über der Waffe in ihrem Holster.

Schnell setzte ihn Nick über alles in Kenntnis.

Rand Mather war ein großer, gut gebauter Mann in den Sechzigern, hatte ein wettergegerbtes Gesicht und eine Ausstrahlung von Autorität, die potenzielle Störenfriede zweimal nachdenken ließ, bevor sie Probleme machten. Sein graues Haar hing ihm bis zu den Schultern, und bis auf einen dicken, herabhängenden Schnurrbart war er glattrasiert. »Wir müssen ein Aufgebot zusammenstellen. Bist du alleine hier, Nick?«

Er nickte und wünschte, dass noch einige der anderen Cowboys bei ihm wären.

Mit zusammengekniffenen Augen spähte Sheriff Mather die Straße hinauf und hinunter, wobei er die Pferde identifizierte, die an den Pferdestangen vor den einzelnen Geschäften angebunden waren.

Nick folgte dem Blick des Sheriffs. Die Ausbeute erschien ihm recht dünn − es war noch zu früh für Cowboys und Farmer, um in die Stadt zu kommen. Sie hätten gerade einmal einen halben Arbeitstag hinter sich. Wenn man gerade von dünner Ausbeute sprach – der braune Wallach von Slim Watts war vor dem Saloon angebunden und biss nach einem Nick unbekannten Rotschimmel.

Beim Sheriff hingegen sah die Sache anders aus. Er ruckte mit dem Kopf in Richtung Saloon. »Geh und schnapp dir Slim und Pip. Lass uns hoffen, dass sie nicht zu betrunken oder verkatert sind, um zu reiten … oder zu schießen. Sobald Mack hier ist, führe ich das Aufgebot, so traurig es auch sein mag, zu den Walkers.« Sein Blick fiel auf den Colt an Nicks Seite.

Für einen Augenblick dachte Nick, der Sheriff würde sich daran erinnern, dass er erst siebzehn war, und ihn heimschicken, weil er ihn für zu jung hielt. Er warf sich in Pose und versuchte, größer und härter auszusehen.

Sheriff Mather nickte in Richtung des Büros. »Stecke besser noch ein paar Patronen ein, während ich mein Pferd sattele. In meiner Schreibtischschublade findest du einen Stern. Steck ihn dir an, Deputy Sanders.«

Kapitel Einundzwanzig

Gideon hat Recht. Darcy wusste, dass es so war. Doch die Vorstellung, allein in einer einsamen Höhle zu warten und sich darum zu sorgen, was draußen passierte, war zu angsteinflößend, um sie überhaupt in Erwägung zu ziehen.

Mit seiner freien Hand hob Gideon ihr Kinn, seinen Blick unverwandt auf sie gerichtet. »Wenn es mir möglich ist, werde ich zurückkommen.« Er strich mit dem Daumen über ihr Kinn. »Aber wenn ich das nicht tue, warte das Endes des Tages und der folgenden Nacht ab. Morgen bei Tagesanbruch folge dem Bach nach Süden. Er fließt bei den Barretts vorbei.«

Angst ergriff sie, und sie langte nach seinem Arm. »Nein. Ich komme mit dir!«

»Du bleibst hier, wo du sicher bist«, entgegnete er. Seine Augen wurden schmal.

Ihn loslassend, holte Darcy tief Atem, um ihre gereizten Nerven zu beruhigen, und schob sich eine Strähne feuchten Haars aus den Augen.

»Gideon, wenn sie dich entdecken, wissen sie, dass ich auch noch am Leben bin. Sie werden suchen, bis sie mich finden.« An dem Ausdruck in seinen Augen erkannte Darcy, dass sie ein wichtiges Argument vorgebracht hatte.

Er schüttelte seinen Kopf. »Wenn du versteckt bleibst, verschafft uns das Zeit bis Hilfe kommt. Irgendjemand wird den Rauch bemerken.«

Sie hob ihr Kinn. »Du kannst mich zurücklassen, aber ich werde dir einfach folgen.«

Er atmete aus, warf einen entnervten Blick nach oben, als würde er um göttliche Hilfe bitten. »Du hast Glück, dass ich kein Seil dabeihabe. Sonst würde ich dich festbinden, das ist so sicher wie das Amen in der Kirche.«

Er scherzt, das ist gut. Sie rümpfte die Nase. »Das würdest du nicht tun ... mich hilflos zurücklassen.«

»Du bist so verdammt stur, Weib.«

Darcy wusste, dass sie gewonnen hatte, und sie lächelte, während ein wenig Anspannung von ihr abfiel.

»Wenn wir getrennt werden, folge dem Bach zu den Barretts.«

Dieser Gedanke vertrieb ihr Lächeln. »Ich verspreche es.« Erleichtert, dass sie ihren Willen durchgesetzt hatte, machte sich Darcy daran aufzubrechen.

Gideon ergriff ihren Arm und drehte sie zu sich herum, wobei er sie leicht schüttelte. »Wenn ich dir sage, dass du ohne mich weitergehen sollst oder irgendetwas anderes von dir verlange, dann gehorchst du!« Sein Ton war barsch, sein Blick bohrend. »Hast du mich verstanden? Ich werde schnelle Entscheidungen treffen und muss mich auf dich verlassen können – mich darauf verlassen können, dass du tust, was ich sage.« Er lockerte seinen Griff. »Habe ich dein Wort darauf?«

Erschüttert blickte sie in seine Augen – die metallisch grauen Augen eines Fremden – und der Atem stockte ihr. »Ich verspreche es.«

»Binde dir das Geschirrtuch um den Hals. Zieh es über Mund und Nase, wenn wir uns dem Rauch nähern.«

Darcy setzte den Eimer ab, riss das erstbeste feuchte Geschirrtuch heraus, faltete es zu einem Dreieck und reichte es ihm. Das andere nahm sie für sich selbst, verfuhr ebenso damit und band sich das improvisierte Halstuch um den Hals. Das feuchte Tuch fühlte sich klamm auf ihrer Haut an.

Sobald Gideon seines verknotet hatte, reichte er ihr das Gewehr. »Richte es auf deinen Gegner und drücke den Abzug.«

Darcy nickte zum Zeichen, dass sie verstanden hatte. Dabei betete sie, dass sie niemanden würde verletzen ... töten müssen, besonders nicht ihren Bruder – egal wie viel Ärger ihr Halbbruder auch machte. Sie biss die Zähne zusammen. *Ich werde tun, was ich tun muss, um mich und meinen Ehemann zu retten.*

Gideon schob seinen Kopf und Oberkörper durch die Öffnung und sah sich um. Dann kletterte er hindurch. Einmal im Freien, streckte er seinen Arm durch das Loch und bedeutete ihr, ihm das Gewehr zu reichen.

Sie tat es, und er zog es vorsichtig heraus, dann lehnte er die Waffe an die Hügelwand, um ihr dabei zu helfen, sich heraus zu schlängeln.

Im Freien angekommen, entdeckte sie, dass sie auf einem Felsvorsprung standen, unter dem der Bach im Schatten der Bäume dahinfloss. Ein Überhang verhinderte, dass man den Höhleneingang vom Haus aus sehen konnte.

Darcy roch beißenden Rauch und hörte das Brausen eines großen Feuers. Furcht erfüllte sie, und sie tat ihr Bestes, um ein Schaudern zu unterdrücken. Sie wollte nicht, dass ihr Mann sie zurück in die Höhle schickte.

»Runter zum Bach. Spring hinein.« Gideon zeigte auf das Wasser. »Mach dich von oben bis unten nass.«

»Soll ich meine Stiefel ausziehen?«

»Nein.« Er schüttelte den Kopf. »Es kann sein, dass wir über brennenden Boden laufen müssen.«

Sie kletterte vom Vorsprung und schlitterte den Hang hinunter und bis zu den Oberschenkeln ins Wasser. Ihr Rock hob sich und trieb um sie herum. Sie watete bis zu einer tieferen Stelle, wo ein paar Felsen einen kleinen Damm bildeten. Das kalte Wasser betäubte ihre Beine.

Die Höhle war nicht weit von der im Freien liegenden Badewanne entfernt, und Darcy sah in diese Richtung, um sich zu orientieren, entdeckte die Pergola und dachte sehnsüchtig an ihr *heißes* friedliches Bad am Abend zuvor. Mit angehaltenem Atem ging sie schnell in die Hocke und tauchte komplett unter. Sie schoss aus dem kalten Wasser und patschte zitternd vor Kälte zum Ufer des Baches.

Gideon, dem die Kleider am Körper klebten, streckte ihr eine Hand entgegen, um ihr beim Herausklettern zu helfen. Er schenkte ihr ein kleines anerkennendes Lächeln und reichte ihr das Gewehr. »Ich habe eine Patrone in die Kammer gehebelt. Du wirst schon einen erschreckenden Anblick bieten, wenn du es bloß auf jemanden richtest.«

Mit trockenem Mund nickte sie.

»Lass den Eimer hier. Wenn wir die Chance bekommen, das Feuer zu bekämpfen, werden wir ihn holen.« Gideon nahm seinen Revolvergurt auf, den er beiseitegelegt hatte, bevor er im Wasser untergetaucht war, und legte ihn sich um die Hüfte.

Er sah sehr *westernhaft* aus, sehr romantisch. *Sehr liebenswert. Bitte sei vorsichtig.*

»Wir schleichen durch die Bäume zur Rückseite des Hauses. Dort wird sich mindestens ein Mann aufhalten, um sicherzustellen, dass wir nicht entkommen. Wir erledigen ihn oder sie und gehen dann im Bogen zur Vorderseite.« Er berührte ihr Kinn. »Vergiss nicht, ich kenne diese Wälder. Sie tun das nicht.«

Sie stellte sich auf die Zehenspitzen und küsste ihn.

Gideon warf ihr ein beruhigendes Lächeln zu, zog seinen Revolver, und gab ihr mit einem Kopfnicken zu verstehen, dass es losging.

Darcy trug das schwere Gewehr mit beiden Händen. Ihr Rock blieb an Büschen hängen, doch sie marschierte weiter und der Stoff riss sich wieder los.

Funken zuckten durch die Luft. Einige landeten und glommen vor sich hin. *Wie viel Zeit bleibt uns, bevor das Feuer auch an anderen Stellen ausbricht?*

Auf der anderen Seite der Wiese wütete das Feuer in den liebevoll gearbeiteten Stämmen des Blockhauses.

Nach einem kurzen Blick wandte Darcy ihr Gesicht von der Zerstörung ihres geliebten Heims ab. Doch das schonungslose Bild der orangen Flammen und des Rauchs, der in den Himmel stieg, der geschwärzten Wände, hatte sich tief in ihrem Geist eingebrannt.

Gideon packte ihren Arm und deutete in Richtung des Hauses.

Darcy wappnete sich, bevor sie in diese Richtung schaute und keuchte auf. Ihr Herz hämmerte unregelmäßig. »Holden«, sagte sie tonlos zu Gideon.

Ihr Bruder wirkte müde, seine Kleidung mitgenommen. Seine übliche lässige Eleganz war verflogen. Er sah sich um, als ob er davonlaufen wollte, dann warf er einen verstohlenen Blick über seine Schulter auf das Haus.

Von dort, wo sie stand, konnte Darcy den Schrecken auf Holdens Gesicht erkennen, und sie fragte sich, ob er wirklich gewollt hatte, dass sich die Dinge so entwickelten.

Vielleicht hatte er das nicht. Er drehte sich halb um. Das Haus weiter im Blick haltend, entfernte er sich davon und kam auf sie zu.

Gid manövrierte Darcy hinter einen Baumstamm, der ihrem ganzen Körper Schutz bot. »Beweg dich nicht«, befahl er leise. Gebeugt wand er sich zwischen den Bäumen hindurch, bis er etwa sechs Meter entfernt und kaum noch sichtbar war. Er überprüfte kurz, ob sie sich an seine Anweisungen gehalten hatte, dann hob er den Revolver und richtete ihn auf Holden.

Mit bis zum Halse schlagenden Herz spähte sie um den Baum.

Immer noch rückwärtsgehend, näherte sich ihr Bruder bis auf drei Meter den Bäumen.

Bitte töte ihn nicht. Doch was blieb Gideon sonst übrig?

Gid drückte ab. Ein Schuss knallte, und der Boden zu Holdens Füßen explodierte.

Ihr Bruder schrie auf, wirbelte zu ihnen herum und brachte seinen Revolver nach oben. Wild feuerte er in den Wald.

Eine Kugel ließ den Ast einer Fichte zwischen Darcy und Gid erzittern. Mit einem dumpfen Geräusch schlug eine weitere in einen weit entfernten Baum. *Dummkopf.* Sie bezweifelte, dass Holden schon jemals in seinem Leben eine Waffe abgefeuert hatte.

»Waffe fallenlassen!«, schrie Gid. »Oder die nächste Kugel geht durch Ihr Herz.«

»Nicht schießen! Nicht schießen!« Holden riss die Arme in die Höhe, ließ allerdings den Revolver nicht los.

»Ich sagte *Waffe fallenlassen!*«

Holden gehorchte, und seine Waffe landete im Gras.

»Lassen Sie sie liegen. Kommen Sie hierher.«

Holdens Gesicht verzerrte sich vor Angst. Er machte langsame Schritte, bis er die Bäume erreichte.

Gideon bedeutete Darcy, zu ihnen zu kommen.

Sie trat aus der Deckung, das Gewehr auf ihren Bruder gerichtet. Der Lauf schwankte, und sie stützte ihren rechten Arm an ihren Rippen ab.

Als Holden sie sah, weiteten sich seine Augen und das Kinn sackte ihm herunter. »Darcy! Gottseidank bist du am Leben!«

»Halt die Klappe«, knurrte Gideon. Schnell tastete er Holdens Kleidung auf eine weitere Waffe ab, wobei er sogar das Innere seiner Stiefel überprüfte.

Holden kniff die Lippen zusammen. Mit erhobenen Armen, die Augen geweitet, versuchte er, Gideon und Darcy gleichzeitig zu beobachten.

Wäre die Situation nicht so grässlich gewesen, hätte Darcy den Gesichtsausdruck ihres Bruders komisch gefunden.

Gideon rannte los, um Holdens Revolver aufzuheben, und kam zurück. Er richtete sich auf, schob den Revolver hinter seinen Gürtel und richtete seinen auf Holdens Gesicht. »Wie viele seid ihr?«

»Zwei! Nur zwei mehr, ich schwöre.«

»Wo sind sie?«

»Auf der Vorderseite. Ich habe freiwillig die Bewachung der hinteren Seite übernommen, in der Hoffnung, dass ihr rausgelaufen kämt und wir alle fliehen könnten.«

Von der Vorderseite des Hauses erklang ein Schuss, gedämpft durch den Lärm des Feuers, dann folgten zwei weitere in schneller Folge.

Holden stöhnte auf und erzitterte. »Rettet mich vor diesen verrückten Strolchen.«

Gideon sah Darcy an. »Hilfe ist da. Ich schließe mich ihr an.« Er ruckte mit dem Kopf in Holdens Richtung. »Aber du bleibst hier und bewachst ihn. Schaffst du das?«

Bei dem Gedanken, dass sie und Gideon nicht allein waren, durchfuhr sie ein Gefühl der Erleichterung. Sie nickte.

»Wenn es sein muss, erschieß ihn, nur lass ihn nicht entkommen.«

»Das werde ich nicht.« Darcy ließ beide Männer die Entschlossenheit in ihrer Stimme hören. »Versprich mir, dass du vorsichtig bist.«

»Das werde ich.« Mit ausgestrecktem Revolver schlich sich Gideon durch die Bäume davon.

Darcy hielt das Gewehr weiter auf ihren Bruder gerichtet. »Wie tief du gesunken bist, Holden Russell, dass du nicht

einmal vor Mord zurückschreckst. Auch wenn wir nicht viel
füreinander übrig haben, bin ich immer noch deine
Schwester.«

»Nicht Mord«, keuchte er, während er heftig den Kopf
schüttelte. »Ich schwöre, Darcy. Ich dachte, wir würden dich
nur bedrohen, damit du die Papiere unterzeichnest, die mir
den Besitz am Hudson River übertragen. Und dich natürlich
für deinen Anteil bezahlen.«

Sie gab ein ungläubiges und undamenhaftes Schnauben
von sich.

»Es stimmt! Alles, was wir geplant hatten, war, den
Schuppen niederzubrennen, um dich zu warnen und dir zu
zeigen, wie ernst es uns war − um dich zu zwingen, unseren
Plänen nicht im Wege zu stehen. Ich wusste, dass du
andernfalls nicht nachgeben würdest.«

Das Blut rauschte in ihren Ohren, und Darcy knirschte
mit den Zähnen. »Dieser Schuppen, den du gerade
herabsetzt, war mein *Heim*.«

»Wie lange bist du schon hier? Drei Tage? Vielleicht vier?
Warum sollte dich das kümmern?« Holden zuckte mit den
Achseln.

Er würde es nicht verstehen.

»Ich kann es nicht fassen, dass du ein Landei geheiratet
hast, nur damit du dein Erbe in Besitz nehmen kannst.«

»Dieser Mann hat mehr Mumm, mehr Integrität, in
seinem kleinen Finger, als du und deine *Freunde* im ganzen
Körper«, sagte Darcy, ihr Ton kalt wie Eis. »Er ist …« *Und
ich liebe ihn!* Die Erkenntnis traf sie, zu neu und kostbar, um
sie mit einem Bruder zu teilen, der ihre Gefühle nur
herabsetzen würde.

Als Darcy nichts mehr sagte, senkte Holden seine Arme.

Sie bedeutete ihm mit dem Gewehr, dass er sie wieder
heben solle.

Furcht sprang in seine Augen und hastig gehorchte er.

Auf seine feige Reaktion hin bleckte Darcy ihre Zähne in einem wilden Grinsen. »Lass deine Hände oben und knie dich hin«, befahl sie. Wenn Holden nicht stand, würde sie nicht Gefahr laufen, dass er sich auf sie stürzte.

Es sah so aus, als wolle er etwas sagen, dann presste er die Lippen zusammen und kniete sich auf den Boden.

»Woher wusstest du, wo ich war?«

»Diese alte Schachtel in der Versandbraut-Agentur hat uns auf eine falsche Fährte geschickt. Sagte, du wärst gerade nach Y Knot aufgebrochen.«

Oh nein! »Du hast nicht Mrs. Seymour verletzt«, verlangte Darcy zu wissen. »Oder meine Freunde in Y Knot?«

»Für was hältst du mich? Natürlich habe ich das nicht getan!«

Mit einem scharfen Ausatmen machte Darcy ihrer Erleichterung Luft.

»Wir waren glücklicherweise gar nicht in Y Knot, weil der Bahnhofsvorsteher keine Spur einer Dame gesehen hatte, auf die deine Beschreibung passte. Er wusste allerdings von den dortigen Versandbräuten. Sagte, sie hätten nach Sweetwater Springs geschrieben. Daher sind wir den Hinweisen hier in diese Stadt gefolgt.« Holden nickte in Richtung der Hütte. »Das war sowieso Brockmans Schuld. Als er es sich einmal in den Kopf gesetzt hatte, dich zu zwingen, gab es keine Möglichkeit mehr, ihn umzustimmen. Er hat seine Handlager mitgeschickt, damit sie mich im Auge behielten.«

»Ihr hättet uns *getötet*!« Ihre Finger verstärkten ihren Griff um den Gewehrschaft.

»Offensichtlich hat Brockman Spig und Jules andere Befehle gegeben«, sagte Holden, seine Stimme bitter. »Sie drohten, mich zu töten, wenn ich nicht zustimmte, das Feuer zu legen. Ich hatte keine Wahl.«

Verachtung erfüllte sie. »Es gibt immer eine Wahl, Holden.«

Holdens Blick wanderte von ihr fort. »Ich wusste nicht, dass du drin warst.«

»Im Morgengrauen? Wo hätte ich wohl sonst sein sollen?«

»Spig hat durch das Fenster gesehen. Hat geschworen, dass niemand da war.«

»Wir haben geschlafen, Holden! Von keinem der Fenster aus hätte er mich im Bett übersehen können.«

»Das wusste ich nicht.«

»Du hättest an die Hintertür klopfen und uns warnen können.«

»Bitte, lass mich einfach nur gehen. Ich habe meine Lektion gelernt. Ich werde den Besitz am Hudson River in Ruhe lassen, werde dir das ganze verdammte Ding sogar überschreiben.«

Darcy zögerte. Immerhin war er ihr älterer Bruder. Eine Erinnerung blitzte auf. Sie hatte ihn bewundert, als sie klein gewesen war.

»Ich werde in Europa leben, bis Gras über den Skandal gewachsen ist.«

Skandal. Das ist es, worüber er sich Gedanken macht? Die Enttäuschung traf sie tief. Ihr Bruder hatte sich kein bisschen geändert. Soweit sie beurteilen konnte, war es möglich, dass er immer noch log. *Er könnte zurückkommen – mit Verstärkung.*

Nicht nur für sich selbst, sondern auch im Interesse ihres Mannes und ihrer ungeborenen Kinder, setzte Darcy einen harten Gesichtsausdruck auf und behauptete ihre Position.

Die Waffen in den Händen und die Halstücher in den Bach getaucht, so dass sie jederzeit über Mund und Nase gezogen werden konnten, brachen Jonah Barrett und Tyler Dunn durch den Wald in die Richtung, aus der der Rauch zu sehen war. *Wie zur Hölle hatten Darcys Feinde zu diesem einsam gelegenen Ort gefunden?*

Tyler hatte nur seine beiden Colts bei sich – einen in seinem Holster an der Hüfte. Ein Ast verhakte sich in seinen Chaps, und er riss sein Bein los.

Jonah trug sein Gewehr und machte oft Halt, um zu den Wipfeln der Bäume hinaufzusehen und den dunklen Rauch als Wegweiser zu ihrem Ziel zu benutzen. Sie hatten ihre Reittiere auf einer kleinen Lichtung auf der anderen Seite des Baches zurückgelassen und nur leicht angebunden, so dass die Pferde sich losreißen und entkommen konnten, sollte das Feuer näher kommen und sie in Panik geraten.

Die beiden Männer mussten sich nicht vorsichtig anschleichen, denn das Brüllen der Flammen übertönte das Geräusch ihrer Bewegungen. Erst als der Baumbestand lichter wurde und sie Blicke auf die Gebäude erhaschten, wurden sie langsamer und hielten sich hinter Baumstämmen, liefen geduckt und jede Deckung ausnutzend. Sie drangen soweit vor, bis sie nahe der Scheune und eines anderen Gebäudes waren und endlich einen freien Blick auf das brennende Haus hatten.

Die Flammen hatten den Großteil der Hütte verschlungen, und schwarzer Rauch erfüllte die Luft. Wenn die Walkers drinnen waren ... *Guter Gott!* Der Gedanke ließ Jonahs Magen vor Übelkeit rebellieren. Der einzige Grund, warum das Feuer noch nicht auf die Bäume übergegriffen hatte, war die Größe der mit Steinplatten belegten Lichtung. Bisher war noch kein Wind aufgekommen, aber wenn das geschah ... Unfähig, es nicht zu tun, warf er einen Blick über seine Schulter, schätzte ab, wie lange es dauern würde, bis das Feuer sein Heim erreichen würde ... und dann das der Dunns.

Sie kauerten sich zusammen hinter eine massive Eiche. Tyler stieß seinen Finger schräg nach vorne.

Um den Baumstamm spähend, folgte Jonah mit dem Blick Tylers Richtungsangabe und sah drei Pferde, die am Rand des Hofes, dort wo er den zur Straße führenden Pfad vermutete, an ihren Zügeln zerrten. Die drei unbekannten Pferde verrieten ihm, dass das Feuer ohne Zweifel kein Unfall war.

Drei. Mit dreien kommen wir klar.

Tyler lehnte sich zu Jonah, musste allerdings immer noch die Stimme erheben, um sich über den Lärm des Feuers verständlich zu machen. »Ich umgehe die Lichtung, um zu ihren Pferden zu gelangen.« Er gestikulierte, um seine Route zu zeigen. »Wir werden sie zwischen uns in die Zange nehmen.«

Jonah konnte keine Spur von den Männern entdecken, doch eines wusste er. Ohne Pferde kämen sie auf ihrer Flucht nicht weit. Er nickte. »Ich gebe dir Deckung.«

Tyler richtete sich auf.

Bevor er sich in Bewegung setzen konnte, packte Jonah ihn am Arm. »Sei bloß vorsichtig«, befahl er besorgt. »Ich habe keine Lust, derjenige zu sein, der deiner Mutter mitteilen muss, dass ihr einziges Kind sich gerade hat umbringen lassen.«

Tylers Augen blitzten, vielleicht, weil er gerade als *Kind* bezeichnet worden war. Doch dann wurden seine Züge weicher. »Ich will auch nicht mit der gleichen Nachricht vor deiner Frau stehen, Jonah. Pass auf dich auf.« Er zog sich das Halstuch über Mund und Nase und setzte sich in Bewegung.

Kapitel Zweiundzwanzig

Mit vor Sorge verkrampften Muskeln beobachtete Jonah den Jungen dabei, wie er sich von ihm entfernte. *Mann, nicht Junge*, korrigierte er sich. *Der Junge ist erwachsen.* Doch er war kein Jäger, so viel stand fest. Oder wenigstens keiner, der mit Indianern gejagt hatte – denn Tyler besaß nicht die Fähigkeit, sich so lautlos wie die Eingeborenen durch die Wälder zu bewegen, ohne dabei ein Blatt erzittern zu lassen. Noch schlimmer war, dass das Aufblitzen von Rot seine Anwesenheit verriet, wenn man wusste, wonach man Ausschau halten musste.

Wenn Tyler nur nicht dieses leuchtende Hemd tragen würde. Ich hätte daran denken sollen, es ihn ausziehen zu lassen.

Der Rauch wurde dichter. Jonah hustete und zog das improvisierte Halstuch über seine Nase. Er schaute zu der von den Flammen eingehüllten Hütte, und seine Augen brannten – nicht allein vom Rauch. Der Knoten in seinem Magen fühlte sich an wie ein heißer Stein. *Bitte nicht schon wieder, Gott.* Er war hilflos gewesen, als Koko bei der Geburt ihres Babys gestorben war. Er betete inbrünstig, dass Gid und Darcy nicht in dieser feurigen Hölle gefangen waren … dass sie irgendwie hatten fliehen können.

Jonah biss bei den grausigen Bildern, wie das Paar

verbrannte und starb, die Zähne zusammen. Zorn raste durch seinen Körper. Er würde Gid und Darcy vielleicht nicht retten können, aber er schwor, dass er ihre Mörder nicht entkommen lassen würde.

Er schlängelte sich durch die Bäume und passierte dabei das Gebäude, bei dem es sich um Gids Werkstatt handeln musste. Dabei bewegte er sich in einem kleineren Kreis um den Besitz als Tyler. Jonah wollte den Feind festnageln, nicht ihn umgehen.

Gid schien den Bereich unter den Bäumen, die das Haus umgaben, gerodet zu haben, denn dort gab es keine Büsche. Eine dünne Schicht aus Kiefernnadeln und Blättern lag unter einer Handvoll von Farnen und Wildblumen.

Nicht viel Deckung, in der man sich bewegen konnte, aber Jonah nahm an, dass die Mörder sich auf das Inferno vor ihnen konzentrierten und ihrer Umgebung keine Aufmerksamkeit schenkten. Nicht, dass er sein Leben darauf verwettet hätte, dass sie so unvorsichtig waren.

Er hatte Tyler aus den Augen verloren.

Bisher konnte Jonah keine Spur von den Brandstiftern ausmachen. Doch er beobachtete die Bäume vor dem Haus genau und entschied, hinter welchen sie sich wohl verstecken mochten.

Und wirklich entdeckte er Bewegung hinter einer Zeder, die direkt vor dem brennenden Haus wuchs. Jonah zwinkerte, um besser sehen zu können. Ein Klumpen ragte hervor – in einem anderen Braun als dem des Stammes und des Schattens, den dieser warf.

Seinen Zorn in die Tiefe seiner Seele verbannend, hob er das Gewehr, zielte, atmete langsam ein und aus und drückte dann auf den Abzug. Mit Befriedigung sah Jonah, wie der Mann zusammenzuckte und aufschrie, bevor er wieder seine alte Position einnahm.

Verwundet, nicht getötet.

Näher, vielleicht zwölf bis fünfzehn Meter von Jonah entfernt, feuerte ein weiterer Schütze auf ihn, kam jedoch nicht einmal annähernd in seine Nähe.

Jonah schoss erneut, doch der Schütze zog sich rechtzeitig wieder zurück.

Sie haben mich entdeckt. Es wird schwerer werden, sie zu erledigen, aber zumindest weiß ich, wo sie stecken.

Die Gesetzlosen hatten nicht erwartet, dass sich jemand von dieser Seite aus nähern würde. Darin lag ihre Schwäche. Jetzt konnten sie nicht ihre Stellungen ändern, ohne dass sie gesehen wurden.

Und wenn er hätte raten sollen, hätte er gesagt, dass sich ihre Nummer Drei auf der Rückseite des Hauses befand. Die Geräusche des Feuergefechts würden ihn jedoch eventuell nach vorne locken. Jonah musste auf der Hut bleiben, damit nicht er es war, dem man in die Flanke fiel.

Ein Aufleuchten von Rot bei den Pferden verriet ihm, dass Tyler kurz davor war einzugreifen. *Am besten sorge ich für Ablenkung.*

Jonah zielte auf den Baum, in dessen Deckung er den zweiten Mann vermutete, und feuerte. Die Kugel schlug in den Baumstamm. *Das sollte dafür sorgen, dass ihr euch auf mich konzentriert.*

Der Mann linste gerade so lange um die Zeder herum, dass er auf Jonah zielen konnte. Plötzlich erklang ein Schuss aus einer anderen Richtung, aus der Nähe der Scheune. Die Kugel ging daneben – und der Feind in Deckung – und grub sich in den Baum.

War das jemand von der Dunn Ranch, der ihnen zu Hilfe kam? Der Gedanke an einen Verbündeten ermutigte ihn.

Die Wut brannte so heiß in Gideons Brust wie die Flammen,

die sein Haus – das Resultat jahrelanger Arbeit –, seine Zuflucht, verzehrten. Doch noch stärker als sein Zorn war die nackte Angst, die ihm im Magen lag, da er wusste, dass Darcy ohne seinen Schutz war.

Seine Frau zurückzulassen, um ihren Bruder zu bewachen, hatte Gideon jedes Bisschen Willensstärke gekostet, das er besaß. Nur das Wissen, dass sie ansonsten weiterhin in Gefahr sein würde, gab ihm die Kraft, sich von ihr zu entfernen – denn er wusste, dass *Darcy* seine Zuflucht war, nicht diese Wälder. Er würde in den überfülltesten Wohnungen leben, solange sie nur zusammen waren.

Ein Windstoß fuhr ihm durchs Haar, und für einen winzigen Augenblick begrüßte Gideon die Kühle. Dann begriff er, dass der Wind die Funken in die Bäume tragen würde und dass der ganze Wald in Flammen aufgehen konnte und sie alle in Gefahr brächte. Sogar die gierigen Narren, die all das begonnen hatten. Er erstarrte, prüfte die Luft, dann entspannte er sich, als er keinen weiteren Wind mehr verspürte.

Gid kroch zum Rand des Hofes, wobei er sich wünschte, er hätte das Unterholz nicht entfernt, das ihm eine bessere Deckung geboten hätte, oder die tieferen Äste abgeschnitten, auch wenn das in gewissem Maße die Macht des Feuers einschränkte.

Er stellte Mutmaßungen bezüglich der Identität des Schützen an, der zu ihrer Rettung erschienen war. *Jonah? Die Dunns oder einer ihrer Cowboys?*

Werde ich die Guten erkennen? Noch mehr Furcht machte sich in seinem Inneren breit. Er hatte in den letzten Jahren vermutlich die meisten der Cowboys der angrenzenden Ranches getroffen, ihnen zugenickt und ab und zu Informationen über ein entlaufenes Kalb oder ähnliches ausgetauscht. Vielleicht würde er sie wiedererkennen. Vielleicht aber auch nicht.

Was ist, wenn ich den Falschen erschieße?

Gid unterdrückte einen Fluch. Er hätte Holden dazu bringen sollen, mehr über seine Helfershelfer zu erzählen – ob sie blond oder dunkelhaarig waren, was sie trugen. Er blickte hinter sich. Er war zu weit weg, um zurückzugehen und die Informationen zu besorgen. *Ich hoffe, ich werde diese Entscheidung nicht bereuen.*

Nach einigen weiteren Schritten erreichte er eine Stelle, von der aus er den vorderen Hof einsehen konnte. Aus der Nähe sah er, dass Asche wie Schneeflocken durch die Luft segelte. Mit Erleichterung erkannte er, dass drei Pferde in der Nähe des Pfades angebunden waren. *Holden hatte nicht gelogen.*

Der Rappe mit den drei weißen Fesseln hatte gestern Morgen in Macks Koppel gestanden. *Frank McCurdy steckt mit in dieser Sache!* Gid fragte sich, ob er einer der Brandstifter war.

Eine Bewegung beim Haus erregte seine Aufmerksamkeit. Gid hob den Colt, wagte es aber nicht zu feuern, bevor er wusste, ob der Mann Freund oder Feind war.

Ein Mann – bullig, dunkelhaarig und unbekannt – lehnte sich hinter einem Baum hervor.

Da er in Richtung der Werkstatt zielte, ordnete ihn Gid als Feind ein.

Er sah etwas Rotes in der Nähe der Pferde aufblitzen. Ein schlanker Jugendlicher – *Tyler Dunn!*

Die Entfernung war für einen präzisen Schuss mit dem Revolver zu groß. In der Hoffnung, dass er die richtige Entscheidung getroffen hatte, drückte er ab.

Die Kugel schoss davon, verfehlte ihr Ziel, traf aber den Baum über dem Kopf des Mannes. Der zog sich zurück.

Gids unbekannter Verbündeter schoss auf den Mann und traf denselben Baum.

Zu zweit schaffen wir es, ihn festzunageln, aber wir werden einen Plan brauchen, um sie zu fangen.

Gid schlich näher, reckte den Hals, um zu sehen, wer zu seiner Rettung erschienen war. Mit einem heftigen Gefühl der Erleichterung erkannte er Jonah, der sich hinter einem Baum duckte, ein Tuch vor der unteren Hälfte seines Gesichts, das Gewehr auf den dunkelhaarigen Mann gerichtet.

Gid zog sein Halstuch herunter und stieß einen Pfiff aus, denselben, den er bei Emerson verwendete, da er wusste, dass sein Freund das Signal erkennen würde.

Jonahs Kopf fuhr zu ihm herum. Seine Augen weiteten sich, leuchteten vor Freude.

Gid war gerührt, als er die Reaktion seines Freundes sah.

»Darcy?« Jonah zog das Halstuch herunter und formte das Wort mit den Lippen.

Gid lächelte und deutete mit dem Daumen über seine Schulter in ihre Richtung.

Jonah schloss in offensichtlicher Erleichterung kurz die Augen und legte seine freie Hand auf seine Brust.

Mit einem Zucken seines Fingers richtete Gid Jonahs Aufmerksamkeit auf die Pferde.

Tyler benutzte eines der Tiere als Deckung, löste die Haltestricke der anderen und zog sie auf dem Pfad außer Sichtweite.

»Hey!« Der ihnen am nächsten stehende Gesetzlose schrie. Er stand auf, richtete seine Waffe auf die Bäume, unter denen sich ihre Pferde befunden hatten, und feuerte Tyler hinterher.

Jonah hob das Gewehr und schoss.

Der Mann zuckte zusammen, taumelte, fing sich dann jedoch wieder. Er rannte los, vermutlich den Pferden hinterher. Auf dem Weg riss er seinen Kumpanen mit sich.

Jonah und Gid feuerten den beiden Männern hinterher, bis die Bösewichte außer Schussweite waren.

In eine Siegesgeste ballte Gid die Faust, richtete sich auf und eilte an Jonahs Seite.

Sein Freund senkte das Gewehr, umarmte Gid mit einem Arm und klopfte ihm auf den Rücken.

Gid schlug Jonah im Gegenzug auf die Schulter. »Darcy hält ihren Bruder mit einem Gewehr in Schach. Ich gehe zu ihr.«

Jonah deutete mit dem Kopf auf den Pfad. »Ich verfolge dieses Geschmeiß. Verwundet werden sie nicht weit kommen. Aber Tyler ist angreifbar, solange er all diese Pferde führt.«

»Sie sind immer noch bewaffnet«, warnte Gid. »In die Enge getriebene Tiere sind am gefährlichsten.«

»Ich werde mich vorsehen.«

Doch bevor sie noch ein paar Schritte gemacht hatten, wurde ihre Aufmerksamkeit auf Bewegung in der Nähe des durch den Wald führenden Pfades gelenkt. Sie blieben stehen und starrten auf die Reiter, die sich unter dem Spalier auf den Hof ergossen.

Die Kavallerie war eingetroffen.

Kapitel Dreiundzwanzig

Auf dem Weg zu den Walkers lastete heftige Furcht auf Nick. Er fühlte sich, als brenne der an sein Hemd geheftete Stern ein Loch in seine Brust. Er war stolz auf seine Verantwortung als Deputy Sheriff, war aber besorgt, dass er versagen würde. Sie hatten den Rauch in den Himmel quellen sehen und wussten, dass sie vielleicht zu spät kämen.

Er sprach ein Gebet, in dem er den Allmächtigen um Hilfe und Schutz bat – sowohl für das Aufgebot als auch für die Walkers.

Nick und Mack Taylor, die einzigen zwei Mitglieder der Gruppe, die diesen Weg schon einmal zurückgelegt hatten, ritten an der Spitze, hinter sich den Sheriff und dann Pip und Slim, bleich und rotäugig von zu viel Whisky in der letzten Nacht.

Mack, der den Ritt über geschwiegen hatte, richtete sich im Sattel auf. »Ich sage euch, es muss Frank McCurdy sein.«

Bei der Erwähnung dieses Namens zog sich Nicks Magen zusammen. Seine gebrochene Nase hatte ihm McCurdy vor ein paar Monaten verpasst. Er blickte zum Mietstallbesitzer hinüber. »Wieso das?«

Mack drehte sich um und bedeutet dem Sheriff, dass er zu ihnen aufschließen sollte. »Vor zwei Tagen hat McCurdy

250

drei seiner Pferde bei mir untergestellt. Sagte, er erwarte ein paar Freunde, die mit dem Zug ankommen. War sich nicht sicher, wann sie eintreffen, aber er würde die Pferde so lange im Mietstall lassen. Ich habe mir nichts dabei gedacht. Die Vereinbarung ist nicht unüblich.«

Der Sheriff schaute nachdenklich drein. »McCurdy ist ein Nichtsnutz, keine Frage, aber wie würde er von dem Problem der Walkers erfahren haben?«

Mack zuckte die Achseln. »In der ganze Stadt ist bekannt, dass man nach verdächtigen Fremden Ausschau halten soll, die sich nach Darcy Russell erkundigen. Und viele wissen, dass sie mit *fünf* Reisetruhen angereist ist. Da liegt es nahe anzunehmen, dass sie aus einer reichen Familie stammt, und dass, wer auch immer hinter ihr her ist, wahrscheinlich eine Menge Geldmittel für die Suche nach ihr besitzt. Frank muss darin einen Weg gesehen haben, schnelles Geld zu machen.«

Nick erschien das sinnvoll. »Dann ist McCurdy wahrscheinlich derjenige, der Jack Waite eins über den Schädel geschlagen hat.«

Der Sheriff nickte. »Wenn das hier vorbei ist, und wir diesen Nichtsnutz nicht bei den Walkers antreffen, werde ich zur McCurdy-Ranch reiten.«

Rauch sammelte sich wie dünne Wolken in den Baumspitzen. Die Rancher hassten den beißenden Geruch, da ein Feuer, das Weideland vernichtete, das Leben ihrer Herden bedrohte.

Nick deutete mit dem Kinn. »Der Abzweig zu den Walkers ist gleich da vorne.« Sie verlangsamten ihre Pferde.

Aus den Bäumen erklang schneller Hufschlag, der sich ihnen über den schmalen Pfad von Gids Haus aus näherte. Die Männer zügelten ihre Pferde, zogen ihre Waffen und richteten sie auf die Lücke zwischen den Bäumen, die sich gleich neben einer überdachten Bank auftat.

Nicks Herz schlug nervös im Gleichklang mit den Hufen der nicht sichtbaren Pferde.

Ein reiterloses Pferd brach vor ihnen aus dem Wald auf die Straße, die Augen wild, in Schweiß gebadet. Ein weiteres, das sich im gleichen Zustand befand, folgte.

Dann erschien eines mit einem Reiter in einem roten Hemd. *Tyler Dunn!*

Nick begann, seinen Colt zu senken, doch da der Sheriff das nicht tat, hob er ihn wieder und richtete den Revolver weiter auf Tyler.

Der junge Rancher schien nicht im geringsten davon beunruhigt zu sein, dass fünf Waffen auf ihn gerichtet waren. »Das Haus der Walkers brennt. Das Feuer wurde von drei Männern gelegt. Weiß nicht, ob Darcy und Gid noch drin sind, aber …« Tyler schluckte, schüttelte den Kopf. Es war klar, was er meinte. Dann schwang er den Arm nach hinten »Jonah hat die Brandstifter beschäftigt, während ich ihre Pferde gestohlen habe.«

Ihnen gegenüber, aus der Richtung, in denen die Farm der Barretts und die Dunn-Ranch lagen, erklang Hufschlag auf der Straße, der sich ihnen näherte. Waffenstarrende Reiter kamen um die Kurve. Die meisten hatten Eimer, deren Metall einen ordentlichen Radau machte, von den Sattelhörnern hängen.

Nick erkannte Harrison Dunn an der Spitze und seine Frau Addie mitten unter ihren Cowboys. *Verstärkung!*

Addie, die im Herrensitz ritt, schlängelte sich durch die anderen Pferde und hielt neben ihrem Mann. Sie sah ihren Sohn, und ein erleichterter Ausdruck huschte über ihr Gesicht. »Gid? Darcy?«

Tyler schüttelte seinen Kopf. »Ich weiß es nicht, Ma. Darcys Verwandter hat das Haus angezündet.«

Ihr Gesicht wurde traurig, und sie biss sich auf die Lippe.

»Kommt.« Der Sheriff lenkte sein Pferd auf den schmalen Pfad.

Nick trieb Cinnamon hinter ihm her. Mit einem Blick über die Schulter sah er, dass die aus beiden Richtungen gekommenen Reiter sich hinter ihnen vereinigten.

Sie waren noch nicht weit geritten, als zwei große Männer in ihr Blickfeld stolperten. Einer hatte eine Waffe in der Hand. Er stützte einen zweiten Mann, der eine Hand auf seine blutende Seite presste.

Mit geweiteten Augen kamen beide schlitternd zum Stehen. Der mit der Waffe begann sie zu heben, dann stieß er ein Wimmern aus und senkte den Arm. Sein Gesichtsausdruck verriet, dass er sich geschlagen gab.

Für Nick sah es so aus, als habe eine Kugel seine Schulter gestreift.

Der zweite Mann riss die Hände nach oben. »Nicht schießen!« Er sank auf die Knie, wobei er den mit der Waffe neben sich zu Boden zog. Sie sahen sich ähnlich genug, um verwandt zu sein, vielleicht Brüder.

»Halte ihn in Schach«, sagte Sheriff Mather zu Nick. Er schwang sich vom Pferd und zog, zusammen mit einem Seil, zwei Paar Handschellen aus seiner Satteltasche. Sich aus Nicks Schussfeld haltend, entwaffnete der Sheriff die beiden und legte sie in Eisen. Ihr schmerzerfülltes Stöhnen ignorierte er.

Der Gesetzeshüter band die beiden nicht eben sanft am nächsten Baum fest. Mit dem Revolver in der Hand entlockte Sheriff Mather ihnen schnell die Information, dass Darcy und Gideon tot waren, umgekommen in den Flammen.

Als er diese Nachricht hörte, stieg Nick die Galle in den Hals und seine Augen brannten. Er kämpfte um Fassung, um seinen Gesichtsausdruck weiter ungerührt wirken zu lassen.

Die beiden erzählten auch, dass Darcys Bruder immer noch auf freiem Fuß sei, doch sie hielten Russell für einen Feigling und einen Schwächling.

Sheriff Mather stand eine Weile über ihnen. »Ihr solltet darum beten, dass wir das Feuer löschen können, sonst werdet ihr zusammen mit dem Wald abbrennen, denn wir werden euch bestimmt nicht vor den Auswirkungen eurer Missetaten bewahren.« Er drehte sich auf dem Absatz um, schritt zu seinem Pferd und schwang sich in den Sattel. Mit den Knien trieb er sein Pferd zu einem leichten Galopp den Pfad hinunter an.

Während die Trauer über der Gruppe schwebte wie der Rauch über dem Wald, ritt der Rest der vergrößerten Schar hinter dem Gesetzeshüter her, um zu retten, was bei dieser Tragödie noch zu retten war.

Gid war in seinem ganzen Leben nie so erleichtert gewesen, eine Gruppe von Menschen zu sehen. Dankbarkeit erfüllte ihn. Er tauschte erleichterte Blicke mit Jonah, bevor er seinen Colt zurück ins Holster schob.

Jonah senkte sein Gewehr und lehnte es gegen einen Baum.

Als sie sich von den Bäumen entfernten, hoben beide die Arme und winkten, um nicht für den Feind gehalten zu werden.

Schnell wurden sie erkannt und erfreute »Gid!«-Rufe erklangen. Die Reiter hielten nicht vor dem Haus, sondern galoppierten den ganzen Weg zu ihnen hinüber. Obwohl sie mit ihren Pferden zu kämpfen hatten, die vom Rauch und dem Geräusch des Feuers beunruhigt waren, hatten alle Männer und Addie Dunn ein breites Grinsen auf ihren Gesichtern.

Jonah und Gid senkten ihre Arme.

Addie war die Erste des Trupps, die vom Pferd stieg. Sie warf ihrem Mann die Zügel zu und rannte zu Gid, um ihn zu umarmen. »Gottseidank bist du in Sicherheit. Wo ist Darcy?«

»Sie ist ebenfalls ins Sicherheit. Ich gehe sie holen.«

Ein Freudenschrei erklang, und Gid konnte nicht anders, als jeden anzugrinsen. »Danke euch allen«, rief er.

»Sheriff Mather, haben Sie die beiden Gesetzesbrecher geschnappt?«, fragte Jonah.

Ein großer, älterer Mann mit einem herabhängenden Schnurrbart nickte. »Das haben wir. Wir haben sie in Handschellen zurückgelassen.«

Gid suchte in der Gruppe nach Tyler Dunn, dankbar dafür, ihn gesund und munter in seinem roten Hemd zu erblicken. Er deutete auf den hinteren Hof. »Sheriff, meine Frau bewacht ihren Bruder. Wenn Sie gekommen sind, um ihn zu verhaften …«

»Das mache ich.« Der Gesetzeshüter blickte sich um. »Der Rest von euch bildet eine Eimerkette. Löscht dieses Feuer!« Der Sheriff schwang sich von seinem Pferd und zog ein weiteres Paar Handschellen aus seiner Satteltasche.

Gid führte den Sheriff am Haus vorbei und über die Wiese. »Darcy«, rief er, als er sie nicht erblickte.

Seine Frau trat aus dem Wald und bedeutete ihrem Bruder mit dem Gewehr, dass er vor ihr herlaufen sollte. Ihr Gesicht war verschmutzt, ihre Augen traurig, doch als sie Gid mit dem Sheriff erblickte, grinste sie.

Stolz auf Darcys Tapferkeit erfüllte ihn.

Der Sheriff legte Holden Handschellen an. Der Mann aus dem Osten protestierte, doch der Sheriff beachtete ihn nicht. »Erklärungen höre ich mir später an. Jetzt haben wir erstmal ein Feuer zu löschen.« Er packte Holden am Arm und zog ihn davon.

Gid umarmte Darcy und drückte ihr einen Kuss auf den Mund, dann deutete er mit dem Kopf in Richtung des Hauses.

Eine Eimerkette hatte sich formiert, und Männer reichten aus dem Pferdetrog gefüllte Eimer mit Wasser von Hand zu Hand weiter, damit sie auf das Feuer entleert werden konnten. Andere Männer schlugen mit feuchten Futtersäcken auf die Flammen ein.

»Sei vorsichtig«, warnte Gid. »Du trägst ein Kleid, daher gehe nicht zu nah an die Flammen, um sie auszumachen. Stell dich in die Eimerkette. Ich werde Emerson retten und den Wallach und die übrigen Tiere für alle Fälle in Sicherheit bringen …«

»Sei du auch vorsichtig.«

Mit einer letzten raschen Umarmung trennten sie sich. Gid rannte zur Scheune und Darcy zum Fluss, um ihren zurückgelassenen Eimer zu suchen.

Stunden vergingen für Darcy wie im Fluge – packe einen Eimer am Henkel und reiche ihn weiter, packen und weiterreichen. Ihre Arme und Schultern schmerzten, und Blasen bildeten sich und platzten auf ihren Handflächen. Doch sie machte weiter.

Als die letzte Glut gelöscht worden war, sammelten sich die erschöpften Menschen vor dem Haus, Eimer und die nassen Futtersäcke in den Händen. Sie hatten das Feuer eingedämmt, die Scheune und die Werkstatt gerettet und die Flammen daran gehindert, auf die am nächsten stehenden Bäume überzugreifen.

Irgendjemand hatte die drei Gefangenen in der Nähe festgebunden. Darcy musste sich von dem Anblick Holdens in Handschellen abwenden. Auch konnte sie es nicht ertragen, die geschwärzten Überreste ihrer Märchenhütte anzuschauen, denn wenn sie dies tat, würde sie in Tränen ausbrechen, da war sie sich sicher. Ihre Nerven solcherart zerrüttet, behielt sie den Blick auf die Scheune, die Werkstatt, ihre Nachbarn und die mit Pferden vollgestellte Koppel gerichtet.

Eine ganze Armada rannte zusammen mit Emerson in der Einfriedung nahe der Scheune herum, wieherte und kniff einander und wirbelte Staub auf. Zwei der Männer brachten ihnen Arme voller Heu, und die Pferde liefen zur Fütterung zusammen.

Darcy fand eine Stelle in der Nähe des Spaliers und lehnte sich gegen einen Baum. Nun, da die Notwendigkeit zu handeln vorbei war, fühlte sie sich bis auf die Knochen müde und so wund, dass sie jede Bewegung zusammenzucken ließ. Sie wusste nicht, ob sie sich in Gideons genialer heißer Wanne einweichen oder eine Woche lang schlafen wollte. Außerdem war sie ausgehungert.

Gideon kam durch die Menge auf sie zu. Ruß hatte sein Haar und seine Kleidung schwarz verfärbt und sein Gesicht verschmiert. Er sah auf die Ruine.

Sie erwartete, Schmerz oder Ärger auf seinem Gesicht zu sehen, doch stattdessen leuchteten seine Augen auf, als er zu ihr zurücksah, und ihr Herzschlag begann zu rasen.

Gideon zog sie in eine Umarmung. Die Zuschauer schienen ihn dabei nicht zu kümmern.

»Ich rieche nach Rauch«, brummte sie.

»Ja, genauso wie ich.« Er legte seine Hände auf ihre Wangen und küsste sie. »Ich liebe dich, Darcy. Mir ist heute klargeworden, dass all das hier in Flammen aufgehen könnte, doch solange du in Sicherheit wärst, wäre alles andere unwichtig.«

Sie richtete sich auf und blickte in seine Augen, nahm den Moment ganz tief in sich auf. »Die Liebe, dich ich für dich empfinde, Gideon Walker, ist so intensiv. Wäre das auch so, wenn wir nicht gerade durch das Tal des Todes gewandert wären?«

Er zuckte die Achseln. Ein Lächeln spielte um seinen Mund. »Ich glaube schon, wenn auch vielleicht nicht so schnell.«

Darcy lehnte sich an seinen starken Körper, auch wenn er genauso erschöpft sein musste wie sie. »Was werden wir tun? Der Wiederaufbau wird ewig dauern.«

»Wir leben, Darcy, und nur das zählt.«

Wir leben und lieben uns.

»'tschuldigung, Ma'am.« Nick Sanders unterbrach sie.

Darcy drehte sich so, dass sie den jungen Mann ansehen konnte.

Sein Lächeln war so süß und scheu wie es Gideons gewesen war, als sie sich das erste Mal getroffen hatten, und strafte den offiziellen Stern, der an seiner Brust steckte, Lügen. »Aber Sie als Neuankömmling und so wissen nicht, wie wir die Dinge hier erledigen.« Er schaute von ihr zu Gideon und zurück zu ihr. »Keiner von Ihnen weiß das.« Er deutete mit dem Kinn auf die Ruine ihres Hauses. »Wir werden Ihnen beim Wiederaufbau helfen.«

Rand Mather hatte das offensichtlich gehört und trat zu ihnen. »Habe das hier schon oft miterlebt. Wenn jemand in Schwierigkeiten ist, hält diese Stadt zusammen. Wir werden Ihr Haus im Nullkommanichts wieder aufgebaut haben.« Er warf einen scharfen Blick auf die Gefangenen. »Nun, ich werde nicht dabei sein. Ich werde mit diesen Dreien nach Helena reisen und zusehen, dass der Gerechtigkeit Genüge getan wird.«

»Ich sage, knüpft sie auf.« Slim spuckte auf den Boden.

Holden erbleichte und schüttelte den Kopf. »Ich sage, knüpft *mich* nicht auf. Ich hatte damit nichts zu tun.«

Der Sheriff zog skeptisch eine Augenbraue hoch. »Was Ihre Schuld und Ihre Bestrafung angeht, werden wir darüber den Richter entscheiden lassen.« Der Blick, den er Slim aus schmalen Augen zuwarf, war genauso ernst. »Wahrscheinlich steht es Ihnen bevor, gehängt zu werden. Zumindest diesen beiden.« Er deutete auf die Männer, die Holden begleitet hatten. »Vielleicht auch Russell.«

Addie Dunn trat nach vorne. »Sheriff, ich weiß, dass Sie und der Deputy zurück in die Stadt müssen, um diese Verbrecher ins Gefängnis zu bringen, aber alle anderen möchte ich dazu einladen, zu uns nach Hause zu reiten. Feuer zu bekämpfen macht hungrig. Ich bin sicher, dass Mrs. Pendell und Lina Barrett Tische voller Essen für unsere Rückkehr vorbereitet haben.«

Slim, der wegen der stillen Rüge des Sheriffs beschämt dreinschaute, wurde wieder munter. »Glauben Sie, dass sie Pfirsichauflauf in Teigkruste dahaben wird?«

»Egal ob sie es hat oder nicht«, sagte Sheriff Mather, der dem Cowboy einen weiteren strengen Blick zuwarf, »du gehörst zum Aufgebot und reitest mit mir zurück in die Stadt.« Er wartete einen Herzschlag lang. »Wenn wir diese drei hier eingelocht haben, gebe ich jedem von uns eine von Mrs. Muellers Pasteten aus.«

Slim, der angefangen hatte, bedrückt dreinzuschauen, grinste. »Soviel ist klar, Mrs. Mueller macht eine köstliche Heidelbeerpastete.«

Der Sheriff rollte die Augen. »Dann reiten wir raus zu McCurdy und verhaften diesen Schurken.« Er fing an, den Heimritt zu organisieren. Händeschütteln zum Abschied und das Klirren von Sporen beendeten das Treffen.

Addie sah Darcy an. »Harris und ich werden Sie beide aufnehmen.«

Mit erhobener Hand schüttelte Jonah den Kopf. »Lina wird wollen, dass sie bei uns unterkommen.«

»Nein, Jonah«, schalt ihn Addie. »Ich weiß, dass Lina es gut meint. Aber *denk nach*. Es wird eine Zeit dauern, die

Neuerrichtung des Hauses zu organisieren ... denn ich schätze ...«, sie grinste Darcy schief an, »... dass Sie ein größeres Haus haben wollen, und das wird mehr Planung und das Bestellen von Baumaterial erfordern. Wir haben ein überzähliges Schlafzimmer, und niemand wird in der Zwischenzeit auf dem Boden schlafen müssen.«

Jonah stieß einen Seufzer aus. »Sie haben Recht. Doch ich nehme an, dass Sie meine Frau trotzdem ziemlich oft sehen werden.« Er blickte den Weg hinunter, dann zurück zu Gid und Darcy. »Wenn es euch nichts ausmacht, mache ich mich jetzt auf den Weg zu den Dunns, um sie zu beruhigen. Ich bin mir sicher, dass sie sich Sorgen gemacht und gebetet hat. Mrs. Pendell ebenso.«

»Wir kommen mit dir, Jonah.« Addie sah Darcy an, um ihre Zustimmung einzuholen. »Ich denke, es gibt nichts, das sie mitnehmen könnten?«

Darcy schaffte es zu lächeln. »Im Gegenteil.« Sie warf Jonah einen amüsierten Blick zu. »Sehen Sie, all diese Reisetruhen werden sich jetzt als nützlich erweisen. Sie befinden sich, zusammen mit dem größten Teil meiner Kleidung, in Gideons Werkstatt.«

Alle lachten, doch nicht, wie Darcy spürte, weil sie etwas Lustiges gesagt hatte, sondern aus reiner gesegneter Erleichterung. Sie tauschte einen liebevollen Blick mit Gideon und erkannte, dass alles gut werden würde.

Kapitel Vierundzwanzig

Drei Wochen später schlenderte Darcy den Pfad durch den Wald entlang, der nun breiter war, um ihn auch für Wagen befahrbar zu machen. Im Territorium von Montana kam der Herbst schneller als im Osten. Einige der Blätter hatten bereits ihre Farbe gewechselt, und sie hatte begonnen, einen Schal zu tragen, wenn sie sich draußen aufhielt. Sie liebte es, sich bei diesem täglichen Spaziergang zur Straße Zeit zu lassen, den sie unternahm, um zu sehen, ob Jonah irgendwelche Post hinterlassen hatte. In der Zwischenzeit studierte sie ihre Umgebung und beobachtete die Veränderungen, die der Jahreszeitenwechsel in den Wäldern hervorrief.

Darcy betrachtete diesen Teil des Tages als Möglichkeit, die arbeitsreichen Aufgaben des Lebens hintanzustellen und mit der Natur in ehrfurchtsvoller Einsamkeit zu kommunizieren. Aber vor allem nutzte sie diesen Spaziergang als ihr Verbindungsglied zum Göttlichen, bei dem sie die Fülle ihres Herzens teilte und für die Menschen betete, die sie liebte – ein Kreis, der immer größer wurde.

Darcy hatte an Kathryn gedacht, denn weder sie, noch Lina oder Trudy hatten von ihrer Freundin gehört, und sie hatte ein ungutes Gefühl wegen der ausbleibenden Briefe. Sie hatte einige Male vorgehabt einen Brief zu schreiben, doch aufgrund des Baus ihres neuen Heims, des Kaufs von Haushaltsgütern, eingeschlossen die Bestellung von Kisten voller Bücher, war sie zu beschäftigt gewesen. Erst in letzter Zeit, nach der Fertigstellung des neuen Hauses – zu dessen Bau anscheinend jedermann in Sweetwater Springs erschienen war – und ihres und Gideons Einzug hatte Darcy sich wieder auf die Sorge um ihre Freundin konzentriert. *Heute*, versprach sie sich selbst. *Heute werde ich ihr schreiben. Ich habe ihr so viel zu berichten!*

Und trotz all der Abenteuer der letzten Wochen, in denen mehr passiert war als in einem Groschenroman, war die wichtigste Neuigkeit, die sie teilen wollte, dass sie sich in ihren Ehemann verliebt hatte und er sich in sie. Obwohl das Heim, das sie angebetet hatte, zu Asche verbrannt war, und sie während des Wiederaufbaus bei den Dunns gelebt hatten, waren die letzten Wochen die glücklichsten in Darcys ganzem Leben gewesen. Sie hatte eine bessere Beziehung zu Gideon, als sie sich je hätte erträumen können – da sie sich nie einen Mann hatte vorstellen können, der so besonders war wie er – jemanden, der genau zu ihr passte.

Sogar der Umstand, dass ihr Bruder in einer Gefängniszelle hockte und seine Gerichtsverhandlung erwartete, konnte ihr Glück nicht schmälern. Die anderen beiden würden mit ihm vor Gericht stehen. Was McCurdy anging, der war mit dem Saloonmädchen Lucy Belle Constantino aus Sweetwater Springs geflohen, bevor der Sheriff ihn hatte verhaften können. Ein Steckbrief war an die Tür des Sheriffbüros geheftet worden. Größtenteils hatte sie Holden und seine Mitverschwörer aus ihren Gedanken verbannt.

Die Zeit, in der sie bei den Dunns gelebt hatten, hatte sich in einen wunderbaren Besuch verwandelt – und ihr und Gideon die Chance gegeben, das Verhältnis zu ihren

Nachbarn zu vertiefen. Sie hatte auch die Möglichkeit ergriffen, ihre Kochkünste unter Mrs. Pendells Anleitung zu verbessern. Sie war jetzt in der Lage, einen Auflauf in Teigkruste zu machen, der annähernd so gut war, wie der der lieben Mrs. P, und sie hatte diverse Dosen voller Pfirsiche in der Speisekammer gelagert für die nächste Gelegenheit, zu der sie Gideon einen besonderen Nachtisch machen wollte.

Darcy erreichte die Straße und hob, auf einen Brief hoffend, den Deckel des Briefkastens. An den meisten Tagen fand sie keine vor. Jonah fuhr nicht so häufig in die Stadt, und sie und Gideon machten sonntags nach der Kirche am Bahnhof halt, um nach der Post zu sehen.

Doch heute lagen zwei Briefumschläge darin. Erwartungsvoll schnappte Darcy sie und stieß beinahe einen Schrei aus, als sie sah, dass einer der Briefe von Kathryn und der andere von Mr. Keniston, dem Rechtsanwalt, stammte. Sie setzte sich auf die Bank. Mit großem Eifer riss sie den Umschlag ihrer Freundin auf, zog ein einzelnes Blatt heraus und begann zu lesen.

Meine liebste Darcy,

es gefällt mir nicht, mir vorzustellen, dass Du Dich in Gefahr befindest! Die Nachricht, dass Du befürchtest, dass Dein Halbbruder Dir etwas antun könnte, ist furchtbar. Er ist eine abscheuliche Kreatur, Dich oder irgendein anderes menschliches Wesen, so zu behandeln. Ich fühle mich so fern und hilflos, Dir in Deiner Notlage beizustehen. Wie Du rate ich, wohin ich diesen Brief schicken soll, da Du nicht endgültig bestätigt hattest, dass Du Dich auf dem Weg nach Sweetwater Springs befindest. Ich hoffe so sehr, dass dies Dein Ziel ist, denn ich habe die Liebe und Unterstützung der anderen Versandbräute hier in Y Knot so sehr zu schätzen gelernt und will, dass es Dir mit Trudy und Lina ebenso ergeht. Du musst schreiben und mir sagen, wie es Dir geht!

Evie und Heather sind mir solch ein Trost gewesen. Ihre Liebe und ihr Rat haben mir Kraft gegeben. Eines Tages, als ich gerade im Garten arbeitete, überraschten sie mich mit einem vollen Korb mit allen möglichen Zutaten. Ein willkommenes Geschenk, denn ohne diese hätte ich mich in der Küche geschlagen geben müssen, bevor ich auch nur die Chance gehabt hätte anzufangen. Für zwei Männer zu kochen ist keine einfache Aufgabe. (Ja, ich sagte zwei – Tobit und sein Großvater Isaiah.)

Bitte sei nicht schockiert, wenn ich Dir erzähle, dass ich mich an vieles von dem, was Du in Deinem Brief über unseren Aufenthalt in St. Louis gesagt hast, lange Zeit nicht erinnern konnte. Auf meinem Weg nach Y Knot habe ich mich am Kopf verletzt und erhole mich gerade erst davon. Die meisten meiner Erinnerungen sind mittlerweile zurückgekommen, doch nur mit Evies und Heathers Hilfe (sogar gegen die Anweisungen des Arztes). Ich bete inständig darum, dass das nächste Mal, wenn ich schreibe, alles wieder beim Alten sein wird.

Ich bin sicher, dass Du Dich mittlerweile fragst, was mit Tobit Preece ist. Zunächst einmal ist er ein echter Kerl, nicht wie die Männer aus der Stadt, an die wir gewöhnt sind. Er kann mit so gut wie allem fertig werden. Ich vertraue seinem Intellekt, auch wenn er nicht die gleiche Art Schulbildung erhalten hat, die wir genießen durften. Er ist kraftvoll gebaut und hat sandfarbenes blondes Haar, das mich an das Karamell erinnert, das die Köchin zur Weihnachtszeit macht. Er besitzt verwegene blaue Augen – die Art, die meine Schwester als halb Wolf, halb Hundebaby bezeichnet –, die die Macht haben, mir den Atem zu nehmen, wenn er in meine Richtung sieht.

Ich will Dich nicht länger auf die Folter spannen. Tobit und ich müssen noch heiraten. Dafür gibt es viele Gründe. Hauptsächlich liegt es daran, dass er ein Mann von Ehre ist, der es nicht zulässt, dass ich eine lebensverändernde Entscheidung treffe, während ich noch dabei bin, mein Gedächtnis wiederzuerlangen. Aber ich möchte, dass Du weißt, dass wenn es nicht zur Heirat kommt – und ich bete leidenschaftlich dafür, dass es dazu kommt – ich nicht so niedergeschlagen sein werde, dass ich mich in ein Bündel aus Selbstmitleid verwandle. Die Menschen hier im Territorium von Montana sind so einfallsreich und stark. Ich werde ebenso sein, während ich mein Herz wieder so heile, dass Du stolz darauf wärst.

Wie stets in Liebe,
immer noch – Kathryn Ford

Nachdem sie die Worte ihrer Freundin fast in einem Atemzug verschlungen hatte, holte Darcy tief Luft. *Sie hatte ihr Gedächtnis verloren! Kein Wunder, dass Kathryn nicht geschrieben hatte. Die Ärmste.*

Sie begann noch einmal, den Brief von Anfang an zu lesen, diesmal langsamer und alle Informationen aufnehmend. Als Darcy damit fertig war, saß sie eine Weile da und überdachte das, was sie erfahren hatte. Vielleicht war es ganz gut, dass sie nichts von Kathryns Unfall und Gedächtnisverlust gewusst hatte. Sie wäre so in Sorge gewesen. Nun, obwohl ihre Freundin geschrieben hatte, dass sie und Tobit noch nicht verheiratet waren, bezweifelte Darcy, dass der Mann der schönen, herzensguten Kathryn lange würde widerstehen können. Wenn sie ihm nur einmal etwas auf dem Piano vorspielte, würde er sicher dahinschmelzen!

Bei diesem Bild lachte Darcy.

Die einzige Person, die du vorbestimmt bis zu sein, ist die Person, die du dich entscheidest zu sein. Emersons Worte fielen ihr ein. Darcy mochte die Frau, die sie entschieden hatte zu sein, und sie nahm an, dass Kathryn dabei war, ähnliche Entscheidungen bezüglich ihrer eigenen Person zu treffen.

Ich muss Gideon von Kathryns Neuigkeiten erzählen. Sie erhob sich und eilte zurück, wobei sie ihrer Umgebung diesmal keine Beachtung schenkte, so begierig war sie, zu ihrem Mann zu kommen. *Wer hätte gedacht, dass er mein Vertrauter werden würde? Dass ich in ihm eine verwandte Seele finden würde?*

Während sie ging, öffnete und las Darcy Mr. Kenistons Brief. *Mehr gute Neuigkeiten.*

Als sie unter dem Spalier hindurch auf den Hof trat,

nahm sich Darcy ein paar Minuten Zeit und bewunderte ihr Haus. Sie konnte ihr neues Heim nie ansehen, ohne ein tiefes Gefühl von Dankbarkeit zu empfinden, dass sie überlebt hatten. Das Haus sah fast so aus wie früher, nur größer, mit zwei Schlafzimmern – eines unter dem Turm – und einem Dachboden, einem größeren Hauptraum mit reichlichem Platz für Bücherregale und einer abgeteilten Küche mit einem monströsen schwarzen Herd, den Darcy in St. Louis bestellt hatte und der vor zwei Tagen eingetroffen war.

Im Inneren schmückten Gideons Möbel alle Räume. Sogar ihr Schlafzimmer war geräumig genug, dass ein Schrank für all ihre Kleidungsstücke darin stehen konnte.

Die bogenförmige Tür war noch nicht angestrichen, und an den Fenstern fehlten noch die Blumenkästen. Doch die würden zu gegebener Zeit da sein. Im Frühling würden sie die Blumenbeete neu bepflanzen.

Darcy ging am Haus vorbei und sah sich den Garten an. Sie hatten alles außer den Wurzelgemüsen verloren – Kartoffeln, Möhren, Rüben und Zuckerrüben. Doch dann waren massenhaft Spenden der Leute aus der Stadt eingetroffen. Wie es aussah, hatte jeder etwas, das er teilen konnte, egal wie bescheiden das Geschenk auch sein mochte. Darcy wusste, dass sie den Rest ihres Lebens damit verbringen würde, der Gemeinde diese Güte zurückzugeben, und Gideon fühlte dasselbe.

In die Werkstatt tretend, atmete sie den Geruch von Zedern und Kiefern ein und sah ihren Mann, der in der Tür zum inneren Werkraum lehnte, in dem sich nun, da sie so viele Möbelstücke ins Haus gebracht hatten, recht leer war.

Gideon wandte sich um, als er ihre Schritte hörte.

Das schräg durchs Fenster einfallende Sonnenlicht schimmerte auf seinem hellen Haar. Seine silbernen Augen leuchteten auf, und er lächelte auf eine Weise, die ihren Herzschlag beschleunigte. Er streckte eine Hand aus.

Mit dem Brief winkend, eilte sie zu ihm.

Er zog sie an seine Seite. »Du hast von Kathryn gehört.«

Sie machte einen Schmollmund. »Woher wusstest du?«

Er drückte ihr einen Kuss auf die Lippen. »Weil ich dich kenne. Du warst beunruhigt, mein Herz. Und nun lässt dein Lächeln dein Gesicht erstrahlen.«

»Oh du!« Sie legte ihren Kopf auf seine Schulter, sog die sägespangeschwängerte Luft tief ein und fühlte sich zufrieden.

»Ist mit Kathryn alles in Ordnung?«

»Nicht ganz.« Darcy hob ihren Kopf und erzählte ihm in allen Einzelheiten, was ihrer Freundin passiert war.

Als sie geendet hatte, gab ihr Gideon einen Kuss auf die Stirn. »Wenn ich sehe, wie unwiderstehlich all ihr Versandbräute auf eure Ehemänner gewirkt habt, sage ich voraus, dass Tobit ebenfalls erledigt ist.«

Darcy lachte. »Das denke ich auch. Ich warte schon voller Ungeduld auf den nächsten Brief.« Sie deutete auf den Lagerraum. »Planst du, wie du den Raum füllen wirst?«

Seine Augen funkelten. »Ganz im Gegenteil.«

»Oh?« Sie blickte ihn von der Seite an und fragte sich, was er meinte.

»Ich habe genug Stücke übrig, um jedem, der uns geholfen hat, etwas zu schenken. Ich wette, sogar die Cowboys der Dunn-Ranch werden froh über eine Wandgarderobe sein.« Er deutete auf jedes Stück und zählte den jeweiligen Empfänger auf.

»Gideon, das ist solch eine wunderbare Idee.« Darcy presste ihre Hände zusammen. »Ich kann es kaum erwarten, den Ausdruck auf den Gesichtern von allen zu sehen, wenn sie deine Möbel sehen.« Der zweite Brief, den sie noch in der Hand hielt, fiel ihr wieder ein und sie hielt ihn hoch. »Von Mr. Keniston. Er ist aus New York zurück.

Er sagt, dass Mr. Atwell entsetzt über das, was mein Bruder getan hat, und sehr kooperativ war.«

»Gut.«

»Mr. Keniston schlägt vor, dass wir die Häuser in New York und Newport vermieten, falls ich mich dafür entscheide, in Sweetwater Springs zu bleiben. Mr. Atwell ist bereit, die Aufgabe zu übernehmen, geeignete Mieter zu finden.«

Er legte den Kopf schief. »Ist es das, was du willst?«

»Das ist besser als wenn sie leer stehen. Auf diese Weise werden die Bediensteten auch ihre Arbeit behalten.«

Ein Ausdruck der Erleichterung huschte über sein Gesicht. »Dann ist es ja gut.«

»In ein paar Jahren würde ich gerne einmal zu Besuch dorthin fahren«, sagte sie wehmütig. »Wir müssen nicht nach New York City. Aber ich möchte, dass du Newport siehst, und würde gerne Zeit auf dem Besitz am Hudson River verbringen.«

»Das können wir machen«, sagte Gideon mit einem Nicken. Die Worte klangen sachlich, als hätte er nicht gerade etwas sehr Bedeutsames ausgesprochen.

»Wirklich?«, fragte Darcy so außer sich vor Freude, dass sie die Arme um ihn warf. »Oh, Gideon!«

»Wenn es dir so viel bedeutet, kann ich das tun.« Er grinste sie schief an. »Möchte vielleicht mal die Sehenswürdigkeiten sehen. Die Orte besuchen, die du liebst.«

Darcys Augen füllten sich mit Tränen, und sie zwinkerte sie fort. »Du bist ein guter Mann!«

Er sah sie an. Seine Stirn legte sich besorgt in Falten.

»Tränen des Glücks«, erklärte sie. »Ich hätte mir nie träumen lassen, dass sich so viel in so kurzer Zeit ändern würde.«

Gideon ließ seinen anderen Arm um sie gleiten. »Ich auch nicht. Wenn eine bestimmte entschlossene Dame nicht so dramatisch in mein Leben eingebrochen wäre, wäre dieser Lagerraum voller Möbel und mein Herz wäre leer …« Mit liebevollem Blick sah er ihr in die Augen. »Ich bin so dankbar dafür, dass das Gegenteil der Fall ist.«

Darcy schlang ihre Arme um seinen Hals. »Das bin ich auch, mein lieber Ehemann.« Sie zog sein Gesicht für einen anhaltenden Kuss zu sich heran.

Um mehr über das Erscheinen zukünftiger Bücher zu erfahren, melden Sie sich für Debra Hollands Newsletter an: http://debraholland.com

Nachwort Der Autorin

Vielen Dank, dass Sie *Versandbräute des Westens: Darcy* gelesen haben. Ich hoffe, dass Sie beim Lesen von Darcys Geschichte genauso viel Freude hatten, wie ich beim Schreiben. Darcys Freundinnen Trudy und Lina sowie Prudence und Bertha haben jeweils ihr eigenes Buch in der Reihe *Versandbräute des Westens*.

Sie werden auch einige bekannte Charaktere aus diesem Roman in meinen anderen *»Himmel über Montana«*-Büchern finden. John und Pamela Carters Geschichte wird in *Unter dem Himmel von Montana* erzählt. Nick Sanders ist der Held von *Der wilde Himmel über Montana*, und Tyler Dunn ist die Hauptperson in *Der gemalte Himmel über Montana*. Joshua Norton, der Sohn von Reverend und Mrs. Norton, kehrt in *Glorious Montana Sky* aus Afrika nach Sweetwater Springs zurück, wo er unerwartet die Liebe findet.

Buchreihe der Himmel über Montana

Über Die Autorin

Debra Holland, New York Times- und USA Today-Bestsellerautorin, war drei Mal unter den Finalisten für den Golden Heart Award der Romance Writers of America und hat ihn einmal gewonnen. Sie ist Autorin der *Buchreihe Der Himmel über Montana*, romantische und historische Western-Liebesromane, und der Reihe *The Gods' Dream Trilogy*, Fantasy-Liebesromane. Im Februar 2013 hat Amazon *Starry Montana Sky* als eine der 50 größten Liebesgeschichten ausgewählt.

Debra hat auch ein Sachbuch mit dem Titel *The Essential Guide to Grief and Grieving* bei Alpha Books (einem Tochterunternehmen von Penguin) veröffentlicht. Ein kostenloses E-Booklet ist auf ihrer Internetseite erhältlich: http://drdebraholland.com: *58 Tips for Getting What You Want From a Difficult Conversation.*

So können Sie Kontakt zu Debra aufnehmen:
www.debraholland.com
Facebook: debra.holland.731
Twitter: @drdebraholland
Blog: drdebraholland.blogspot.com